萍词水语

——萍水河考察笔记

杨启友　著

天津出版传媒集团

天津人民出版社

图书在版编目（CIP）数据

萍词水语：萍水河考察笔记/杨启友著. —— 天津：
天津人民出版社, 2021.6
ISBN 978-7-201-17124-1

Ⅰ.①萍… Ⅱ.①杨… Ⅲ.①散文集－中国－当代
Ⅳ.① I267

中国版本图书馆 CIP 数据核字 (2020) 第 268408 号

萍词水语：萍水河考察笔记
PINGCISHUIYU PINGSHUIHE KAOCHA BIJI

出　　版	天津人民出版社	
出版人	刘庆	
地　　址	天津市和平区西康路 35 号康岳大厦	
邮　　编	300051	
邮购电话	（022）23332469	
电子信箱	reader@tjrmcbs.com	

责任编辑	李　羚		
策划编辑	莫义君		
特约编辑	张　帆		
封面设计	西　子		

印　　刷	天津兴湘印务有限公司		
经　　销	新华书店		
开　　本	880 毫米 × 1230 毫米	1/32	
印　　张	7.75		
字　　数	200 千字		
版次印次	2021 年 6 月第 1 版	2021 年 6 月第 1 次印刷	
定　　价	48.00 元		

内容导读

通过一条河流，走进一路奔波，一颗细石，一片滩涂；走进一架水车，一道河坝，一座高桥；走进一垄田野，一方村庄，一块乡土……

通过一条河流，从溯一境之源始，至其绵延曲折跃出境界——让你既看到清澈流波，更看到世界万千；既看到两岸杂芜，更看到生态百般；既看到自然风貌，更看到人文鼎盛……

通过一条河流，让人拥有一季别致的夏秋，一程深刻烙印记忆的人生时光……让人刻骨致敬一方地理，一方民俗，一方安宁，一方水土养一方人……

走进《萍词水语》，就走进了这条河流——

目录

CONTENTS

可爱的水

——萍水河考察前言

"水"加"可",即组成河流的"河"。

拆分汉字"河"的结构,能够得到一个深富底蕴的释意:河是由可爱的水组成。

依此思路,即可以解释为,河是可爱的水的指代——淌着,流着可爱的水的地方,即是河的本意指向。

在 960 万平方公里祖国大地,14 亿人口赖以生存的可爱的水,是黄河,是长江。

那么在赣西,在 3800 平方公里的楚萍大地,养育 200 万萍乡人民生命的可爱之水,就是横穿东西、流淌近百公里行程的萍水河无疑了。

一江春水向东流。

这是我们都知道的地理知识,祖国山河西高东低,水的流向也自西向东而去,最终注入滔滔大海。

然而,萍水河相反。虽然她最终归宿也是东部大海,但穿越萍乡全境时,却是自东向西而去的。

唐代诗人袁皓有诗:"袁水东奔彭蠡浪,萍川西注洞庭波。"

他以"袁水"和"萍川"两条富有代表性河流的水流走向,形象生动地指出萍乡大地的水系走向。

位处赣西的萍乡大地，其水系分属长江流域的洞庭湖水系和鄱阳湖水系，往东流的水，汇入鄱阳湖；往西去的，跨越萍乡，最终流入湖南省境内洞庭湖。

萍乡全境主要河流有五条，其中萍水河流域面积最大，达1300余平方千米，是萍乡人民最大的母亲河。

萍水河发源于宜春市水江镇，古名萍川。萍水河干流全长84千米，主要河道经过上栗县、萍乡经济技术开发区、安源区、湘东区，过湘东区荷尧镇，经骆驼湾于金鱼石流入湖南，在湖南省醴陵市枧头洲乡，于双河口右岸与其支流澄潭江汇合。

萍水河流域处在湘赣分水岭。跨越省界，进入湖南，她另有名字，叫渌水。

河流养活了人类，养活了这世界上的生物。

从远古到现代，从部落到城镇，人类一直逐水而居、因水而兴，沿河建家、因河生息发达。

萍乡的祖先和萍乡这座城池，也如此。公元267年始建时，萍乡古县就以袁水为依存，后迁移至凤凰池，从此依着萍水。境内各集镇村落，也都傍水于大小河流附近。

两千多年前，楚昭王行舟萍水得异果，询孔子辨认为萍实。此后，因萍实之乡而得名的萍乡，没有变更过"姓名"。

但是，这座与水关联紧密的城市，如今却是水资源贫乏地区。境内萍水、栗水、草水、袁水、莲水等五条河流都不属于大江大河。

当然，山不在高，有仙则名。20世纪60年代，现代京剧《杜鹃山》唱红了它，剧中主要人物——党代表柯湘一开场就唱：

"家住安源萍水头……"

让这条不属于大江大河的萍水河，曾闻名遐迩，一度成为享誉全国的一条河流。

在一川萍水滔滔哺育下，萍川大地之于中国现代的发展，发挥了特殊意义。这里成为近代工业和工人运动的重点地区，更孕育了点燃井冈山革命烽火的秋收起义。

时光荏苒，岁月飞梭。当历史脚步跨越时空，迈入新中国成立71周年际，萍川大地又是一番怎样面貌呢？

走吧，沿着河岸，从源头，让我们顺流而下，一步一个脚印去丈量，以虔诚的心态，倾听一河长流的诉说，抚摸她的心跳，观察她的崭新变化。

为此，有了"萍水河畔新发展，政协委员看变化"徒步考察。

这一次行走，我们从萍乡境内萍水河的源头宫江村出发。

2019年9月12日，我们来到上栗县东源乡宫江关下（宜春苍下）——这里是萍乡市与宜春市接壤的最东端。我们从一个名叫苍下的自然村小桥头开始——桥的上游，是宜春；桥的下游，是萍乡——迈开步伐，拉开对萍水河的实地徒步考察行程。

眼前所见是清波与水草，是田园与民房，是质朴的脸孔与迎候的热情。

燃烧的9月，裸露的脸颊与手臂很快被烈日灼伤，被流下来的汗水淹着，火辣辣地疼；带着锯齿的杂草在脚脖子上划出血痕。连续几个月不下雨的干旱，让岸头的草木也在喊渴。

大家不怕。这种艰苦，大家有心理准备。

贴着河岸走，窄窄的田埂、拦路的水沟、人迹罕至的草丛、乱石堆积的施工道，都只是我们亲近母亲河时脚下踩过的普通路途。

为了确切探查萍水河实际源头，回答人们有说是萍乡，有说是宜春的争论，我们特地折道上栗县杨歧山千丘田，由此跨越市界，再至宜春水江，作进一步考察。

我们用对土地最老实的态度，从源头跨过来，用自己的眼睛看，用自己的耳朵听。

整个考察下来，前后时间跨度达36天，行程240余千米，第一次实现全程记录萍水河的河道水流、环境生态、人文风情、民心民愿……

通过沿着一条河流实地行走，我们看到70余年来，昭萍大地日新月异的变化。

我们看到，过去下河挑水、洗衣的情形已经不再，曾经盛行的压水井也已废弃，家家户户用起了自来水、洗衣机。农家住房从外观看，很大一部分可以称为"别墅"，乡村民居的改善，让乡村秀美得如诗如画。在一些村子，惊喜发现不少人家门口停着小汽车等。汽车大范围进入农家，一方面说明经济水平提升，生活条件改善；另一方面更说明交通路网发达，曾经坑洼曲折、尘土飞扬、泥泞不堪的乡村路，如今变为了平坦的水泥路、柏油路，通到家家户户。

我们看到，种田也不那么辛苦了。栽种不再面朝黄土背朝天，不再牛耕田、人打谷，过去的"禾桶"早已不再，脚踩式"打禾机"也少见了，机械化收割机一路轰鸣滚过去，饱满稻粒就装袋上岸。插秧也改进，传统的"点灰"施肥和耘禾除草成为历史，新技术运用让农业耕种从繁重的纯体力劳动中解放。

我们看到，一路下来，昔日崩塌不断、长满荆棘野草的河岸修整一新，狭窄地方得到了拓宽，曲折的河道进行了改直，坎坷不平的河床也一律做了护底……穿村而过的河流成为生态风景的时尚……

借此契机，尝试以多维度视角，打开对一条河流的阅读，贴近其草木及细流，观察其奔波及脉动，审视其内涵及要义，剖析其命运及历史，呼吁呵护其环境及维护其生态……这便是开展这次萍水河考察的初衷，或者说目的。

上篇：考察笔记

行程日志

九月十二日

考察历程：第一天。

考察路线：起于萍乡与宜春两市交界处的上栗县东源乡宫江村苍下小桥，止于东源乡羊子村大洲上。

本人参与：参加。

行程简记：《向着源头出发》《宫江肇始》《田心溯源》《火热仪式》。

向着源头进发

天气预报这天最高温达 38℃。

这已是当下见怪不怪的火热天气，给人感觉如天地间点燃一炉火，人成了架在火上蒸笼里的肉质食物，非要烤熟来做成美味吃了一般。

在这种晴朗似火、烈焰吐舌的炙热天气里，我们这群一半由官方——萍乡市政协组织，一半由自身志愿自发热情参与的考察队员，开始了对哺育 200 万赣西萍乡人民的母亲河——萍水河的考察，上午 10 点，在事先约定地点统一集合后，顶着烈日从市区出发，向着萍水河源头挺进。

考察队员来自方方面面，有市政协领导干部，有政府相关部门工作人员和专家，有动植物等自然科学知识爱好者，有户外运动和探险爱好者，有地方地理文史知识研究爱好者，有河道勘测桥梁建设工程人员。为了更好地挖掘、宣传和记录等，还特别邀请了市里的媒体记者、作家等参与。

在卫生健康保护、暑热及虫蛇叮咬等意外预防上，我们也作了考虑，由队员中具备医学知识的人员，或卫生系统职工充当随队保护医生，准备一定的应急药品。

车子像一条鱼在水面穿行。发起组织这次考察的市政协人口资源环境委员会副主任漆宇勤给大家一一作完介绍后，队员们各自开始展开交流。大家交流的关注点较多集中在萍水河上，其中探讨最多的是关于萍水河源头认识问题。

听着大家的探讨、争论，引发了我的思考。

有人说，萍水河源头在宜春，有人说在萍乡。认为在宜春的说，萍水河发源上栗县东源乡宫江村上头宜春市的鱼公坑水库，那个地方属于宜春市袁州区水江镇管辖，最开始的水是从地下溶洞里流出来，注入鱼公坑水库，一路再往下行，就到了与宜春苍下村交界的东源乡宫江村，因此萍水河在萍乡的源头河叫宫江河。

认为发源于萍乡的说，萍水河源头在上栗杨歧乡杨歧山，也来源于地下溶洞，源头地名叫千丘田。我们知道，杨歧山发源了中国佛教禅宗五家七宗中杨歧宗一支，萍水河来源那里，是不是也浸注着禅境的品悟呢？

也有说从宜春地带流下来的水，最初的发源点也在萍乡杨歧山。说是河水从地下溶洞泻出，绕着地形拐一个弯，形成迂回水道，先行往宜春流，然后再拐回水坑至宫江。

种种说法，不一而足。至于一条河的源头处于何处，探索是必要的，争论也免不了。作为一个萍乡人，从心理上说，多么希望这条名曰萍水，在 3800 余平方千米土地上，占据重要地位的河流，能够是我们萍乡这方历史悠久的土地孕育出来的。于此而下，沿河生命都受惠于我们萍乡水土的滋润与恩养。

但一条河的形成，可以肯定来源不止一条细流（支流），百川归海，万源归宗，积小流才能成大江，聚沙才能成塔，既是教育一个人要有包容心，要集思广益，要重视弱小，要能恒久追求的真理名言，也说明汹涌浩瀚的大海大江大河是源于若干细弱、微不足道小流汇聚的事实。

而最相反的，是我国位于世界屋脊——青藏高原腹地的三江源，却发源了孕育伟大中华民族悠久文明历史的长江、黄河等世界著名河流。

这是世界少有。

宫江肇始

车行 50 分钟许，随着穿街市、过乡镇、越村庄，道路由宽阔笔直的柏油马路，变成弯曲逼仄的乡村道路，并一路有尘土扬起时，我们抵达了目的地——萍水河源头：萍宜两市交界的上栗县东源乡宫江村最东端的关下自然村（宜春那边叫苍下）。

中巴车刹住，一行人带着兴奋，纷纷从座位站起，从车上跳下来。

一条宽不过三五米的小河躺卧于人口密集村庄中间，一旁临河密集建筑着民房，一旁是一条村道沿河往来，任由车辆路人行经。因拦河坝的围堵，河水在上端是安静的，散发着深不见底的幽蓝，一些因流速激起的水沫来到坝边，失去流动活力的支撑，包裹气体外泄而瞬间灰飞烟灭。河的下端，水顺坝口流下，薄薄一层，清澈透明。再往下，形成一个宽阔河潭，因河道陡然变宽，水流从容，并不将河道冲刷得很深，透过水面，可以看清河里的沙石和沉淀物。再往下，几只鸭子在水面嬉游，一个上了年纪、朴素衣着的村民挽起裤管，站立水中清洗着什么，仔细观察，才发现洗的是谷箩——耕种机械化不断推进的今天，这里还能看见农民在使用谷箩，也算稀有。

跳下车的我们，立在桥头打量着。

这边是萍乡，那边是宜春，瞧那座学校——苍下小学，就是属于宜春市的。

以桥为界，河的这端属于萍乡，河的那端就是宜春管了……

初次到来，对什么都不了解，充满好奇的我，听着其他队员的介绍，此前，他们可能不止一次来到这里对萍水源头有过考察。

好奇激起兴奋，听着介绍，心里不由想到"鸡鸣三省""一脚踏两界"等对边界区域神奇概括词语，而今天开展对萍水河探源，这样的词语居然就可以用于自己的体验，所谓的身临其境滋味确实值得认真对待与品味。

见我们这群穿戴特殊标志的人到来，又是摄像，又是拍照，又是询问，好奇的村民纷纷聚拢，热情为我们作着介绍，尽他们的所知，唯恐没有满足我们要求。

我们的到来，漾起萍水源头波澜，漾动满村子兴奋，漾开河道文化寻踪的脉流。

我们的兴奋是开始了有意义的河流渊源的寻根问祖，村民的兴奋是今天的村子来了一群打破村庄沉寂的特殊客人。

这方水土对村民习以为常，这条小河对他们司空见惯，但为了我们，为了河流的传扬与再一次被擦拭重视，村民们愿意陪我们进行一次胜似节日祝福的交流与歌颂。

村民的热情让我们启悟：司空见惯的其实也是最牵扯骨肉的——像今天的宫江河，作为村子的河流，就像穿着的衣服，已经习以为常，不需要与谁说道；但作为萍水河的源头，当迎来又一次热爱考察者的探访时，他们向你明证：这也是我们村子的血脉守护。

展开对河流溯源，东源，东源——"东源"这个乡镇地名，是否就指母亲河萍水的东部源头呢？

尽管不得而知，但想及我们的先祖，应该是智慧且现实的，后来探查者，只需从地名所包含意义，就可获得丰富想象与意蕴，甚至是客观且真实的地理本源探知。

田心溯流

袁水东奔彭蠡浪，萍川西注洞庭波。

一河两源，对于赣西萍水河，不问她的流向最终是彭蠡还是洞庭，但在源头，她既来源于宜春，也发端于杨歧；既具溶洞的神秘，更沐佛家文化的洗涤。

上午奔波了从宜春而下的宫江源头后，吃过午饭，我们又兴致勃勃追究她的杨歧源头。

午后骄阳似火，我们的步子却坚挺，这都是追究神秘源头的吸引产生的力量。

溯河而上，平整水泥村道曲折伸展，村舍掩映疏朗树木中。烈日下，萎缩了阔大叶子的榛子树，密结的果实滚圆着垂挂其上，它不惧暴晒似向你倾吐：繁花翠叶固然可爱，但果实才是目的，才是一切事物要义指向的终极。

屋子一幢幢沿道建设，不少人家围圈起大小不一的院子，耀眼的瓷板装饰外墙，显示农家的富足，安定。

"江夏第"——路边一处院子门墙的横匾题词让大家驻足，探讨着这是何姓何族"郡脚"（姓氏发源地）。

左岸下的河水宽阔而清悠，她也许像我们一样关注着两岸人家，关注着自古到今的变化，但现在，她要向你诉说的是源头的故事，在这里，她比宫江源头宽阔，水流更丰富，水质更清澈，让观赏的我们心态好了很多。

也许是杨歧源头的溶洞埋得更深，也许是杨歧寺的暮鼓晨钟更悠扬，这条穿过田心村的源头河确实更富魅力，她的禅悟不仅沿河顺流，也沿河居建。

当拐过又一个路弯，一座依山而倚的三层庙宇出现眼前。走在前面的，举着旗，循坡道向上攀登，一会儿消失在视线之中。紧追其踪，后来的我们也跟着攀登向庙宇。

见我们一行到来，守庙老者热心为我们引路，高兴地为我们作着讲解。告诉我们，庙宇修建，努力保持着原生态，崖壁鼓凸的山石，都原封不动保留，与高坐在上的菩萨并肩齐立，安享着凡间香火。

老者引着我们从一层，走向二层、三层，指着岩石上生长的两株奇异大树说，你看看，完全是在石头上长出来的，上面没有一点泥土。

趋近查看，果然树根全部扎在石头上，紧紧咬着，泥土几无。这是生命的奇迹，更见生命毅力和无所不能。

树枝繁叶茂，秋天来了，挂着果子。同伴忍不住好奇，摘下一颗，并用相机拍下照片。后来考证，这是一种被称为东方神木的树种，全称为青冈栎，地方话中叫栎子树，属于壳斗科的稀有树木。

有如此神奇树种，不必有什么见怪，因为这是母亲河的源头，一个滋养生命的水源地，具备怎样的稀奇都不算稀奇。

在老者引领下，我们走进灌水的左侧偏室，看到门是加了锁的。

我们看到，由管子导引出的水，确实只有那么一小滴一小滴慢慢淌下，这应该是顺着山体岩缝渗漏出来的，无比干净无须说，更富含多种有益矿物，对身体有益是肯定。

步出庙宇，再往上行，拐一个弯，就见一拦河坝，顺坝淌流的水似一道瀑布，水声隆隆，水花飞溅，坝上坝下水量甚丰。

立在坝端，拍摄视频的电视台队员做起了现场直播，以第一观感，向 200 万萍乡人民传达着探源萍水河的激动。

火热仪式

下午 3 点，迎来隆重时刻。

萍水河源头这个叫上埠的村庄，何曾有过这样热闹高端的仪式，何曾迎来这么多身份特殊的客人。

市里，县里，乡上。对，还有我们这些来自社会各界各种身份的河流、人文、社会、生物等知识的考察者。

我们是准备万千情怀而来的，这个村子，也是以一种超越历史的隆重欢迎大家到来。

宽阔舞台上，高高竖起的背景遮幕前，整齐站着市里来的领导干部，上栗县的县委书记、县长也来了，还有安源、开发、湘东等其他县区领导也云集这里，就为了这个仪式，就为了这次考察，就为了我们的母亲河，今天，我们以仪式般的隆重靠近、汇集。

大为期待了。

静静的萍水河，等待我们有些久了。

看，四面的村庄都注目这个仪式现场，大队的村民纷纷拥向这里，成熟的谷子弯下金黄的头颅，流淌的河水停下了脚步……

还有我们头顶火辣辣的骄阳，更射出激烈的热情，喷吐一簇簇呼唤，你们就让我烤烤吧，只有接受过炽热考验的行动才能焕发更火热的热情。

参与仪式的人群竖起虔诚的耳朵，一双双眼睛打量着这方名叫上埠的萍水河畔的天地——

队员代表的发言令人动容："……我和这里大多数人一样，是喝着萍水河水出生的、长大的。萍水河是我们的母亲河……记忆中的萍水河清澈见底，他不仅滋润着这里每一寸土地，供给我们食物和一切生活所需……少年烦恼时候，会坐在河边想：河水是从哪里来的？又到哪里去了？如果我是这水中的落叶，我又能飘到哪里去呢……萍水河畔的人民也以自己的勤劳和智慧建设着自己的家园，回报萍水河的滋养。新中国成立 70 周年，特别是改革开放 40 多年以来，萍水河边的城乡发展几乎是日新月异。这种变化发展，见证最多的还是萍河水，只有亲近萍水河，才能真实了解他的变化……"

市领导的动员讲话鼓舞士气："……36 年前，一部人文地理电视片《话说长江》在全国上下引起巨大反响。今天，我们立足萍乡地域实际，组织沿着萍水河进行人文地理生态考察，相信也将奉献出丰硕的成果。在新中国成立 70 周年之际，我们开展这次活动，可以借助第一手资料直观感受到昭萍大地的沧桑巨变，可以比较系统地了解萍水河流域人与自然发展的亮点，进一步增强爱祖国、爱家乡的情感……用脚步丈量我们的萍水河……这种身体上吃苦与思想上升华的过程，与'不忘初心，牢记使命'的主题无疑是高度契合的……"

随着领导一声令下，队员将队旗接过，又一次，指向前方。

火热啊，我们的秋季；

收获啊，我们的探索；

明天啊，我们壮阔的萍水河。

九月十五日

考察历程：第二天。

考察路线：起于上栗县东源乡羊子村大洲上，止于东源乡桥头村双凤桥。

本人参与：参加。

行程简记：《走过大洲上》。

走过大洲上

今天是中秋节放假第三天，事前经过征求意见，大家一致同意，为不多影响工作，正好利用假日继续考察。

上午9点许，车子将我们一行送达上次考察行程终点——羊子村大洲上桥头。

离上次考察过去两天了，时间拉开，上次行程的点点滴滴，已盖上记忆有些模糊的印章（保留回想中更多的是温馨温情），一切所见似乎又全新——新鲜感像早晨升起的雾露，再次将我们浸润。

跳下车的我们，双眼弥漫开新的探索兴致，重回初至的好奇与热望。

又是一个晴亮天，此刻的太阳不那么热烈，显得有些亲近的温和，空气中的水汽尚未散尽，远山近景在阳光照耀下，涂着一层迷蒙的金黄。河洲温静得像个小新娘，两岸河道上新铺的黄土像新娘披着的嫁衣，明亮着，温润着，磁铁一样将我们的眼光吸引。

将视线拉开，才发觉河洲两边不但辽阔，更具沉静舒展的美。不论是收割过，还是未收割过的稻田，还有那些生长着野草的荒地，高低层叠延展，色彩绿着或黄着，像一幅幅画，给欣赏者以恬静的热爱。

真是一种享受。起伏着胸脯，忍不住长吞一口气。空气似乎带着甜味。

除河洲路面铺着裸露黄土，带着倾斜坡度的河岸都做了护坡，整齐划一的护坡砖块覆盖了泥土，一列的青灰色将河岸打扮成另一种线条美，加上河道的自然弯曲，俨然人力在大自然的腹地涂抹上的除旧布新的装饰。

这里，让我一再驻足，不忍离去的，是那一小排被保留下来的有着别样风姿的河岸垂柳。浓郁的枝叶自然垂挂，高出地平线的身影仪态万端，作为男人，最贴切的比喻仍旧是，那是一个女子，一个风韵得足以打动人的心仪女子，风吹与不吹，在这田野护着的河岸边，那种江南女子的秀姿魅容，无以言表。

谁带头提议，说得合个影作纪念。

于是大家聚集拢来，列成一队，以秋天为见证，以河套为陪伴，以四野作衬托，以考察者崭新的颜面与垂柳的婀娜为骄傲，在羊子大洲上桥头，拍摄下第二天考察行程开始的历史存照。

九月十六日

考察历程：第三天。

考察路线：起于上栗县东源乡桥头村双凤桥，止于上栗县赤山镇赤山桥。

本人参与：参加。

行程简记：《双凤桥特写》《座谈听民情》。

合影双凤桥

今天是沿河考察第三天。

上午9点40分，大巴车将我们一行送达头天考察终点，今天考察始点：桥头村双凤桥。

较前两次考察，今天有些特别，一是天气好，毒辣的太阳躲进了云层，没有灼烧皮肤的暴晒，刺眼的强光也隐遁而去，景物看起来安静温和，河水也显得格外幽静；二是人员增多，考察队员本身人数较以往有所增加，另外还增加了非考察队员的社会志愿者组织人员，特别是，市政协副主席领导第一次走进了我们的队伍，与大家一起沿河全程徒步考察。

考察开始时，是情绪高涨点，在无人机升起黄蜂一般的鸣叫声中，大家依次列队桥头，兴奋叫嚷着拍下第三天考察开始纪念合影。

这座双凤桥，对于今天行程，有着分时段的意义，而在地理位置上，也是两个乡镇分界标志点。昨天走过来的路程那边，属于上栗东源乡范畴，而过了双凤桥，往下走的行程就为赤山镇管辖。

双凤桥名为何来呢？

当立桥头拍照时，有队员指着面对属于桥头村前方凸起的一峰说，看，那座山，有两个山头昂起，像不像两只凤凰腾翅要飞，那就叫双凤山。

双凤桥由于建在双凤山旁，是为得名原因之一。

另外还有说法，说卧于桥头河的这座桥为老石桥，由于河面宽阔，在设计时，考虑做一个桥孔不够，就设计成双孔石桥。石桥建成，精工细磨，特别是两个半圆桥孔，卧于灵透水面，远远望去，轻巧钟灵，恍如两只神鸟婷婷于水上，驼负着石桥振翅欲飞。

如此，久而久之，人们便以双凤之名称呼它。

而今天，对于双凤说法，大家衍生另一种解释。说双凤桥是指这里有两座桥，一旧一新，一大一小，一高一低，并排齐立，比翼双飞，看上去像两只鸟儿扇动翅膀，横卧河道，引渡着南来北往经过这里的人们便利出行。

呵呵，这种创说，虽牵强，但也别具匠心。

老桥得以保留，见出桥建设得科学，久经风雨考验，岁月洗礼，渡过无数行人而仍然结实耐用，保留下来既可继续发挥作用，更保存了文化历史，村子沧桑；新桥建成，是因时代发展，老桥已不能满足使用需要，行人车流来往穿梭，其载重，其宽度，其强度，都需要有更为现代与宽阔的桥梁来替代，在政府投入，百姓出力情况下，一座现代的钢筋水泥大桥应运而生。因此，就有了桥头村这一时代新气息、一古老厚风韵的"双凤桥"并肩展翅存在，将传说与现实、演绎与创造、实用与象征，和而不同、兼容并包的大胸怀、大视野乡村风度往下继续一代代流传。

座谈听民情

为听取民情民意，更广泛了解情况，收集更多对保护萍水河的看法意见建议，下午在赤山镇政府召开座谈会。

参加座谈的有来自市、县、镇三级相关干部，沿河东源、赤山、福田三个乡镇的乡镇退休人员、教育工作者及村干部等。

座谈人员一致表达一个共同的体验和看法，即在党的有力领导下，随着经济社会大幅发展，沿河人民生活水平、居住环境、生活状况大为改善，沐浴到新时代的幸福阳光。

但同时，由于生态变化、环境破坏、水量减少、设施老化、河道淤积、人员增多、垃圾乱扔、污水随意排放等众多原因，村庄的河流河道发生了历史性的退化、恶化，比如原来一年四季水量丰沛河流时有断流，水质大不如前；原来生活饮水用水都从河里挑，现在没人敢喝了；原来河道水深，小孩大人热天会跳进河里游泳洗澡，现在连洗衣洗东西都会介意；原来河里清澈见底，水虾成群，用网随手一捞，就可以捞起不少，一顿晚饭的菜就有了……

更严重是，现在水土流失严重，山上树木植被未得到很好保护，山下庄稼绿化减少，吸收涵养水源弱化，一下雨，四处水流汇集冲向河道，就形成泛滥洪水，毁岸坏田，灾害严重。而一到缺水季节，只要一段时间不下雨，河水就断流，不少有水河段，成为死水，庄稼田地没有水灌溉，又干旱成灾。

还有，村民保护意识不够，垃圾废物、生活污水随意向河道倾倒排放，比如吃过的、用过的物品包装、塑料袋玻璃瓶，比如厨余废物、厕所粪便等等。甚至有的农家乐餐馆、旅游民宿就将厕所建在河道上，不经任何处理，直接向河道排放。

针对这些情况问题，政府也给予高度重视，特别近几年来，投入大量人力、财力、物力进行治理，筑河坝、建水库，清淤泥、挖河床，疏河道、护岸坡……使乡村河流面貌有了根本性改观，沿河村庄环境焕然一新。而且，不但治标，还从治本着手，大力加强宣传教育，倡导保护母亲河、爱护身边环境从自我做起、人人做起等行动，使向河道随意排放污水、倾倒垃圾等现象得到有效遏制。

通过这种治理，有些村庄乡镇河道治理面貌得到巩固，沿途环境一日比一日清秀漂亮起来。有些村庄，不但河道水流增多、清澈，田野菜地庄稼瓜果栽种多样、长势良好，房屋道路建设也规划有致，村容村貌也清洁美丽，垃圾废品统一收集，看不到一点脏乱差现象，看上去就像一座新时代的乡村公园，让人感觉无比舒畅。

这样的变化亮人耳目，这样的发展鼓舞人心。

对此，人们无不欢欣，但希望政府要长抓不懈，持之以恒，特别在治本上，还要加大保护水土、封山育林、植树造绿、治理污染等力度，使我们的青山长绿，绿水长流，空气长清。

作为一地政府，赤山镇党委书记秦亮提出了他的长远规划与有力举措，他们将带领干群，上下同心，坚持问题导向，因地制宜，因河施策，系统治理，注重长远效果；坚持城镇统筹，区域合作，上下游、左右岸协调推进，水域陆地共同发力。建立水陆共治、部门联治、全民群治的河库保护管理长效机制，加强水管理，保护水资源，防治水污染，维护水生态，保障河库健康。

实现短期目标和长远愿景：到2020年，实现河库水域面积保有率3.6%，渌水、栗水、自然岸线保有率90%以上，重要水功能区水质达标率90%以上，地表水达标率85%以上，集中式饮用水源地水质达标率100%；有效遏制乱占乱建、乱围乱堵、乱采乱挖、乱倒乱排等现象，维护河库生态安全，建成河库健康保障体系和管理机制，实现河畅、水清、岸绿、景美。

美好的未来在等待我们，有政府主导，有乡民参与，有大家的自觉，我们母亲河的明天一定更加美好。

九月十八日

考察历程：第四天。

考察路线：探索萍水河杨歧源头，离开原计划考察路线，前往萍乡市上栗县杨歧乡及宜春市袁州区快荣镇、水江镇等地考察，实地察看两条水流路线：其一，起于上栗县杨歧乡杨歧山观音岩，止于上栗县杨歧乡杨歧山上、下千丘田处田心河；其二，起于宜春市袁州区快荣镇、水江镇交界处萍水河宜春源头，止于萍乡市上栗县东源乡宫江源（第一天考察起始点）。

本人参与：缺席。

行程简记：无。

九月二十二日

考察历程：第五天。

考察路线：起于上栗县赤山镇赤山村赤山桥，止于萍乡经济技术开发区田中湖。

本人参与：参加。

行程简记：《来到柳树湾桥头》。

来到柳树湾桥头

上午一路迅速，行程应该在 9 千米以上。为赶午餐时间，后面走得更快。

自出周江产业园区后，过韶陂、穿华源、进彭高，几乎以急行军速度，沿路没有什么逗留。怕忘了所走路线，仅偶尔掏出手机，对挂有门牌号住户门框上门牌（上面标注内容有某某村及自然村地名）进行拍照留存，以便于事后追记需要。

时间紧张，匆匆在彭高镇政府用了午餐，一行人在午后烈日火焰般炙烤下，又出彭高集镇街道，找河道继续出发。

看到小镇街上有多个书店，引发关注，特意拐进去作了解。只想一个 2.5 万人口镇子，一条小街有几家书店，应该是新鲜事。进出看过，才知道那并不是想象中严格意义上的书店，只是取了一个某某书店雅称，实际卖的还是以文具用品为主，书籍为其中小部分，且多以学生读物多。

而几家书店能够存在，面对消费群体肯定是办在镇政府旁的彭高小学学生。

过彭高桥，跨 319 国道，沿河前行，走过一段平整路，再穿一片菜地，来到河滩边。因河水减少，连着岸上坡道的河滩裸露，成了比在河岸行走更方便的道路。

河滩铺着的多是细小石块，踩在上面，有点硌脚。石头多成青灰色，原来生长在石头上的青苔晒化后，附在上面，成为与石头一体的着色物了。一些长的水草也晒化了，枯焦着躺在泥沙缝中，几乎看不出它们原来也是活在水里的植物。还有一些冲进河道的生活废弃物，比如玻璃瓶、碎瓷片、旧鞋子等，甚是有碍观瞻。一架水车站在河中间，上面挂满各种塑料、布条、树枝等杂物，一半嵌上面的挽水筒不见了踪影，像一个衰老的缺齿牙床，掉得没几颗——残损成这样也不补修，看样子早就没用了，一时也不会拆除，成了一个古董摆设，还做着样子在装饰这段河道。

大家时而走岸道，时而行河滩，与杂草地老鼠豆藤交谈，与河中水生物对视，坎坷难行时发一声抱怨，打一个踉跄；偶尔畅行时表一句快活，跑几步稳重，这确实只有丝毫不打折扣行走在原生态萍水河畔，才能收获的切身体验。

下午2点半，过了彭高村，来到杂下村，接近高速铁路地段时，环境变得优美起来。

我们继续走在河岸右侧，这里河岸道路全部经过修建，岸边围起了1米多高的汉白玉栏杆，栏杆上雕刻有精美图案。岸边路是彩色的海绵工程吸水路，红色路面画着白色边线，平整笔直。这里成排建造的房屋都是新的，外墙装修整洁美丽，样式一致，应该是进行了统一规划。猜测可能是高铁站建设，进行规划的拆迁安置小区。

来到这样漂亮的河段，大家兴致高涨起来。为了解更多地理知识，有队员打开手机地图搜查，得知此处叫老鸭塘，附近还有一处叫土城坳的地方，发现有谭台古城遗址，据说是当今发现的萍乡最早古代先民集聚地。看来这里自古就是一个繁华地带。

通过向当地居民了解，河上连接两岸的这座桥叫柳树湾桥。

一番察看，对岸一座树有"楚萍文化"标牌的建筑又吸引大家注意，猜想是一个文化活动中心，纷纷跨过河道桥跑去要探个究竟。

来到面前才发觉"楚萍文化"大门上着锁，可能因为今天是星期天，人家休息了。

大家还不扫兴，对着大门挂着的匾额及对联又研究起来。因是龙飞凤舞的草书，集聚大家智慧努力猜测，横立匾额上几个字还是认不全，唯辨识出竖挂对联为：书存金石气，室有萱兰香。猜测这可能是一家书画馆之类的商店，而非前面以为的居民文化活动场所。

循原路过桥再走回时，头顶高铁道上急速穿过一辆高铁，被高铁穿越汹涌气势震撼，有人惊喜喊道："我要与高铁合一个影！"

于是叫持有高档照相机的队员替他拍照，说你一定得慎重替我拍，可是有历史意义的！

他自己则举了鲜红的队旗，选好位置，站在高铁道下的柳树湾桥头，以美丽的安置小区为背景，等待下一列高铁驰来时，拍下作为日后珍藏的一帧留念。

在柳树湾桥头，通过一块树在河边的宣传牌，知道萍水河源头至此结束，往上河段根据所处地理位置，有着众多支流与名称，而从此往下，就是地理位置上，哺育200万萍乡人、被真正命名为萍水河的河流了。

我们所见的这个河畔美丽安置区，名称叫荣后小区。

通过小区名称，是否可理解为：高铁建设，也为推动一方发展，我们萍水河畔居民积极配合规划拆迁，是不是有着乐于奉献，且甘居其后的光荣精神呢？

九月二十三日

考察历程：第六天。

考察路线：起于萍乡经济技术开发区田中湖，止于安源区五陂镇长潭村三侯桥。

本人参与：缺席。

行程简记：无。

九月二十五日

考察历程：第七天。

考察路线：起于安源区五陂镇长潭村三侯桥，止于湘东区湘东镇浏市社区浏市桥。

本人参与：缺席。

行程简记：无。

九月二十六日

考察历程：第八天。

考察路线：起于湘东区湘东镇浏市社区浏市桥，止于湘东区湘东镇黄花村黄花桥。

本人参与：缺席。

行程简记：无。

十月三日

考察历程：第九天。

考察路线：起于湘东区湘东镇黄花村黄花桥，止于湘东区湘东镇邓家洲。

本人参与：参加。

行程简记：《走过黄花桥》《见识橡皮坝》。

走过黄花桥

今天行程从湘东镇黄花桥开始，这是第五次参加萍水河沿岸徒步考察。

因工作等原因，"缺席"了多次考察。距上次参加考察，过去了 11 天，考察行程从上栗县，跨过了开发区、安源区，来到了萍水河在萍乡境内流经的最后一个县区——湘东区。

上次（9 月 22 日）达到的考察行程终点为开发区田中湖。此后，队员们于 9 月 23 日、25 日、26 日分三次从开发区田中湖起，走过开发区、安源区，行至湘东区，来到了今天的湘东镇黄花桥，期间行程达 30 余千米，河道直线距离超过 24 千米。

过去这么多天，与考察队员再次见面，一股"久违的亲切"涌上心头。

也许是国庆放假，大家可以从工作中抽身，在我的印象中，参加今天考察的人员应该是最多的一次，达 22 人。

汽车载着我们来到黄花桥，在桥头停稳，我们一行淋淋漓漓走下来。

落入眼前的这座大桥，长达 200 米，宽约 10 米，从桥这头向那头看过去，很有些气势。人往桥上一站，再高大伟岸也渺小微弱下去。桥两边栏杆斑驳着，显现着经历风雨的沧桑。来往汽车呼啸着压过，扬起灰尘。

秋日阳光穿过多云天气的云层，照着宽阔的河面，微风吹拂下，带点鹅黄绿的水面荡漾着波纹。

暴晒的烈日暂时被遮掩，带着考察开始时的兴奋，大家在大桥上逗留。

这座连接公路的跨河大桥上游端是城区。远远望去，河的右岸，高低错落的房子密布，像挤挤挨挨着生长的树木花草，也像从四面八方涌往集市而汇聚的密麻人流。横竖贯通道路穿插其间，像编织的网状丝带，既是人车来往穿越的通道，也为密集的房屋留出间隙，让城市显得疏朗有致，能够从容呼吸。

那便是湘东区城区所在地，那片房屋最密集的地带，便是围绕区政府这个政治中心而建设的繁华区域。据了解，地处赣湘边界的湘东区，是江西的西大门，素有"赣西门户""吴楚通衢"之称，人口近 40 万，城镇人口达 25 万。虽然以前也打其街市走过，有身临其境体验，感觉到其繁华热闹之处，今天以辽远视域观察，却获得另外一种体验。

近观河四周，道田村姓吴的支部书记告诉我，以桥为分界，上游端右岸区政府所在这边，属于河洲村管辖，左岸为道田村管辖；下游端一边为黄花村，一边为美建村。可见，这沿河地带是"风水宝地"，适宜生活居家，人口密集，划分为四个村子管理。

经过近几年建设，我们这些原来不靠城的村落，现在基本都变为城区村了，你看，这花草整齐的河洲地带，我们把它改建为公园了，每年端午节到来，人们将河水堵起来，进行龙舟比赛，我们将它命名为龙舟公园。那边，那个高大的建筑，是文体中心。再前面，那是招商引资建设的云程实验学校新校区，这个学校的设施，现在是很现代的规格了……为推动这一片建设，村民们积极性高，能够与政府、商家认识一致，这上千亩的土地，当时不到 20 天就完成征用，建设的速度更快，创造了"萍乡速度"……

吴支书兴致益然地向我们介绍，看着他充满表情的脸膛，不由被他感染。

这是一个有思想、有干劲的村干部，好奇心忍不住让我问了他的年龄，他说，他是 20 世纪 70 年代后出生的。确实是年富力强的农村干部。

今天考察队伍里来了多家媒体的记者，听了介绍，记者队员兴致更高。电台的美女记者当场做起了直播，以同期声形式，报道村干部对发展变化的介绍，还向当地一些老者了解情况，要求他们以很具地方特色的"萍乡普通话"直播介绍黄花桥的变迁。

一座桥给予了一个地方名字代称，一座桥见证一个地方变迁。

见识橡皮坝

关于黄花桥的命名来历，民间说法不少。

在桥头考察完，下了公路，我们沿着河道往下去。沿途居民又向我们讲说着数种名字来历的传说。其中一种类似于神话故事的传说是与七仙女有关，说桥是由七仙女修建的，所以叫黄花桥。那个讲说故事的老人说得很神往，令人荡气回肠。说桥本来要建得很宽很牢固，都怪那个早起杀猪的屠夫，他惊扰了仙女的工作，仙女怕被人知道，所以见有人来就匆匆离开，没有真正完工。

故事说，见当地百姓被宽阔河道隔离，来往坐渡船不方便，从天宫下凡来人间游玩的七仙女看到后，当中排行第七的仙女同情百姓，没有跟着其他姐妹立即离开，乘着黑夜，想为百姓搭建一座桥梁，于是动手起来。

因为时间紧迫，想着天亮后人们就会起来，怕被发现，七仙女先是搭建了一座简易的桥梁。桥搭好，见还有时间，准备再将桥梁加宽加固，于是又在旁边再建桥墩。哪想刚立得几座，这时一个早起杀猪的屠夫走过来了。屠夫胆子大，见河里有动静，不但不躲避，还走近来查看。这时天边晨曦渐露，加上河水反光，能够分辨景物。不看不要紧，一看屠夫吓了一跳，发现昨天还空无一物的河里，凭空修建起一座石桥，顿时大吃一惊，失声叫喊后，转身朝村庄跑去，边跑还边叫："哎呀，不得了了——哎呀，不得了了，大家快来看……"

见有人走过来，正一心一意修着桥的七仙女赶紧躲起来，本还想待屠夫走了，再接着将桥建牢固修完整。屠夫失声一叫，七仙女知道村民们都要过来了，怕被发现，只能作罢，腾云升空，离开这里，往前追赶姐姐们去了。

天亮之后，村民知道了仙女做好事的情况，也看到几座未完工的桥墩立在水中，既感谢七仙女的恩情，也为打断了七仙女做好事的事情而遗憾。为表达感谢，就将建起的这座简易桥梁叫黄花桥。

老者告诉我们，多年过去，建成的桥倒塌了，但几座桥墩还立在水中未动。前些年治理河道时，还能看到河床中被挖出的扎实桥墩。

听着美好故事，让我们对黄花桥更增亲切感。

另一个70余岁的吴姓老人还告诉我们，说河边原来还建有一座10层的塔，一直到1957年，那时年纪不大的他还见过，塔的样子留在了他头脑中。现在，塔一去不复返，觉得遗憾，希望能够重修就好。

沿河道继续下行，回头远观立于河面的黄花桥如长虹卧波，既唯美又有气势，联想这些听来的传说故事，觉得给河流的考察增添不少诗情画意。

下河坡，穿小道，走村路，来到离桥直线距离约1千米的地段，远观黄花桥下筑起的这座水坝，因为落差，坝端水流倾泻而下，形成一道雪白齐整的弧形瀑布，哗哗河水奔泻不止，像一匹白花柔软丝绸被风扬起，很是好看。

据了解，这是一座橡皮坝，也是全市至今建起的唯一一座橡皮坝。我第一次听说可以使用橡皮作材料建筑拦河坝。自古至今，为蓄水、防洪、分流、灌溉等需要，建筑的拦河坝可以有泥沙坝、柴草坝、石头坝、水泥坝……中国历史悠久、著名于世的拦河坝当数战国时期李冰在成都都江堰建筑的分水坝最为有影响，那也是用石头筑起来的，但所谓的橡皮坝，只有发展到今天才出现。

查阅资料得知，橡皮坝也称橡胶坝，是随着高分子合成材料工业发展而出现的一种新型水工建筑物，由高强度帆布做强力骨架与合成构成，锚固定在基础底板上，形成密封袋型，旱季橡胶坝袋内充水或气成坝挡水，以满足工农业及生活用水需要，雨季泄出坝袋内的水或气塌坝，不影响河道泻洪。

建筑橡胶坝的优点在于，施工期短，通常安装只须 3 至 15 天，整个工程施工可以在 3 至 6 个月内完成。而且工程造价低，橡胶坝比传统的土石坝节省 30% 至 70% 的水泥、钢材、木材。还具有寿命长，运行维修方便，抗震能力强等特点。

橡胶坝适用于低水头、大跨度的闸坝工程。目前，橡胶坝已被广泛应用于灌溉、发电、防洪、城市美化环境等。

1997 年临沂市政府为了打造"中国江北水城"，在临沂市区小埠东兴建 1247 米长的橡皮拦河坝，最大蓄水量 2830 万立方米，成为列入《吉尼斯大全》的世界第一橡胶坝。

十月十八日

考察历程：第十天。

考察路线：起于湘东区老关镇金鱼石，止于湘东区老关镇仁村。

本人参与：参加。

行程简记：《寻找界碑》《在金陵大桥上》。

寻找界碑

这天行程较往日不同，为考察画上圆满句号的最后一天考察。

因是最后一程考察，上次所达行程终点，距离萍水河出萍乡辖区，往湖南流去的边界不过四五里路远。因此，大家觉得先到终端的分界点，再溯河流上行，然后抵达上次终点，改变一贯顺河水流向徒步考察习惯，以另一种逆方向的新方式完成整个河流的徒步考察行程，来个大圆满连接贯通。

这种反常考察走法，也新鲜。

这日为多云天气，非常不错，较之先前的烈日炎炎，可以说凉快很多，有的人还穿起了夹衣，不再着单衫。

按事先通知，我们下午在市政府大院集合，发现参与今天考察的人员特别多。因为要画上句号，主持这次考察的市政协，在主席亲自带领下，市政协班子领导成员、相关部门负责人几乎到齐，市政府相关部门人员也来了不少。市委机关报、电视台等媒体，还有不少自媒体，都派出人员参加。大家对今天的行程，满怀期待，感觉像在迎接一个节日到来一般兴奋。

车子载着我们先是抵达萍水河萍乡与醴陵交界地：金鱼石。

此地以河分界，河的两岸分属湘东区荷尧镇与老关镇管辖。据了解，地处赣西边界的老关镇，相传自春秋设关卡在此，明嘉靖年间（1522—1566）知县杨自治在老关建营房，置关楼，故称老关，现关卡虽毁，城墙遗迹尚存。老关历史悠久，明清时期，自康熙二十二年（1683年）起，老关素有"归圣乡""怀信里""昭信乡""美昭乡"等称谓，自1993年7月撤乡建镇后，才由老关乡改称为老关镇。

此处河面宽阔，水流平缓。临岸一望，一河视野相当辽远，水面平静得像一面镜子。河的上游，依着河道，两边平整的田野连片达上千亩，人烟密集的村庄依偎在田野中间，这里一堆，那里一丛，好像大家随心泼墨的山水画，属于典型的江南丘陵地带乡村风光。

往下游看，宽阔河道绕着低矮山峦丘陵，拐过一个大弯，走向山的另一面。那一面，虽与萍乡风物景观相差无几，但却分设两地，归为邻省湖南了。这也是有趣的，因为行政区划设置，本来可能同为一家人，但所居地点差别，亲兄弟也或一个属于本省人，另一家就归外省管了。尤其像萍乡与醴陵这样分属两省的两个地市，在划界地段，因一河相接，又是土壤肥沃、人口集居、并无分隔的地带，生产生活、风土人情等相互之间根本没有什么差别。且因紧密沟通往来习惯，实际生活中彼此并不视你我为外省他地，双方只是好邻居、亲朋友，哪分什么地域区划概念。

既然是省界，作为考察队员的我们，本带着许多好奇而靠近的，只眼下所见，并没发现什么特别地方，可出于探查与好奇，大家总还想有点什么发现才满足似的。

因此下得车来，大家最为关注的是萍乡与醴陵交接的具体界线在哪儿，都想找到相关标志。

他人或因为赶时间，并不非找到界碑等标志不可。因此尽管一时没有收获，见"大部队"移动，就跟着脚踩风轮般朝前赶了。

我却心有不甘。

因此，当多数人离开，我还来回搜索。功夫不负有心人，一块"隐藏"在河边一棵大树下，上面写着"省界水体监测断面"白花斑点花岗岩碑石果然被我发现，这令人兴奋。石碑本来凸出地面近一尺高，做得也还显眼，但因茅草长得高，加上落着残败枯叶，几乎被完全遮住，所以轻易发现不了。

有了这个发现，赶紧叫过刚要转向离开的另一同行队员，激动地说："瞧，这不是省界分界标志吗？"

然后对着界碑，狠拍下几张照片存念。

后向相关部门专家咨询，才知道这是环保部门设立的环保监测标志，非真正意义上的行政区划界碑。但也是一个地理标志，总算探明了分界点具体的位置。

抬头再望向属于外省的河的另一端，那些为考察查阅资料所得知识在头脑过浮现：

萍水与渌水相连，实为同一条河。在萍乡境内称萍水，出萍乡往醴陵去称渌水或渌江河。古时渌水又别称"漉水"，由发源于湘赣边界的浏阳河、洣水、耒水，加上萍乡跨境流入的萍水汇集，此四河习惯上称作湘东"小四水"……

渌水是醴陵最大的河流、水系，干流发源于罗霄山脉北部山麓、江西省杨歧山千拉岭以南……从沧下流入萍乡境，西流经金鱼石入醴陵境。经罩网滩、枧头洲至双河口，汇合澄潭江……

渌水流域山清水秀，阡陌纵横，田园翠碧，景色宜人，是典型的江南风光。沿岸上地肥沃，物产丰饶，人口较为稠密，连接着萍乡、湘东、醴陵、渌口区等城镇和大批村庄。古代，水运船舶是人们拓展交往的主要交通方式，渌水便成为湘东赣西地区的重要交通线。沿途的古渡口码头、商埠集市非常多。流域内景点独特，历代文人墨客对此多有吟咏……

在名噪一时的现代京剧《杜鹃山》里，主人公柯湘介绍自己身世时有一句唱腔"家住安源萍水头"，指的就是渌水上游。渌水从大山深处出发，穿越大片崇山峻岭，穿越广袤田园山庄和城郭，一路滔滔，一路欢歌进入湘东，滋润着醴陵的肥田沃土，并将一泓柔情雅韵展现在瓷城大地，孕育出一幅幅诗画般景致……

一河两地，界碑为证；一河贯通，唇齿相依。正因有上游萍水美的源，所以才有下游渌水优的境，这是我站在界碑打望时，一种切身感触。

在陂金大桥上

离开两省分界点，沿河上溯约一千米路，来到一座大桥上。

这座大桥叫陂金大桥，在地理上具特别意义，既是连接大义与仁村两村的村级行政区划桥梁，也是连接荷尧与老关两镇的镇级区划桥梁。

从河北岸过来，是荷尧镇大义村，跨过桥，往河南岸去，即到了老关镇仁村村。一河跨两村，衔两镇，意义特别。

在北岸桥头，发现所立市级河长制公示牌标注出，此河段为"渌水河大义村段"，起点为骆驼湾大桥，终点为金鱼石，长度2.8千米。

跨过大桥，来到桥南端，发现建桥时树立的纪念碑牌，上刻《陂金大桥兴建记》："陂金大桥位于萍西陂头洲渡口原址处，与金鱼石隔河相望，远若千里，近在咫尺。无桥渡步，两岸人民难以成行。恰逢渡改桥之机……"

后面文字笔画掉落过多，字迹模糊，难以识认。查看文尾，发现落款的"2008年"刻碑纪念时间等倒清清楚楚。桥建于2008年，过去也有12年了。

碑牌两边石刻题联：

> 齐心合力伟业永驻；
> 萍水飞虹福泽绵长。

取意用词虽然平常，但似也有亮点，如"齐心合力"确切表现了全体村民自发意愿这个要义；虽难免抄袭之嫌的"飞虹"惯用一词，也还能将长桥的灵动飘逸气势刻写出，陡添些豪迈气度。

另发现桥端同样立有"河长制"公示牌，上面标明此河段名称为"渌水河仁村村段"，起点为骆驼湾大桥，终点为肖家湾，长度 4.2 千米。

同样起点为骆驼湾大桥的两个河长制负责河段，虽然同属于萍乡市湘东区，所负责的市长、县（区）长为同一人，但因为分属不同镇、不同村，所以终点与长度相异，一个终点达金鱼石，长度 2.8 千米；一个终点到肖家湾，长度 4.2 千米。且所负责的镇、村级河长也相异，一个由荷尧镇镇长、大义村支部书记分别担任；一个由老关镇镇长、仁村村主任分别担任。

其实前面走过来时，我还发现树立路旁的另外一块上刻"湘东区河流界碑"的石碑，是由湘东区河长制办公室做的，所标注内容又不同：一是长度为 5.83 千米，一是起始点为从郭家冲至金鱼石……不过此河段管辖单位注明是荷尧镇，"5.83 千米"长度注明为"境内长度"，因此推测此为渌水河（萍水河）流经荷尧镇的整个长度，终点虽然还是金鱼石，但起点上溯到了郭家冲。

由此可知，曲曲折折的萍水河，当经过不同建制镇、行政村时，为加强对其的保护，我们的乡乡镇镇、村村落落以它们所辖权限，或出于管理便利、责任落实需要，将它以不同长度，划分成了若干分管段，管理责任具体落实到市、区、乡（镇）、村各级行政领导头上了。

因此，它便有了所谓的长 2.8 千米"渌水河大义村段"、4.2 千米"渌水河仁村村段"、5.83 千米"荷尧镇境内长度"等大小不一的数字与别称，有了从骆驼湾至金鱼石、骆驼湾至肖家湾、郭家冲至金鱼石等地名指代。

这座陂金大桥，因其特别，同样引发着我的激动，在大家举目四望时，我只将手机举起，以历史的仪式感，对着它所处位置的前后左右一顿猛拍，知道得以图照或文字形式，把它固定下来，传承下去，才能成为永久的历史。

进入相机镜头的这方河流，其以桥为标志，将两村两镇，或更远的脚步串连，将南来北往的身影映照水面，随着一弯清波流向远方，流向悠久，亘古。

十一月二十一日

考察总结会

上午，在市机关大院 13 楼，由市政协主持召开萍水河徒步考察总结大会。

大家认为，在庆祝中华人民共和国成立 70 周年以及中国人民政治协商会议成立 70 周年之际，组织开展这次"萍水河畔新发展·政协委员看变化"主题考察活动，意义重大，影响深远，通过这次活动，既让我们深切看到建国 70 年来，3800 平方千米萍乡大地巨大发展变化，200 万楚萍人民生活欣欣向荣的祥和景象，更进一步激发我们的获得感、幸福感。

总结回顾时，我注意到被反复提到的一组数字：60 余名、36 天、84 千米河道、200 千米行程、4 个县区、16 个乡镇、56 个村、200 个村民小组、200 余户村民、4 次会议……

考察过程中，一路走过来，队员们交流时，虽然也曾不完整提及这些数字，但没有作系统梳理。将这一串数字延展补充，要表述的事实是，我们 60 余名考察队员；前后时间跨度 36 天；完整考察了萍水河在萍乡市境内长达 84 千米的河道，整个徒步考察行程近 200 千米长度，走过了上栗县、萍乡经济开发区、安源区、湘东区 4 个县区、16 个乡镇、56 个村、200 个村民小组；一路过来，考察队员通过采访调查与 200 余户（个）村民开展了交流，召开了 4 次座谈调查总结会议（包括本次总结）……

这一桩桩、一件件，相当实在可感，似乎意义非常，是一次挑战，是一次创举。

作为代表考察队员三个发言者之一，我也浅显表达了自己的体会认识，尤其认为活动的时机、主题的选择、领导的重视、有效的发动、周密的安排、上下的沟通、切实的宣传、县区乡镇的配合、沿途群众的欢迎支持等等，给我们考察队员与考察活动添了油、鼓了劲、助了力，从而促使大家勇往直前、保持热情、克服困难，圆满完成考察。

在总结考察成效时，市政协提炼如下几个"第一次"：

上下左右形成合力，第一次实现政协专委会与党政部门、市政协与县区政协的联动，为今后的对口联系工作进行了探索；

运用现代手段履职，第一次实现文字记录、视频、音频、图片多种形式的结合，为新形势下人民政协改进履职方式进行了探索；

开辟专栏发表活动成果，第一次做到报纸跟踪报道、电台全程直播、网络全面呈现，为发出政协好声音、展现政协好形象提供了参考；

以最务实的态度，第一次以长时间徒步走进实地、走进基层群众的方式履职，与沿途群众贴心交流、深入调研，接地气、沾泥土，脚踏实地地访民情、听民意，为改进工作作风和调研方式提供了可复制模式；

以最主动的态度开展宣传，第一次实现人民政协报、中国政协杂志、江西日报、江西政协报以及中国新闻社等各级党报、政协报、都市报、门户网站对单项活动全覆盖报道，为今后加强人民政协全媒体宣传提供了可复制模式……

当然，这些"第一次"，更多是站在政协工作角度看的，而作为一个历届政协委员、一个长期扎根生活的作家、一个全程参与考察的考察队员，本人体验的丰富性与获得感远远不止这些。

一路人文

"萍水书院"

按照考察设想，目的在于了解萍水河的水流、水质，宣传对河流及自然生态环境的保护，但也着重关注沿河、沿路、沿线村庄发展变化，人文历史等。

考察第二天，来到上栗县东源乡桥头村，让人眼睛为之一亮。

这里屋舍俨然，道路干净；花草整齐，空气清新；田畴无垠，菜蔬精神；河流缓缓流淌，挽水筒车悠悠歌唱……

这是一个典型的新时代的新农村，自然景观与人文建筑各归其位，山水生态与村庄道路和谐有致。

这里的"大姓"是何姓（人口多），以此为介绍，又可称谓何氏桥头村。

何氏以人口众多而占据桥头村重要位置，在这重要位置中显现最大影响的，我想更主要还是何氏家族风范让人信服。

穿村过户，眼睛所见，可以看到保有不少老房子。老房子中，居然有数处都是何氏族人祖屋。而且，这当中，作为祠堂的居然就有两三处。

有一处老屋，大门书写着对联：

世界革命风起云涌；
祖国建设日新月异。

横匾：

社会主义好

这样带有明显时代痕迹的联语，一看就知道属于哪个年代的。但字体墨迹却厚实清晰，数十年过去，还保持着原样。

陪同的人向我们介绍，说这处祖屋的墙原已倒塌了，这是经过翻修的，再过些时候你来看，我们要把这里办成一个书院，名字就叫"萍水书院"。

看看，萍水源头的书院——这就是"何氏人家"的眼光境界。有钱了，要注重富有年代建筑的保护与利用；富裕了，除物质享受更得要有精神内涵的提升，祖屋变书院，村民变读书人，不论其实际意义几何，但其境界与产生的影响一定会是深远的。

何氏家族让人感慨更深的，还不在这里，而是当我们走进改造利用后的"何氏宗祠"建成的民俗展览馆时。

这个村子深处的何氏宗祠，年代肯定久远，对何氏族人记忆与影响肯定也深远，但今天，何氏族人将它的功用作了另一番改变，将历史悠久的一姓祠堂变为供万家参观学习的展览馆。这里陈设的，是一些能够体现过去生产生活、风俗习性、文化风貌的各种器物工具，大到原来生产用的人工灌溉水车、榨油机，小到装果子食品的陶瓷罐、木饭甑等，不一而足，数量丰富，品种齐全。参观过后，旧情旧景，睹物思人，见物感怀，胸中涛涌。

这是何氏家族情怀体现，当然更体现当地政府的引导与大力支持。

改变祠堂功用，将几乎不能发挥作用的老旧祠堂修葺一新，将品种丰富的旧物收集，将各种陈设别具匠心布置，还有长年累月迎来送往一批批参观者的参观……所有这些，细想深虑，还真不容易，得大力投入，耗财耗资，耗神耗力呢。

我想，今天，我们肯定不是第一批到来的参观者，此前，已迎接过千万人次参观学习了；我们更不会是最后一批参观者，此后，还将有万万千千的瞻仰者到来。这座何氏祠堂，我们的桥头村，一定将保持并发扬这种除旧布新、勇为人先的文明风范，让前来参观者获得可感可学的精神内涵。

就如这展馆廊下，历经无数风雨刷洗，刻于石柱上的对联所云：

碧水环流千秋秀溢冠裳地；
青峦耸翠百世灵钟俎豆堂。

千秋百世过去，这样的风范文明，一定仍将更富魅力，更催生机。

当我们往回走，再次经过前面看到即将成为"萍水书院"的老祖屋时，觉得大门上端用正楷写着的"社会主义好"几个字，显现力透纸背的那种刚劲，让我有了新的认识。

依河傍水大尉庙

一路行来，总有些盖红色琉璃瓦，外墙着红漆的屋舍特别显眼，它们的样式翘檐挑角，大门前都立有廊柱，刻写着讲究联对，一看就知道那是些有别于普通住房的建筑。在这些建筑里，供着乡民们内心的信仰与姓氏来源的尊崇，是村庄的宗教，家族的神圣。

考察头两天，从萍水源头宫江的关下沿河而下，至东源乡桥头纸厂坝，行程不过七八千米，依次见到有何氏宗祠、济世公祠、曹氏宗祠及太子庙、大尉庙等众多宗祠庙宇。这还是在河道两岸可见视线内，如果深入村庄腹地，相信会有更多发现。

与考察队员讨论，说据资料显示，整个萍乡范围内，庙宇有一千座之多。

我与之辩驳说，肯定不止这个数，除非单指达到一定规模，通过官方登记注册了的，如果大大小小，所有都计算起来，应该十倍乘之。

粗略估计，全市上千个村子，每个村子供奉的神庙平均不会低于十个。

村子庙宇的神位与摆设祠堂的祖宗牌位，既是为了祭拜与追崇的有形体现，更是藏于一个人心中无所不能的神灵与先哲。

考察第二天，走近上栗县东源乡桥头纸厂坝边的这座大尉庙，临河倚山，远远吸引着视线。从岸的这边，过了桥，再行百余米，即到达。正对大河的庙，建有一座槽门，绕开了与河的对视。槽门坐向左边是河道，右边是一袭稻田，水稻还未收割，一派丰收景象。庙依着青山，山上植被茂盛，通直翠竹婷婷袅立，蓬勃多姿，为庙宇增添不少色彩。

细细查看，槽门廊柱各刻有字迹，左柱为"信士某某某捐建"，右柱为"捐柱：某某某，某某"。可见，这一砖一柱，都倾注着远近乡民发自内心的良好情怀与感恩善念，有的可能在建庙之初就已献资认捐，有的可能是在庙建成之后，为表达诚心感谢的还愿捐赠。

不管怎样形式，对树立一方村庄的庙神，村民们都虔诚有加，充满热怀。

我们一行进入，除参观考究，还向守庙老者请教。

有人进来，庙宇敞开胸怀，守庙人也将胸怀敞开，热情作着介绍，解答着我们的提问，一问一答间，胸怀自然更进一步敞开。

我说有点口干，向老者讨要水喝。老者指着饮水机，热情递来茶杯。

喝过水，请教老者高寿，答曰80岁了。又问守庙多久，答曰20年了。

真看不出，步子灵便，身板硬朗，看上去怎么都不像80岁高龄的人。他再说到已守庙20年了，就不得不信。60岁后，儿女都长大成人，建家立业，各自飞奔，做父母的，也要清闲下来了，得找个甘愿做的事情做，来这里打扫清守，正是归宿好去处。

日子悠然，心情自在，更有寄托，心里充实，精神饱满，岁月不知觉流失，虽然年近暮岁，但却并不见衰老。

守着庙中岁月，能不见老，其实还另有因由。接下来老者向我们透露了这个秘密，将我们指引向庙宇的侧室，在这里摆着长长的两架药屉，每格原木板屉面用黑墨笔标注：白芍、薄荷、防风、杜仲、陈皮、红花等一个个药名，在药柜靠窗户一端，摆着司药案板，案板下的架子上，还有成袋成袋的晒干草药待分拣，这里原来是一个药房。

老者告诉我们，在这里守庙多少年，就行医多少年，为羊子、江北、镜山等远近村民解除疑难杂症，深得信赖。

听着老者讲述着行医事情，介绍着各种草药作用，心头蓦然感觉到老者容貌不老，精神常新秘诀所在。

不断发展变化的今天，内心信仰固然不可或缺，但讲究科学与我们的信仰并不矛盾和冲突，借用信仰与精神信力的支撑，将科学的对症下药根植进去，能够取到的作用与效力是不是更要翻倍呢？

无须回答。

这河边的庙宇，这庙宇里的行医老者作了最好诠释。

在此出生长大的考察队员小马告诉我们，从小，他们对庙里菩萨都叫"大尉公公"，很多孩子，为能健康成长，保一生平安，父母都将他们"过继"给菩萨。

这种做法，在医疗条件落后的年代，为保护孩子健康成长，在心理上找一个慰藉，是可以理解的。就像过去人们怕孩子不能长大成人，要取一个小猫小狗的名字，只想以此烂贱叫法祈求一生平安一样。

探花故里

走河边，穿田野，行村道，过马路；从桥头，经耿塘，越大院，入黄田，考察第三天，一气走下来，五六千米行程，不知不觉被我们完成。

沿途看不尽的河道风光，赏不完的各色村民新房，更有迎着我们采访不完的热心村民提供的素材故事。

水质良好的河滩边，有我第一次亲眼看到的真正芦苇；肥沃泥沙堆成的一畦畦田地里种着的茂盛扫把草，头一次新颖我的眼睛；河湾中拉起的横索让我们知道，如果有飘浮垃圾还可以这样阻拦清理；来到河水清亮如湖的壁石潭，那河岸新居令我们一再留恋；耿塘沙溪坝边遇到的71岁村民肖启烈，滔滔不绝向我们讲着村中风光及人文掌故；那修饰一新的龙王庙，还有白沙社，以神的启示告诉我们这一方水土的富裕精神内涵；大院村支部委员会建立农户家的沙溪西岸党小组，满怀热忱邀请歇脚打坐，端出可口凉茶为我们消除疲劳……

正是有这样应接不暇种种风物人情，生动了我们的考察，并展示着一方水土的繁衍生息，所有传承与创造，既是自然发展的顺序流传，也是理所当然的生产。所以，当我们在赤山镇政府工作人员引导下，走进这个叫"拱辰小镇"的标志建筑区参观时，令人眼睛一亮也是情理当中。

清一色的仿古江南建筑，错落有致的规划设计，显山露水的生态展示，雕梁画栋的屋瓦墙体，时隐时现的穿行过道，精心摆设从地下发掘的珍贵阴沉木……无一不告诉我们，这里代表了6

万赤山人民凝心建设的人文精华，显示着一方政府聚力打造的展示窗口，在质朴无华的萍水河畔行走多天后，进入到这个人文建筑精华之地，看到别具匠心打造的生态胜景，不得不让人发自内心涌出又一种赞叹。

抬头望向拱辰小镇一旁高高矗立的拱辰塔，对另一个对此具有历史丰碑价值的名字不得不在这里写下，他，就是被长寿皇帝乾隆称为"江西大器"的刘凤诰。

刘凤诰字丞牧，号金门。1761 年生于今天的赤山镇观泉村，乾隆四十四年（1779 年）考取举人，乾隆五十四年（1789 年）获得殿试一甲第三名（即探花）。嘉庆年间被封为太子少保，担任过吏、户、礼、兵四部的侍郎；任过湖北、山东、江南主考官和广西、山东、浙江学政。著有《存悔斋集》三十二卷、《五代史记注》七十四卷、《江西经籍志补》四卷、《杜工部诗话》，参与纂修《高宗实录》等。

因为诞生过这样一代名人，所以后来者将赤山称为"探花故里"。

关于刘凤诰的智才聪敏，传有很多故事。据说，当他应对乾隆殿试，乾隆出对：

龙王夜宴，月烛星灯，山肴海液地当盘；

他答：

玉皇兴兵，雷鼓云旗，风刀雨剑天作阵。

乾隆出对：

北宋冠莱公，双天官，双管齐下著诗书；

他答：

大清刘凤诰，一目人，一目了然读文章。

刘凤诰才思敏捷，令乾隆大为惊叹。但看到一只眼睛失明了的刘凤诰，乾隆不甘将功名授予他，又爱惜其才华，于是再出对：

独眼不登龙虎榜；

刘凤诰再答：

半月依旧照乾坤。

于此，爱才的乾隆最后出了既进一步考试功力，又要决定名次的检测联：

东启明，西长庚，南箕北斗，朕乃摘星汉；

知道了皇帝心思的刘凤诰旋即答出：

春牡丹，夏芍药，秋菊冬梅，臣本探花郎。

从而，刘凤诰殿试探花得以确定。

在济南大明湖，保留了传颂深远的刘凤诰名联：四面荷花三面柳，一城山色半城湖。据说当时任山东提督学政的刘凤诰任满离职，山东巡抚铁保于大明湖沧浪亭设宴送行，一时兴起，刘凤诰吟作此联，甚赢得铁保所爱，作为书法大家的铁保即席取墨书之，教人刻写于沧浪亭。

大明湖从此因刘凤诰之联，铁保之书法名气更盛。

得益刘凤诰等先贤之熏陶，萍乡这方水土，声名鹊起，文风浓盛，人才一代代迭出。据了解，后来光绪皇帝甚爱的珍妃授业之师文廷式，还是刘凤诰女儿的孙子。

走进杨真人庙

考察第四天，从彭韶路拐向通往周江村分岔路口，一村民住房上挂一显眼红色横幅，上刷白色字体：

欢迎五台山大宽法师入住多福寺！

路另一边，还插有彩旗指引方向，彩旗上也有字迹：

多福寺开光！

一下提起我好奇，这又是一场什么活动，这般热闹呢？

沿路再往前行二三百米，果然立着一座庙宇。庙宇位于路左边，离正道五六十米远，辟一条分道进出，宽阔水泥路面，平坦整洁。

进得庙来，先要经过寺院牌楼。覆红色琉璃瓦、挑檐翘角的牌楼上端分两层，显得气派。上层檐匾嵌金色"多福寺"三字；下层临时张挂红底白字横幅书：

阳历十月四号佛像开光！

寺庙格局成三合院架构，正对着牌楼门为地南殿，刻门联：

人无愧心苍天可鉴何须胆战心惊；
身正不歪圣帝明察岂能颠倒邪正。

左为观音、财神殿等。右与观音、财神殿正对是一戏台，戏台两侧有对：

扮生旦净丑末亦谐亦庄；
演文明新戏剧或歌或舞。

看来，进出牌楼大门这向应为侧向，庙宇正向为观音、财神殿的坐向面对方向。庙正向殿堂，供三座神位，左为观音、右为财神，中间殿堂神位依猜测应是多福寺主了，因殿名被新张贴红纸联覆住不得而知，纸联上书四字：

寿神衣庄

殿堂大门右侧新贴纸联失落，露出竖写上联：

兹孝感天名垂万古。

"寿神衣庄"及所谓"兹孝感天"指的是什么呢？

带着疑问，向路遇的当地74岁名叫彭世豪村民请教，得知此庙原名麻衣庙，供的主神为麻衣老爷。麻衣老爷姓杨，死后人们又赠送称呼为杨真人。

传说麻衣老爷是当地一个医术与医道都被人称道的医生，为解病人痛苦，为当地百姓治病同时，每年还抽出时间行走四方行医，救死扶伤。因他医术医道好，且不以赚钱为目的，不肯多收百姓钱财，对一些困难人家，还倒贴着钱替人医治，所以每到一处，找他看病求治的人甚多，往往被求治者拖延，不得按时而归。不少时候，比计划外出时间要延迟一两个月才能赶回家。

这一次，杨真人仍然又迟了两个月才回来，当他赶到家，一个晴天霹雳砸向头顶，在他离家期间，家里父亲突发重症，居然没有等到他回来已然辞世而去。

重大打击，一下将杨真人击倒，自己作为医生，替他人救苦救难，而父亲患病及离世，自己却不能在身边，既没能替医治挽救，也没有尽到守护孝道，何谓人医，又何谓人子？

恨及至此，杨真人感觉自己罪该万死，不能再苟活于世，为谢罪父亲，他身披麻衣，纵身跳进深水塘里自尽。

杨真人事迹于此一下传扬开来，远近百姓为表达感谢，纷纷集资，为他在家乡建庙塑像，敬献香火，日夜供奉仰拜。鼎盛之际，所建庙宇，据说达到五进之多，四邻五乡百姓朝拜者络绎不绝。因杨真人身着麻衣，表达孝道而死，人们就称杨真人庙为麻衣庙。后世事更迭，乃改麻衣庙为多福寺了。但在当地百姓口中，大家还习惯以麻衣庙称之。

立神有据，这样一个故事，让人对多福寺更增一份虔诚！

再看庙旁一川萍水，辽阔幽深，似乎在告诉你，有多少杨真人这样的朴实村民，都养育在她的怀抱。

源远楚王祠

考察第四天走到下午，当我们围绕田中湿地公园考察转过一圈后，尽管已相当疲惫，但队员们还是积极决定去参观一座祠庙。

祠庙在尚贤路岸下，低于路面，坐车子上往外看，只能看到一片高出路面盖琉璃瓦的红色屋顶，不擦亮了眼睛，一不小心会被错过。

一路行来，庙宇实在看得不少，对这座庙，当时并未有过多期待，猜想也是供着什么观音、福主一类通常神仙菩萨庙宇。

但进得庙来，才发现出乎意料，这里供奉的居然是楚王。这座庙宇就叫楚王祠。萍乡地名来由据说就与楚王有关，在这里建楚王庙，是否为此而纪念呢？

据说当时楚昭王乘船经过萍水河，水面漂来硕大圆形果实，状似浮萍，极为罕见，大家捞将上来献与昭王。将果实剖开，肉质通红，昭王询问此物何名，大家皆不认识，回答不出。

为此，楚王让人捧此物请教于孔子，孔子曰：此乃萍实也。

因此，人们遂将楚王得萍实之地称为萍乡，即萍实之乡的简称。

此非史实记载，只是民间传说，至于萍乡之名如何得来，既然大家不得而知，有此传说，不如权当来由之说吧。因此，对于萍乡人来说，知道此故事者不少。

在自古属楚地管辖、有吴头楚尾之称的萍乡大地，人们对楚王敬仰有加，为表达怀念，楚王祠、楚王庙类祠庙存在不少，此楚王祠为其中之一，位处开发区田心村，始建于何时已不为所知，据记载二次重建为唐代开元七年，即公元 719 年。这次重新修葺为 2017 年。当下所建规模虽不宏大，但却设有两殿，楚王殿设位右座，与楚王殿并立、位列右殿之上的左殿为观音阁。这种规划，将首位让于观音，见出建庙者似懂得楚王之谦让心思。

观音阁大门联书：

> 银河上桐木架东桥上埠通下埠；
> 金山中福田种南坑赤山变青山。

联意匠心别具，用词乃为萍乡县区乡镇名的嵌字联，桐木、金山、福田、赤山皆为上栗县乡镇名，其他分别为芦溪、湘东、安源等县区所属乡镇名。

楚王祠书联：

> 贤王渡江得果真乃是天意；
> 圣人开言鉴实假以为地名。

包含了萍乡得名来由之故事传说。

祠庙大门前廊亭支柱还有长联：

> 阁濒萍水龛中菩萨不吝三宝垂佑保平安；
> 祠近清溪社下黎民岂特四时祭奉求清吉。

其意皆紧扣观音阁、楚王祠，对二神所在的恭供表达。

正对庙门前方，特建碑墙，刻写介绍楚昭王史实：楚昭王姓芈名壬，又名珍，为春秋时期楚国第 32 位国君，生于公元前 523 年，殁于公元前 489 年，享年 34 岁，6 岁继位，在位 28 年。

通过碑文介绍可知，楚昭王尽管年少即位，去世又早，寿命不长，但因幼年丧父，加上战乱磨难，倒促使他早懂事，爱社稷，恤民情，励图治，成为一代彪炳史册的治国理政能君，为世人称颂。

唐时，担任过袁州刺史的大文学家韩愈游览楚王庙后，特意写下《楚昭王庙》七绝诗一首，表达世人对素有能德的楚王的深切敬仰：

> 丘坟满目衣冠尽，城厥连云草树荒。
> 忧有国人怀旧德，一间茅屋祀昭王。

黄花渡头故事多

10 月 3 日，考察队伍来到湘东镇黄花桥。

站在黄花桥头的我们，不停对陪同我们的当地村干部做着采访，既记录着今天的发展变化，也对它的昨天兴致非凡。

村民们看到我们考察者，出于好奇，逐渐围拢过来。于是我们又向他们打听有关黄花桥的来历等情况。

那些上了年纪的老人，当我们将话题引导着要他们回忆过去时，打开的话闸更似这黄花桥下的河水，奔泻如波。

一个老人指着桥下不远处的深潭地方说，原来没有现在这座新桥，桥是建在那个地方的。过去的桥也不是现在的桥，那是浮桥——浮桥，你们知道吗？

我当然知道，浮桥是属于桥的一种，那是用渡船架设的。虽然河面不很宽，但因为水深，过去没有现代的机械设备与工程技术，但为过河来往方便，不受坐渡船限制，无法建设普通意义上的桥，先辈们发挥智慧，就以小的渡船，一只接一只，连贯固定起来，然后将木板等做成桥面，铺设在渡船上，做成浮桥，让人们过河来往便捷。

事前，通过查阅地方史料，也得知，围绕黄花桥这片地带，宋朝开宝年间，就形成一个货物人流交集市镇。《昭萍志略》载：其西怀攸里，距城二十里，街二里，临水通舟，商民二百余家。外州商贾如过河之鲫，纷纷来此开设店铺，经营布匹、药材和小粟等。宋时于此设驿站，曰湘东驿。

改称黄花桥，是"因文姓植菊桥边，故名黄花桥"。"后圮，里人置船为渡，故又称黄花渡"。

西山塘政治夜校

10月3日，在黄花村的萍水河沿岸穿行，一路记下走过的自然村小地名：……西山塘——喻家湾——仙人桥……

细心的你会发现，这些地名都表达了一个一致概念，即不论是"塘""湾""桥"，都体现出一个与水相关的概念。那不难得出一个另外结论，黄花村是萍水河的黄花村，黄花村与河流渊源深远。至于"黄花古渡接芦溪"等清代诗人查慎行的诗句如何来由，等后面再作叙述，可以看出，在古人眼中，黄花这方水土，应该是一方被萍水河滋润得清新卓绝的村落，是风土民情、稻香鱼跃的典型江南水乡代表。

> 远望碧桃成，不知何家村。
> 停舟褰裳往，颇闻书声喧。
> ……
> 感兹醇朴意，如逢羲轩民。
> 方知古桃源，依然在人间。
> 但恨无缘留，回头望白云。

　　读清代名家袁枚诗文时，记得在他《萍乡纪事》一诗中曾对美丽萍乡有过这样的描述，因为萍乡山水的美实在非常，所以在诗的结尾令其不由发出"但恨无缘留，回头望白云"的依依不舍感叹。

　　一路走过来，桥（黄花大桥）——坝（橡皮水坝）——渡（浮桥渡口）等等，这些与河流关联的事物，成为吸引考察队员的风景，更是人文建设发展的遗存或见证，这些有的虽然早已成为过去时，但它仍然影响着人们，让人念念不忘，如曾经的浮桥等；有的仍然存在，并继续发挥着作用，还不断朝前，随时代发展变化有了更新，如桥梁、水坝等。

　　而且，有些与河流或者水有关的事物，在过去不曾存在，只有随时代不断发展，到了今天才出现，比如污水处理厂。

　　当我们从黄花桥下来，沿着河道往下前进两三千米，就看到一个污水处理厂，这样的现代设施，过去的人们应该不曾见过，只有当时代发展到一定程度，用水日渐增多，污染不断加大，发展水平相应提高时才能够产生的。

　　其实，还可以使用另外一个词，即工业文明。污水处理厂诞生，应该与工业文明相关，只有当生产能力大幅发展，被污染的水源才增加得更多，也只有当生产能力大幅提升，才能够有能力对被污染的水进行净化处理，使之不对我们的生活产生更大后患，不影响河流的澄净。

因此，当我们打这污水处理厂旁边经过，觉得建于河边的它，意义特别重要，是在净化污染，保护我们的生存，更保护了一条河流的生命。它作用的发挥，才能使那些曾经存在于古人们诗境中萍水两岸的美丽得到维护，或者变得更加美丽。

正快步走着时，突然间，眼前出现一座特别富有时代意味的老旧房屋。

这座路边的房子，高度应该在 10 米以上，分上下二层，主墙为砂土结构，墙角用窑砖垒砌，至第二层窗户以上的墙，采用土砖垒砌。屋面为木瓦结构，前檐的檐瓦因老旧没有维修，被风雨掀开，显得残缺驳落，像老人掉损牙齿的牙床。前檐搭有廊柱，清一色红色窑砖搭建，分新旧两种。旧的应该是与房屋一个年代搭建，像房子的整体墙面一般，用白粉刷饰过。新的廊柱应该是因为旧的塌掉了，后来维修才搭建的，但或不够重视，或缺钱，不像老的一样刷上了白粉。没有做过粉刷装饰的窑砖廊柱，以现在眼光来看，也是一种不要做装修的装修——它的原色就是一种美，像我们以木纹原色装饰的家具等一样，体现一种质朴的原色美。用木梁做的前檐二层廊道（或者用现在的话说为阳台），上面木板全部不见，只有残缺的木柱不甘时代的淘汰，仍旧保持着坚韧的支撑，显示它哪怕被冷落也不愿放下的沧桑职守。

大家见了，都很有兴致地停下脚步，围着观看起来，有的还拨开蛛丝，走进去进一步作仔细观察，但怕楼危，在别人提醒下，只有将踩进去的脚步又退回。有的举起相机，将它以照片的形式保存下来，带回去欣赏。

我留意到，被湿气潮润得发黑木门框上端，开裂的墙面上，用黄漆书写着：

×××黄花第一生产队政治夜校

字迹分两行，第一行字体较小，为"×××黄花第一生产队"；第二行为"政治夜校"，第二行四字字体是第一行小字字体的三倍以上幅度。缺失的三个字，猜测为"湘东镇"，当时这样规模的一所"政治夜校"，在湘东镇应该数一数二。

还注意到"第一"的"第"写成"苐"，是新中国成立后实行第二批简化字中曾使用过，但现在已不使用了。

据了解，国家于1977年12月推出第二批简化字，共计853个。由于遭到各方批评，第二年——1978年4月，国家教育部即发出通知教材停止使用。至同年7月，《人民日报》《解放军报》也停止使用。1986年6月24日，国务院正式宣布废止第二批简化字，指出："今后对汉字的简化应持谨慎态度，使汉字形体在一个时期内保持相对稳定。"

据此可知，这过去时代的政治夜校，使用年代应该在1977年后，1986年以前。

路旁傩神庙

10月3日考察，一路走下来，除了对自然生长物感兴致，其实我更对人文建筑等兴致高。所以一路行走，一路留意两边各种房屋建筑，特别是那些老旧房屋，还有祠堂寺庙等。

进入西山塘后，穿过一段较直的宽阔村道时，有三处建筑物吸引着我。

第一是一栋没有人居住的洗砂旧房。这种做了外墙装饰的房子，过去就不多见，因为过去人们生活不富裕，要建一栋房屋很不容易，能够建个囫囵就算不错，更别谈什么粉刷装修。通常是，房子建起来，不论是窑砖土砖，还是窑砖加土砖，将屋子盖上瓦了，就算全面竣工，可以安然搬进去住新房了。窗户是装玻璃或贴窗纸，内墙是否贴张画装饰一下等，是可有可无，或要等过年了再作打算的。至于粉刷墙面，给外墙作洗砂装饰，那更不在考虑之列，只有那些极少数有钱人家才可以做的。

这次看见的就是这样一栋上了年代的两层建筑民房，建在路旁，外墙不但用洗砂作了精致装饰，还砌了墙院，对着道路通体墙面除从上到下都作洗砂装饰，还格外作了图案装饰。特别是二楼阳台围栏，种种几何图形环环相扣，尺寸恰好，就连楼顶，也用围栏装饰起来。从做工及投资来看，都是下了功夫的，基本可以判断，这户人家过去应该算少有富足户的，将房屋规划建设成这样，不单单满足通常意义上居住需要，更体现了对舒适的追求，其内心肯定还抱着要建一栋整个村庄里数一数二的房屋的想法，向大家展示他的成就。

这样一栋房屋，现在早已人去楼空，被主人抛弃掉了，不由让人猜想，这家人定是有了更好的发展，寻找到更好的安居场所了。

大门框门额上那块悬挂着的门牌标明着村人留给它的位置：西山塘 44 号。

第二是吴仲公祠。这老祠堂的年纪，无须说，肯定比 44 号大上好多年月。单是里面住着的人，就让人感慨。我们走进去时，正好看到这栋仍然有人居住房屋里面的老人走出来倒水。老人很好客，对我们的问答也热情回应，只是听力不大好，对话时要我们将声量尽量提高才能听得清。

她告诉我们，她姓蓝，下埠木马人。1954 年嫁过来的，现年86 岁了。嫁过来后，这几十年岁月里，与这栋祠堂相依相伴，就没离开过这里。现在少年变白头，青春不再，生命已然风烛残年，她更舍不得离开。

她夫家姓吴，所以这祠堂就叫吴仲公祠。丈夫去世后，她就单独守着这房子。其他家人（族人）建了新房，全都搬出去住，没有人愿意再在这栋老祠堂里居住了。只她舍不得离开。当然，也或有经济上受限制原因。

祠堂正面外墙非常完整，全部做过粉刷，从墙体下端掉落粉刷地方可以清晰看到厚实砂土墙质，两边外栋墙体用白泥窑砖以斗墙形式建起，做工精细，质量非同一般，所以时至今日，几十上百年过去，还这样完好。

更吸引人的是细麻石打造的大门，质地厚实，做工精湛，上端横梁还精刻雕花，用榫柱卯石做加固与装饰，精美非常。门框上端用黑白粉漆做的题联装饰相当气派堂皇，显得雍容华贵，黑墨所书"吴仲公祠"四字厚重大气，完全能够载负起这座祠堂的厚重深远。

门框左右两边刷红底竖联题：

屏山拱秀；
绮里传微。

红底应该是原来样子，色面早已斑驳脱落，只这八字墨迹新鲜，看得出是作了修补，新添了颜色上去的。但原题书法的厚重端庄却是新墨遮掩不了的。

屋内正厅的天心做得高端大气，两边窗户镂空雕花简洁精美。

祠堂屋做成这样，该做多少准备，请多少工匠，费多少时日，想想吴家祖上，也是殷实之家，才能承担得起的。建成这栋祠堂后，又能光宗耀祖几多年，几多代呢！

走出门来，还特别再看了一眼，悬挂门框上端小窗上挑出的一面绣龙红旗，那上面写有"中华吴氏总会萍乡分会"的几个字，又似乎要告诉我们什么，那面旗，应该是吴姓族人搞宗族活动时竖在上面的，可见这尽管只剩一老女人居守的祠堂在吴氏一脉，多么重要？

第三是路旁傩神庙。庙建立路边，规制不小，依地形，建成上下两层。上一坡道，从大门进去，发现左边为一阔大戏台，戏台题联两幅，其一：

　　××中华民族继往开来忠勇奋斗代出贤能红旗招展震全球；

　　道法古今完人顶天立地兴邦爱民先忧后乐功勋彪炳垂史册。

其二：

　　蛇形宝地庙朝北斗歌舞升平庆康宁；

　　洞岭峰高紫气东来除疫驱邪同戴德。

　　这两幅联应该是在戏台落成时写上去的，且不是普通墨迹字体，而似雕刻或特别装饰上去的，因为字画为凸雕状，尤其要花功夫的。

　　通过对联可知，这傩神庙坐落的地方叫蛇形岭，依名字猜想，或此地山形状如蛇走，或从前这里卧虎藏蛇，而得名。更因其卧虎藏蛇，让人感到神秘甚至恐惧，直到导致对这方山岭生出敬畏，人们就在这里建下一座庙，寄托着大家心里祈福避邪潜在心愿。

　　另在二联中间，有用红纸书写的新联：

　　褒忠良贬奸邪唱好戏献寿神灵蛇形岭；

　　顺天时宜地利讲文明造福人和喻家湾。

　　显然是新近开展什么打醮祭祀活动时，作宣传与衬托气氛贴上的。

　　走上第二层，是傩神主殿，里面修建一巨大傩神雕像，大门廊柱题联：

道通天地乾坤大；
德贯古今日月长。

另发现一些供奉其他菩萨神主的侧殿及守庙人所住房屋大门上也各有联，其一：

做个好人心正身安魂梦稳；
作些善事天知地鉴鬼神钦。

另一：

积善虽无人见；
存心自有天知。
横批：俯仰无愧

出庙后，想看看庙占地范围，不由围着庙转起来，发现庙后存倒掉半边的"车田社"一间，极显孤单，但好在前头有神庙映衬。

再到前头，留意观察"道冠古今"几个题在面对道路墙面上的显眼大字，更觉气势异常。

因为贪看这几处建筑，不知觉间就掉队落后了。走在前面的人打电话来催，才知时间要近中午了，赶紧前追。

"昆山片玉"简进士

10 月 3 日这天，考察开始时，做过功课的考察队员就一再向大家着重介绍，今天一个考察重点是探察简进士墓。

对此我白纸一张。何谓简进士，其有什么突出事迹，因为不知，又正因为队员的一再郑重推荐，所以更令人充满向往与好奇。

"简进士"，其真名为简继芳，姓简，"进士"是对其功名的敬称。据《昭萍志略》载：简继芳，字庆源，年十三童子试，邑令杨自治见而奇之，称为"昆山片玉"，补诸生。著《学葛堂集》十卷，邹元标序。祀乡贤祠。

可以想见，一个年仅 13 岁的少年，初次考试，一举成名，还被当时的县令称为奇才，另眼相看，称之为"昆山片玉"，选补为"诸生"，相当于现在的保送生。其死后，人们还为他建立祠庙以为纪念，是何等受人爱戴。

他的著作《学葛堂集》，邹元标为其作序，见出在当时的影响力非同一般。据查，邹元标（1551—1624），字尔瞻，号南皋。江西吉水县城小东门邹家人，明代东林党首领之一，与赵南星、顾宪成号为"三君"。邹元标幼有神童之称，九岁通《五经》，万历三年（1575 年）在都匀卫所（后改名南皋书院）讲学。万历五年（1577 年）中进士，入刑部观察政务，为人敢言，勇于抨击时弊，因反对张居正"夺情"，被当场廷杖八十，发配贵州，潜心钻研理学。万历十一年（1582 年），回朝廷吏部担任给事中，又多次上疏改革吏治，触犯了皇帝，再次遭到贬谪，降为南京吏部员外郎。以疾归，居家讲学近三十年。天启元年（1621 年）再任吏部左侍郎，后因魏忠贤乱政求去。崇祯元年（1628 年），追赠为太子太保、吏部尚书，特谥忠介。

这样一个被追授"太子太保"且学问非凡、性情耿直的大家替其学著作序，足见学术影响力之大。

据说简继芳幼年家境贫寒，潜心向学，博览群书，才智出众，聪颖过人。明隆庆元年（1567 年）中举人，万历五年（1577 年）中进士，为第三甲一百九十三名。历任云南按察司副使，正四品。其为官清廉，所到之处，无不称赞。

简继芳心系桑梓，明清时期，萍乡 10 次纂修《萍乡县志》，简继芳亲自参与了其中 3 次。明万历七年（1579 年）7 月，第二次补修《萍乡县志》，简撰写《补修＜萍乡县志＞序》，叙之册首。明万历十二年（1585 年）九秋朔旦，第三次续修《萍乡县志》，翌年修成，简读后撰《续修萍乡县志·序》（明万历二十四年（1596 年）第四次纂修《萍乡县志》，并修补弘治本《嘉定赤城志》重刊。知县陆世勋在撰写《萍乡县志·序》中，对简继芳躬身纂修这次萍乡县志的经过，作过详细记述。

简继芳卸任后回到家乡居住，死后，葬于湘东黄花村喻家湾"人形里"（也或是"人形岭"）。据说其墓雕刻有石头打造的狮、马、鹿、象等"石象生"护卫。

来到湘东镇黄花村喻家湾，在村干部引领下，我们一行穿村过户，爬过一段羊肠小道，再连贯上几道陡峭山坡，进入小地名被称为"人形岭"的地方，找到简继芳墓地。

这里是一个坟墓区，相比较其他普通墓穴，简进士墓地有些显眼，一是所卧地带与其他人不同，立于一个小山坡上，选址又在这山坡的一道小坡谷中，临高而不孤立；其次，占地大于其他坟墓，除凸起坟包，四周还砌起围堰，坟前还有三道阶梯式的平地，应该是便于人们前来祭扫，其坟包形状也奇特，呈宝塔状一层层往上缩，只每一层级高度与宽度都不大，加顶共计 10 层，极其少见；再次，虽然年代久远，但因为世人记挂，历经多次修葺，所以并不见得萧条。

指着仍然存在的石质象基，村干部告诉我们，说这就是当时的原物。风雨沧桑，时代变迁，但简进士以安卧山峦的形式，仍然向人们昭示他曾经的存在与影响。

现今市内安源区青山镇马岭之麓有一历史久远的古庵，名龙泉庵。龙泉庵内有一古楹联，据有关资料记载为明朝万历年间少年简继芳所作。联曰：

地僻不堪容野马；

山深正好养潜龙。

少年时候，因为家境不好，简继芳曾寄读于龙泉庵，撰写了此联，抒发抱负。

是也，非也，还待进一步考证。

"黄花古渡接芦溪"

10月3日，当我们走过黄花桥，听过黄花桥故事，另外关于黄花渡到底处于何处，又积淀有怎样的相关历史知识、历史故事，成为考察需要了解的又一个重点。对于我来说，打开与黄花渡的对话，似乎比前面两件考察内容还更具魅力。

> 黄花古渡接芦溪，行过萍乡路渐低。
> 吠犬鸣鸡村远近，乳鹅新鸭岸东西。
> 丝缲细雨沾衣润，刀剪良苗出水齐。
> 犹与湖南风土似，春深无处不耕犁。

其魅力的发出，主要是清代文人查慎行的这首《自湘东遵陆至芦溪》给予。诗中所描绘的水陆奔波、鸡犬相迎、农家生机、春色明亮、农耕繁忙等等画面何其形象，扑面而来的生动真如电影镜头一般将几百年前的人间烟火拉到面前，读过诗后，好像自己就走进了古时候的萍乡村舍田间，看着沿路一派盎然春景。

诗人尽管行程匆匆，难免奔波之累，但进入萍乡境后，俨然有了一种被感染的新心境。说明历来萍乡就是一个山清水秀、人文鼎盛，且充满诗情画意的鱼米之乡。

查慎行为杭州府海宁花溪（今袁花镇）人，晚年居于初白庵，故又称查初白，生于1650年，殁于1727年，享年近80岁，在古代可是长寿有福之人。

其为清代诗人、文学家。年少聪颖，声名早著。受教于黄宗羲，得陆嘉淑赏识、朱彝尊提携。康熙三十二年（1693 年）中举，康熙四十二年（1703 年）赴殿试，赐进士出身，授翰林院编修，供职于南书房。康熙五十二年（1713 年）乞休归里，筑初白庵以居，潜心著述，被称为诗坛"清初六家"之一，继朱彝尊之后被尊为东南诗坛领袖。对清初诗坛宗宋派有重要影响，为中流砥柱、集大成者。在诗歌创作、诗歌艺术研究和诗学理论研究上均有建树，生平诗作，不下万首，堪称多产诗人。主要作品有诗歌结集《敬业堂诗集》《查初白诗评十二种》等。

据了解此诗收于诗人《粤游集》下卷末。诗人在《粤游集》序中写道："丁酉（1717 年）夏，同年有自都下来者……遂于十月初俶装，明年四月由粤西旋里，往返几二百日。"此诗当于康熙五十七年（1718 年）四月，诗人行至江西芦溪，从眼前所见、即事写景而作。

当我们看过简进士墓，前进至喻家湾一临岸宽阔河面时，陪同我们考察的村干部介绍说，大家看到没，这里才是真正的黄花古渡，自古以来所说的黄花渡，从开渡时间，及使用之久来说，都是指的这里，前面黄花桥处的黄花渡是小渡口，是后来有的；这里是黄花大渡口，最早的过渡，古人都从这里过河，然后再往西边湖南去的；如果从湖南来，坐了渡船上岸，然后再往东去。

见岸下有临水码头，听过介绍，不由下到河岸边，立于水边抬眼打望这方河道水面，好像能够听到古渡划船的水声，听到坐于船上士子文人的交流，看到他们一路匆匆奔波，从西来往东去，或从东来再往西去的着长衫长袍的儒雅身影，他们或奔波赶考，或走马上任，或寻友访学，从有志向有抱负的住处来，往施展才华理想的地方去，一个渡口接渡着他们几多春风蹄疾，几多看尽长安；又几多月落乌啼，几多瘦马西风……

过去不似现在，乘个飞机，坐个高铁，万里行程一日看。那时赴京城赶个考，上千里距离，要步行马驰、舟车劳顿数月，甚至半年，有的因盘缠有限，被困于途中，无法及时赶到；有的因饥寒生病，卧倒他乡，甚至不幸逝去，再无法返家，凡此种种，绝不是一笔能够写尽。

而类似于黄花古渡这样的大小渡口、往来路途，又要用脚步丈量跨越过多少，然后才可以抵达行程目的地……立于水边，一时陷入想象，竟替古往今来的旅人、仕子、书生……不知怅惘开无限忧思伤感情怀！

当然，当志得意满，功成名就，没有多少压力的行程时，走过这样的渡口，才有欣赏沿途风景心情。比较那种失落与沧桑，我所以更热爱此时能够读到的像查慎行所作的这样的诗行，并被他们所抒发的情感牵进数百年前的时光里去。

从黄花古渡往来，我们有多少前人留下种种爽心情境。往前再读，有唐人李群玉的《芦溪道中》：

> 晓发潏湲溪，夜宿潏湲水。
> 风篁扫石濑，琴声九十里。
> 光奔觉来眼，寒落梦中耳。
> 会向三峡行，巴江亦如此。

往后翻阅，可读近代胥绳武的《萍乡竹枝词》：

> 湘东水长好撑篙，渡口船排半里遥。
> 各取小红旗子挂，客来争问买鱼苗。

> 村妇肩挑石炭还，蓬着赤脚汗颜斑。
> 道旁一让行人俏，不采山茶插鬓间。

> 黄花渡头黄花稀，金鱼洲嘴金鱼肥。
> 凤凰池边看月上，横龙寺里控泉归。

萍词水语

真是让人心境大开，立于渡头怀想的惆怅惘然一扫而去。

据了解，宋代著名理学家朱熹也曾从这里经过，坐过黄花渡的渡船。《昭萍志略》记载，朱熹于绍兴五年，赴长沙，抵萍乡谒学，宿毛仙驿、黄花渡，皆赋诗。当中就有诗为《十一月二十六日宿萍乡西三十余里黄花渡口客舍稍明洁有宋亨伯题诗亦颇不俗因录而和之》：

> 鼎足炉边坐，陶然共一樽。
> 道心元自胜，世味不须论。
> 安稳三更睡，清明一气存。
> 虽无康乐句，聊尔慰营魂。

后来，因朱熹题诗影响，村人于黄花渡口建有一亭，取名"稳睡亭"，即此而来。并在亭子题联："东来千里皆吴地，西过两关是楚江。"

而据另外介绍，这所谓的稳睡亭，其实在更早，与春秋时期的伍子胥有关。说春秋时期（公元前522年），吴国大夫伍子胥，其父伍奢被杀，他一路逃亡，前往韶关，打黄花渡经过，疲累至极，躺倒岸头等渡船时，不知不觉睡过去了，醒来后，浑身充满力量，继续奔波前赶，从而得以逃脱。后来为纪念他，人们特在此建立行人路过休息亭，并以"稳睡"命名。所以，后来朱熹诗中有"安稳三更睡"一说。

到底名为何来，今天的我们已无须究根盘底追问，但只晓得，这肯定与过往这里的人人事事相关，应该还与有名的人物有关。所以能留下这么多故事传说。

由此看来，存在传说里的"黄花古渡"其实不古，尽管今天早不见了踪影，但一直活在传说当中，活在人们愈翻愈新的记忆里。

火烧桥头万寿宫

10月3日下午，用过午餐，稍作休整，又即刻出发。

一路出了湘东镇美建村，进入荷尧镇荷尧村。留心观察沿路住户门牌，发现行经路线小地名先是郭家冲，再是王家山，然后进入荷尧镇集镇街市。

自进荷尧，大家提到一个地名：火烧桥。

大家对这个地名充满好奇，认为这样的命名，里面一定有故事。按常理，"火烧桥"既不是什么好听的雅名，乍一听，其含义与人们企求的吉祥寓意更关联不上，或是相反，如果没有特别故事，谁爱以这种粗糙得近乎俗不可耐名称指代一个地方呢？

火烧桥很好找，就在街尾，走过集镇长街至尾端，就到了。走近桥看，并无什么特别，就是一座现在到处可见的普通水泥桥，其规模形状都一般，也看不出哪里有火烧过的痕迹。

留心观察下，倒是看到由湘东公路分局制作悬挂的一块标牌，上面标注有火烧桥的桥名，介绍桥连接路线是从姚家洲通太平山（应该是太屏山），管护单位为云程道班，桥型为箱型梁。桥的监管单位为萍乡市公路管理局，是一座在全市挂号的桥梁，看来重要。没学过土木，也不懂桥梁结构，什么是"箱型梁"不是我所具备知识可以解释的。

但可以肯定，这样一座水泥钢架结构桥梁，要被普通的火烧了，不现实。因此，又肯定桥发生过被烧事件，是过去的事情，但过去了多久，不得而知。还可断定，能够轻易被烧的桥一定是木桥，要找到桥名来由，还得作采访调查。

于是就想找当地居民问问。看到桥这头，有一座贴着红瓷板、设计高古叫万寿宫的寺庙，庙门口侧房里，坐着一些老者，不由走过去问他们。

万寿宫气势不一般，一走过去就被它的构造吸引。

整座建筑外漆红色，盖琉璃瓦，看上去亮丽堂皇。大门更气势非凡，为高大单墙塔式构造，上半部分成三层依次往上收缩，每层肩部以同样深红颜色的琉璃瓦覆顶，为挑檐翘角歇山硬顶式古典结构，显得沉稳又飘逸。

街的桥头，藏着一处这样新奇建筑，令人惊奇。大门额题"万寿宫"三个大字，大门两侧柱廊联为：

古庙历沧桑几经兴废面目全非断壁残垣遗旧址；
共和呈盛世物阜民康金殿重修雕梁画栋展新颜。

除大门，左右两侧各开翼门，右边翼门题"览胜"二字，两侧联为：

勿谓乡村小镇并非名山胜景；
须知佛殿经楼即是福地洞天。

左侧翼门题"酬神"，联为：

虔诚朝佛祖市井尘嚣不入耳；
洁身临胜地殿堂清净起禅心。

一旁厢屋，挂有"爱心服务站""荷尧村老年体协活动中心"等牌匾，老人们就围在这里开心打牌说谈，见我们走过来，热情招呼我们。

原来这里并非单纯宗教活动场所，其实际成了老人们休闲娱乐的场所，也是特色。

见我们不肯坐，其中有老人又热情引导着我们走进宫里去参观，不厌其烦为我们介绍起来。

进得大门，走过门廊，两边墙挂一些相片与宣传标牌。那些用玻璃框装饰的红色底板标牌上，一边写的是"先学做人，后修福报"："钱多钱少，够吃就好；人丑人美，顺眼就好；人老人少，健康就好；家穷家富，和气就好……你好我好，世界更好；总而言之，知足就好。"

另一边是"敬天崇道，道法自然"："太阳光大，父母恩大，君子量大，小人气大；对父母，要知恩、感恩、报恩……原谅别人，就是原谅自己……做好事不能少我一人，做坏事不能多我一人；人要自爱，才能爱天下人；人要知福，惜福，再造福；吃苦了苦、苦尽某来，享福了福，福尽悲来……"

再看里面，对着大门是一个戏台。戏台前端题四字："老有所乐。"

戏台背景墙仍挂着"热烈欢庆九九重阳老年节"红色横幅，背景装饰幕中间印着"夕阳红"三个大字，幕靠右落款：荷尧镇荷尧村老协。

再看戏台两侧题联：

汇古今戏剧千场难演尽世间善恶忠奸怪事；
集中外曲歌万首唱不完人生悲欢离合奇情。

里面建造有关圣殿等殿堂，供奉关羽等古代圣贤，殿堂题联：

好谋而成临大节不可夺也；
顺受其正非圣人能若是乎。

觉得这座万寿宫所散发的气息——用一句俏皮时髦语来概括，是满满的正能量。

再看身边耐心伴着我们参观的老者，热情善良，精神饱满，和蔼可亲。

于此，很觉得对河流的考察多了一分收获。

通过老人们介绍，知道了火烧桥名字的来历。原来火烧桥这一带，因为是一个集镇，来往人流不少，时常有一些讨米叫花子来到这里。冬天，找不到住处的叫花子，就躺在桥下烧火取暖，一个不小心，将一座木桥烧着起来。

叫花子们也义勇，见好端端一座桥被自己烧着，并不只顾逃命而去，而是赶快找取水家伙，从河里取水灭火。

叫花子们都这样，发觉着火的人们更急涌过来，一起参与灭火。所幸抢救及时，桥并未被彻底烧掉。为了补过，后来叫花子又用讨来的钱将桥进行修补。

因为叫花子们的担当，人们很是感慨，叫花子们灭火救桥讨钱补桥的事越传越远，慢慢就忘了这座桥原来的名字，只将这座桥称呼为火烧桥了。

这样粗俗的一个桥名，还真存着这样一段美好传说故事。

骆驼湾的年代见证

离开荷尧火烧桥万寿宫，走出河边绿化林，走过一段田埂路，一座大桥展现眼前，给穿越树林后的我们一片豁然开朗的感觉。

这座桥叫骆驼湾大桥。桥面长度应该超过 150 米，比前面走过的黄花大桥要短一些。桥下水坝将河水进行拦截，供发电等。至于骆驼湾名字来由，未作详细考察，不得而知。

堵住的水，部分溢出坝端，继续沿河道往下流去。部分被分流到两边隔出的小渠。渠里的水，有的用来灌溉两岸稻田，有的流入发电机组用来发电。

尽管是枯水秋季，但被堵起向两边小渠里灌去的水，还显得丰足。特别是进入发电机组，最后由铁管引流进去的水，显得丰沛而又湍急，带动轮机飞速旋转，发出巨大声响，像一只吃得过饱的巨兽，立于河岸远处山头大吼，将回音灌进河道里，再飘入耳鼓。

在另一队员引领下，我跟着走下桥头，来到右岸下，对一座年代有些久远的建筑物进行考察。

这栋老房子墙上有字：骆驼湾水轮泵站。

从外墙及建筑年份判断，应该建于20世纪七八十年代，而且一定是大集体的生产用房，这"骆驼湾水轮泵站"，当时不是属于公社的集体企业，就是属于生产大队的集体企业，规模这么大，一般生产队拥有不了，村民小组更建设经营不了。

带着我察看的队员是一个很有艺术细胞和文化底蕴的人，他挺懂行地指着墙上一些凸雕墙饰画给我讲解，说不要小看了这些做在墙上的宣传墙雕，可不是一般功底与水平，一定是高素质的专业人才做得出来的，应该称得上是有水准的艺术作品，说不定还是"大家"的手笔。

基于这样的发现与这种猜想，对这座有些年代的建筑感情更亲切起来，得珍惜这次有价值的发现，好好作一番欣赏。

一面墙上飞龙走凤显眼地雕刻着：

水利是农 × 的命脉。

猜想缺的应该是一个"业"字，完整的是"水利是农业的命脉"。

围绕来回看过一圈，发现规模不小，功能齐备，区划公明。开有两处进出大门的墙头，以同样工刻字体，一处写"电机房"，一处写"水泵房"。这些字体采用的都是凸雕，经过多年风雨吹打，其功力考究之美依然掩盖不了，反倒因为时间的沉淀，似乎越见苍劲。

再观墙面雕画，有的以壮实的白菜雕刻，用作凸出阳台的支撑柱；有的为红色火炬图案，迎风燃舞，其焰之生动热烈，仿佛正燃烧得欢快；有的为群鸽啄食，栩栩如生；有的为葵花向阳，颗粒饱满；有的为玉兔蹲坐，欲跃还休……

这些墙雕中，有一幅赫然刻着"公元一九七七年建造"字样注明建筑时间的。

四十余年过去，这处企业，应该经历不少风雨，建筑外观虽然陈旧磨损，却一直保留原有模样，并使用至今，不管它现在归属谁管理，产权进行了改制与否，但还在生产运转，发挥效用，也所见不多。

据资料显示：萍乡市骆驼湾水闸位于江西省萍乡市湘东区荷尧、老关两镇交界的荷尧前进村，离金鱼石 2 千米，坐落于湘江水系萍水河上。骆驼湾水闸 1974 年开始建造，1979 年完工并发挥效益。枢纽工程主要由翻板闸、左右岸灌溉发电进水闸、船闸、水轮泵站及灌溉渠系等建筑物组成。水闸建成后的主要功能是拦截蓄水，提供农业灌溉用水，闸址控制流域面积 1300 平方千米，工程设计灌溉面积 0.52 万亩，发电装机 400KW，水闸最大下泄流量 2790 立方米／秒，是一座以灌溉为主、兼有发电、供水等综合效益的大型水闸工程。

我们进去时，没发现看管者或生产人员，循着响声方向走近，亲眼看到泵机轰隆隆正常运转，近距离感受到它一如既往的有力心跳。

仁村渡槽高

跨过骆驼湾大桥，进入到河对岸。下得桥来，眼前是一片街道，两旁房屋以马路间隔纵列排开，通过两旁店家广告等字牌可以知道，这里已经是老关镇管辖范围了。

再往前，路旁边有一堂皇庙宇。

庙门面街高立，为翘檐挑角塔式结构。两层塔肩上覆红色鲜艳琉璃瓦，顶端当中立着一葫芦装饰柱，以柱中分，两边各立对称饰物。墙面贴黄色花纹瓷板。大门横梁上书"彭祖真人庙"。两侧联为：

> 嫡传逾百代堪称国士如林；
> 眉寿近千秋实乃神仙现世。

这里供奉何方神圣，时间匆促，未能进入作细致考察。

这一带，应该是老关镇前进村范围。再往前，进入仁村村。

到得仁村，迎面一横空矗立高架渡槽进入眼帘，如长虹贯日般醒目耀眼。渡槽从山的这端跨过，搭上遥对另一座山端，像空中鹊桥，要渡牛郎织女相会。又似高空飞越的飞机，拉下的一道长长直线。

与此渡桥同时代建设的还有我们前面考察过的骆驼湾大桥。

进入仁村，有一美丽如画的新农村建设示范点：枫树湾自然村。这里山、田、水、土各归其位，房屋村居依山傍水，道路花木整齐明艳，规划新增的活动设施以及休闲去处新颖显眼，让人感觉来到了爽心悦目的生态公园。

路边有宣传标牌，标注的规划建设时间为从 2018 年到 2020 年，建设理念是"绿水青山，美丽仁村"。

突然遇到这样一个好去处，真想停下脚步歇歇，好好欣赏一番。

但我们不是来欣赏风景的，考察任务还等着我们完成。只有迈开有些疲惫的步伐继续向前。

沿路我们还看到显眼的"柑橘之乡——仁村欢迎您"等宣传标语。了解到为全面推动新农村建设，在大力推进房屋道路等硬件设施改造建设同时，仁村更注重丰实村民口袋，加快产业建设，形成良好的造血功能，其中一个重点就是要将仁村建成"柑橘之乡"。

多条腿走路的仁村，其发展是实在的。当我们来到距离枫树湾不远的双车自然村的新农村建设点时，村民房屋更新颖别致，一幢幢设计别致，建设亮堂的新农房令人耳目一新，从这里穿过，恍如来到城市的现代小区。

这集中连片的农家别墅新房，显示的不仅是农家的口袋充盈，更让人看到对美好生活追求的新天地。

要离开仁村了，村尾的一座仿竹质高大别致牌坊向我们招手。这牌坊本来是显眼的，但因在它前头有高架渡槽抢眼，所以，尽管它建设得别出心裁、美轮美奂，但被吸引着只顾观看渡槽的眼睛，只有到走到面前了，才发现它相区别于渡槽的又一种美丽。

幸运的仁村，既拥有唯一的高大渡槽受人青睐，更有今天美好发展前景让人充满向往。

"美丽仁村欢迎您再来！"

瞧着牌坊上热情有力的几个大字，我知道，肯定还会来的。

惜字塔照水流远

10月18日，在萍水河出萍乡境的金鱼石段考察过后，跨过两省界碑路段，往上游溯流前行，上一道坡，发现矗立着一座碑塔，引发大家兴致，不由纷纷驻足围观。

塔南面临河，北面对着道路，东面向着河的上游，西面指向我们走过来的邻市醴陵方向。远观其状俨然一只巨型唢呐竖立地面，又似一腰肢纤细着古服的柔弱仕女，娉婷路旁，迎候着我们这群客人的参观。

走近了细看。塔高五六米的样子，接近两层楼房高度，为六面四层（加顶饰为五层）形状，通体材质为细工打磨硬石原料，足见用心匠艺。除接触地面的第一层为全封闭，无装饰，从第二层起，每层都开设圆弧型门洞，或还题有塔文对联予以记载，或雕刻有图案花纹进行装饰。塔第二层对着道路方向的两面，一面于开着圆弧型门洞两侧刻对联为：

喜无墨迹粘尘土；
犹有文光射斗牛。

"墨迹"不肯"粘尘土"，"文光"要"射斗牛"，知识丰富的人看到此联即说道："无须再猜，这是过去体现对读书人的书纸尊重的惜字塔无疑！"

大家随即猛然省悟般有了一致认同。有认真劲儿更大的，还不放心，见有当地村人走过，再问村人，被告知这塔正是所谓的"惜字塔"。

大家重新仔细打量。

塔另一面，刻有捐资修建者姓名，因年久，被风雨侵蚀，石层表面有的剥落，文字不甚清晰，一些字迹已不能辨认。唯落款时间依然可辨：

同治九年岁次庚午孟冬月 × 日 × ×

同治九年为 1870 年，看来此塔已有 150 年历史了。一个多世纪前，村民建起此塔，当地学风肯定不一般。不知曾有多少读书人由于此塔兴建，而倍加刻苦追求功名，希望实现"学而优则仕"矣。

据考查史料，"惜字塔"起源为宋代，传说当时王曾之父爱惜字纸，见地上有遗弃的，就拾起焚烧，就是落在粪秽中的，他也设法捡起来，用水洗净，烘晒干了，用火焚过。长年累月，他的举止感动了神灵。这一天，王曾母亲即将分娩，忽梦见孔子对她说："汝家爱惜字纸，阴功甚大。我已奏过玉帝，遣弟子曾参来生汝家，使汝家富贵非常。"梦后果然生下一子，因感梦中之语，就取名为王曾。后来王曾参加乡试、省试、殿试，连中三元，被封为沂国公。有宋一代，查阅历史，能够连中三元的，只有宋庠、冯京与这王曾。故世人觉得是王父惜字敬纸之举积下恩德，才有王曾如此出息，因此效仿之，从而世上有了"惜字塔"这一事物。

其实，主要还是过去受科举制度影响，古人对读书人高看一眼，所谓"万般皆下品，唯有读书高"，认为文字是神圣和崇高的，写在纸上的文字，不能随意亵渎，即使是废字纸，也必须诚心敬意地烧掉。《二刻拍案惊奇》卷开篇诗曾写道："世间字纸藏经同，见者须当付火中。或置长流清净处，自然福禄永无穷。"

自宋代始，人们将写有字迹的纸张建塔予以焚化，为领风气之先，到元明清时，这种行为举止得到推广，已经相当普遍了。惜字塔通常建造于场镇街口、书院寺庙内、道路桥梁旁边。有些大户人家也在自家院内建有惜字塔。

询问得知，此地村名叫大义。能够以"大义"呼之村名，定是古风纯厚，尊学尚礼之地，可以想见，如何就能在此建起这样的惜字塔来，如何就衍生了这样一个村名。

再观塔体，虽然经百余年风雨冰霜，穿越漫长时光长河，但整体完好无损，或因建筑设计的用功用心，凝聚一方村民期望，颜面的沧桑更显积淀深厚，似乎让人能够通过它与前人还能对上话。

细察上面凸雕图案花纹，工艺精湛细腻，似荷状的植物枝叶妖娆，迎风摆舞，婀娜姿态不胜娇柔。

再细察，发现此塔另刻对联两副，分别为：

此地分吴头楚尾；
斯亭化纸简残篇。

炉火纯青销墨魂；

纸灰飞白点江 ×。

石面剥落，辨认不清的字迹，一半凭残存笔画，一半靠猜测，如"斯亭化纸简残篇"中的"纸"字，基本为猜测，不一定准确；有的已经缺失，无法考证，如"纸灰飞白点江 ×"中最后一字，由于缺失，不得而知。如果凭个人水平，要我修改或补齐后联，倒可将上联最后一字"魂"补为下联缺失字，而将上联尾字魂换为"影"，那此联可写作：

炉火纯青销墨影；

纸灰飞白点江魂。

如此，亦不失咀嚼风味矣。

斑驳水洗红砖院

10 月 18 日下午，在秋阳照射下，穿过仁村一片密集屋场，重回到萍水河边。开始行经一段临水的山脚小道。

进入这样的道路，烈日被山峦遮掩，其温度与灼热似乎也远遁，浑身顿时轻松下来。

河边沿道所见房屋虽然没有村子中间开阔地带那么密集，但也接二连三散落着。有明显不同的是，这些房屋多已陈旧，新房极少。更特别是，隔那么一段距离，就有些老房子似乎久无人居，屋瓦凌乱，屋檐下老墙因为长年漏水，被洗得露出难看痕迹。顺着痕迹纹路，那些攀生上面的苔藓一片片，似死还活，显示被无限冷落的荒凉。

还有那些园子，没有人打理，篱笆圮了，荒草蔓生，长得比人还高。

这样行着、看着，突然有一处格外显眼的院落出现眼前。这是一幢带院子的红砖瓦住房，背靠山，面对河，一大片的，占地不小。本来四周建有围墙，将院子遮挡住，不容易看到里面场景，但围墙塌了，所以一眼可以观察到整座房屋格局。院门朝河面方向开着，被好奇吸引，我们钻了进去，四栋三间的老式乡间建筑物呈现眼前，那些红砖显得依然清晰，只是檐塌了，瓦落了，大门框被腐蚀了，那些被雨水洗过的墙面，斑斑驳驳，无限萧条。

再看院子四周，长满荒草，连下脚的地方都没有。

很想进去里面作了解，但实在害怕，因此，步行至离大门口三四米远的地方，不由停下来，只拿眼往里面瞧。可里面漆黑一片，什么也看不出。

大门是通体硬质石头做成的，打磨精细，可以看出当初花费的钱应该不少。大门墙上，做有两个窗户，也是少见。窗户下面，用白石灰等涂料做了一个大气的门匾，因为水的侵蚀，大部分发霉变黑，所题字迹已不可辨。门框两边，刷白粉涂红漆的门联字迹也被雨水完全浸洗，辨认不出内容。

整个房子的四面外墙倒坚固着，砖的质量做得也好，经风雨洗刷，仍显光亮。

水泥阶沿宽阔，门前晒坪也是水泥铺成，只是杂草从坪前菜园里蔓过来，侵至了晒坪，到了大门口阶沿下。

这样的场面，像个放牛场，也不知到底荒废多久了。

逗留一阵，虽意犹未尽，但还是提起脚步往外走。重新回到院门口，看到院门完整，几乎可以做一个老房屋艺术展示，觉得拍照放上朋友圈，应该能够吸引眼球。于是从内往外，又从外往内，对着院门拍了照片保留下来。

我们的举止吸引了路过的一个村妇，她忍不住停下脚步观看我们的行为。正好，向她打听这处宽大房子为何就没人居住，被遗弃了。

据妇人介绍，原来还有一个老人住在里面。他儿女都到广东等外地定居生活了，只有一个老人生活在家里，担心着，就将老人也接走了。后来，又发现房子生了虫蚁，更不管了，反正不打算回来住了，维护也要成本，任由着风吹雨淋，就成这样了。

听了介绍，心头生起一阵苍凉。时代发展，改变了农村现状，带动经济的兴盛，城市人口越来越多，乡村却越来越冷落，直到像这样被掏空！

一个院门的完整，相对于一座房子的荒芜，是坚守不了多久的。

只是这个院落对着的门口这条萍水河，因有水的生动，它才有了永久的活力。

河道情怀与情境特写

河工"玉艳"

据了解，源头萍水河在东源乡境内，从发源于宫江东端源头与发源于田心北端源头算起，沿途共经历宫江、上埠、羊子、逢源、竺塘、桥头及田心、小枧、民主、楼下等十个村庄，两源交合点在启动仪式的上埠处。

河流流经区域有东源乡 70% 以上的人口。

河道的重要性，对于上栗和东源人民不言而喻，对于整个萍乡，也举足轻重。

为加强这段源头萍水河的河道治理，各级党委政府作为头等大事来抓，实行河长制以来，这段源头的萍水河，市里的河长为市委副书记、县里的河长为县长。

质朴的东源人民，我们是有福的。

考察第一天沿途 5 千米余走下来，所见所闻，令人振奋。除起始一段河流呈现原始状态，从宫江的何氏祠堂处起，沿途河道及河岸道路都在大力修建扩改。

资料显示，东源乡被列为了省中小河流治理重点县综合整治及水系连通试点，争取到 2100 余万元的项目投资，对辖区内的宫江河、江北河、田心河、小枧河（均为萍水河的上游支流）

进行总长约 18 千米的河道疏浚、总长约 11 千米的河道清淤。同时，对岸坡进行整治、对陂坝进行改造。目前，这个项目已经完成总投资的 90% 以上，再过一两个月就将全面完成。届时，宫江村的河道将宽达 8 米，通过浆砌石护岸、固脚、河道清淤疏浚、陂坝改造重建等，现有河道的防洪能力、灌溉能力将大为提升，并可以有效调节水位、改善河道生态环境。

一个令人感奋的细节想在这里记下。当一路兴冲冲行到宫江河道下段时，在刘家里路段一桥边，我们截住一个特别的路遇者一再作着采访，他实在是我们的意外收获。

他的名字叫何玉艳，他自己介绍是：玉米的玉，鲜艳的艳。现年 67 岁。

这个人瘦瘦爽爽，头顶红色安全帽，肩扛一长把捞网，捞把一端吊着一只蛇皮袋。再仔细看他肩头斜搭着的东西，原来是一齐身水裤，穿着这种皮质水裤，可以下到深及肩以下水域而不打湿衣服。

很明显，这是一个下水作业者。一眼看上去，只以为是打渔为生的当地村民，刚刚从河道里收工上岸。

后经了解，他的下水作业与打鱼毫无关系，他是经常要下水作业，但不是捕鱼，而是捞拾河道杂物垃圾，原来他是河道垃圾清理护工。

这是一新鲜职业，旅游风景点可以招聘垃圾清理工，村庄也陆续配备垃圾清理员，现在的河道，居然也请起了护工。

对河道的保护，当下，真提到不一样的高度了。

问他从事该职业多久了，答曰快三年了。再问酬劳多少，答曰每月 1000 元，每天超过 30 元。问他值不值，答曰没有什么值不值的，要人做，河道需要人护理。

多么朴实的乡民，多么执着的河道守护者，真是此玉非彼玉，此艳非彼艳；此玉乃彼玉，此艳乃彼艳也。

这可是一位年近七旬乡民的深切情怀。

水质与保护

沿河道而行，最关注的当然是河流的水。

考察第一天下午参加完启动仪式后，整个行程是沿上埠村往下的河道行进，这段区域有名曰大洲上。这里地形开阔，视野辽远，是一个南方丘陵地带的平原河谷地带，是难得的典型鱼米丰产地。

放眼看去，庄稼萋萋，屋舍俨然，一派欣荣，一派万千。

人在地上行着，无人机在高空俯瞰，我们人眼所见之景，与无人机拍摄到的生机，肯定是别样的勃勃兴盛。

拼凑起来，这就会是江南水乡烟火缭绕的全景胜图。

今天——考察第二天，从东源乡羊子村大洲上桥头往下走。

水是安静的，流得实在有些慢，在急着赶路的我们看来，似乎它不肯动。水量也有些少，河底都不能完全覆盖，袒露河面的沙石，表演着它们参差的情态。

而且，关键是水质还一般，离想象中的样子有差距。离萍水源头应该具备的水质要求有差距。

有人发话了，说我们在考察报告中要实事求是，不能将水质美化，不能为了满足我们心中想象的需要而不顾实际。

这要怎么办呢，不这样做，能够达到我们的愿望吗，观众不也要失望吗？

已制作过报道视频的考察队员表达着自己的委屈。

一路淋漓撒着暗褐色的排泄物，一些保持成团的完整，一些却被牛或其他生物踩坏成多种形状的零碎。

当地队员告诉我们，农户养牛真破坏环境，这里农户喜欢养牛，原来有很多人养，现在减少了，但还有一家养殖大户，家里养了几十头，他家附近村民都不乐意，牛屎臭满天。

这真是一个问题，农户自家养牛，看似与他人没有关系，但破坏了空气，破坏了环境，破坏了植被，在自家创业谋生或致富的时候，却间接对他人与环境造成损害，值得商榷与改进。

像这河里的水量与水质，怎么就少了，差了呢？

只与气候和降水量相关吗？是不是更与我们未重视造林绿化，甚至还砍树毁绿有关呢？

只与水土流失和工业污染相关吗？是不是也与我们生活污水随意排放，各种垃圾随意倾倒有关呢？

凡事皆牵一发动全局。为了我们生活在更好环境里，为了有更好些的生活质量，为了我们的母亲河，为了我们的明天，当我们做一件事情的时候，是否可考虑更周全一些，更兼顾一点环境与他人的利益呢？

江北老农的铭记

考察第二天，从羊子村大尉庙走过来，平坦河道汇入从上头镜山、江北淌下来的支流，水量有了增多，宽度有了增加。

向村民打探上游河流名称，说是无名河。

作为考察者的我们兴致来了，其中就有人提议，给它取个名字，改写它无名的历史，就叫江北河吧。

命名是容易的事情，但要让名字被人记住并流传下去，却要看命名的科学与命名者的影响。

哥伦布发现东方新大陆，并不是东方新大陆在他发现时才出现，其实他一直存在着，并不以他的所谓发现而改变什么；马可波罗来到中国，写下《马可波罗游记》传扬了中国，并不是因他的传扬而中国才存在，只是他的记载让西方民族对中国有了更多的了解。

当我们想以江北河的名字来称呼这条河一样，它并不会因我们的命名而有怎样的改变，它原来就存在这里，就是这样日夜长流，这样表现着它的禀赋与执着。

当我们到来，对它有了一次新的考察与关注，可能让外界将更好看到这河的本貌。

同样，对于这里居住着的人们，我们这群考察者受到他们的热忱欢迎，他们本来的纯朴也被我们观察到独特一角。对于世代居住在这里的他们，我们是突然造访者；对志愿表达对河流热情的我们，这里人们的朴素感情新颖了我们的感动。

让我来讲讲这个叫刘祖生的老农吧。

他进入我们关注的视野有点突然。当时，我们在采访一个叫刘礼分的43岁青年农民，听站在桥头的他热情介绍着这里的风土人情，告诉这个地方叫潭头街，是一个居民集聚热闹区。这条道路是一条紧要道路，连通着四面八方几个村子，这里还办有一所叫上埠的中学，容纳周边村子学生来这里读书。

这时，刘祖生像其他围观群众一样靠了过来。当我们要了解河道治理与建设情况时，他将话插进来，说很感谢政府，这几年来，政府是认真做事的，替他们建设河道花了很大力气，他从心里感谢。

他还说，为表达对政府的感谢，做了一世农民的他，都忍不住拿起笔，写了快板来赞颂。

一个种田农民，能够写快板赞扬政府，是不容易事情。

这一下引发了我们的兴趣，忍不住要他将写好的快板拿来给我们看看。

他当即返回建在桥头崭新三层楼的家里，取出快板稿纸给我们看：整张白纸写满字迹，一笔一画，工工整整。可见其态度的认真，情感的饱满。

跟拍视频的队员兴致更浓，即刻问他能不能念出来听听。

老农说行，当然行。

一点也不怯场，一说就行动，对着打开的镜头，滔滔念唱开来。

看来老农情怀积聚了很久，我们的到来，对于他也是难得的表达机遇，我们的考察与采访正好满足他表达感谢的宣泄口。

他在快板里唱道："……东源贫困就不怕，就从这里来发达；敬请政府能力人，干部群众一条心……"

确实，正因为群众干部一条心，河道治理正热火朝天地进行，改写河流面貌成为今天赢得民心的又一页历史。

朴素的村民，是将恩情记在心的。

问刘祖生年龄，告诉我们他已72岁。这又是一个看不出年龄的老人，人生七十古来稀，而活在今天的老年人，一个个赛过年轻人，不论相貌、心态，多么有活力。

刘祖生们是安稳的，生活安稳，心态安稳。看看他这个立桥边三层楼的新家，因风调雨顺，河清海晏，干群同心，迎来了一天赛一天的顺心顺意美好生活。

"灯塔"伴行

作为经过认真策划与发动组织的萍水河考察，我们的行动具有影响，引起众多关注和支持。

活动开展以来，除我们这些原来以组织形式确认了来自社会各界的考察队员，还有自愿要求参与，并经同意加入的各种志愿者。前两天，就有"楚韵传媒"这样的摄影爱好者一行多人跟随。

考察进入第三天，队伍里又加入了五名穿黄色马甲的显眼人员。

这些"黄马甲"来自一个叫灯塔计划公益发展中心的组织，五名人员只是他们表达参与意愿的派出代表，据说这个组织实际参与人员甚众，发起组织的志愿活动主题广泛，影响广大，深受欢迎。他们弘扬主旨为六个字："助学·筑梦·铸人"。凡对社会有益事情，能力范围内，他们都积极发动，热情参与。

今天来到的五名队员，清一色女士，倡导行动是"清除白色污染，美化人居环境"。

大部队马不停蹄往前行，她们一边跟随，一边打捞河道岸边各种飘浮物，装入随身携带的袋子。

看着垂钓者不经意抛扔的垃圾，她们甘愿将身子蹲伏下去，将打捞器具深入水中，细致耐心地捞上来。

见着她们举动，垂钓者面露惭色。

捞过后，"灯塔"志愿者并未就此作罢，转过身又以亲和语气作着教育宣传，要扔垃圾的人重视废弃物的抛弃，不能乱扔。

受到感染的乱扔垃圾者，知到自己做得不对，赶忙说"好的，我们知道了，下次一定记住，手头的这些空了的鱼食塑料袋等，一定全部带走"。

穿过村子，沿路发现垃圾，她们也不厌其烦捡拾，收集扔进路边及村民屋前的垃圾桶。

看到有人在家，她们还进入村民家里，执意进行口头宣传，讲解垃圾不能乱抛的重要意义。离开时，还将带来的宣传品挨户张贴。

见她们如此认真，也有人不屑笑道，说你们一边捡，大家一边扔，能起多大作用哟。

是呀，公益倡导者的力量非常有限，单从付出体力劳动带来的实际作用看是有限，但这种行动志在倡导，引起人们重视，在于行动体现的象征意义，一种精神和文明风尚的传播。环境的维护需要每个人重视、参与，更需要引领和倡导，只有大家都意识到，并自觉维护，才能彻底改观。

看着"灯塔"队员一番奔波下来，涔涔汗水从额头上、头发缝渗下来，想到虽累乏，也没有什么物利的实际报酬，但她们今天流下的汗水，一定会浇灌出明天的文明之花。那时，花朵的灿烂，就是对她们最好的回报。

穿越街市的清澈

河流穿越一座 6 万人口的集镇街市会是怎样的呢？

9 月 22 日这天，当考察队伍来到赤山镇街市，有了身临其境的体验。

萍水源头河一路穿行，逶迤 20 余千米，越过东源乡后，就来到赤山镇集镇街道地段。

河水沿着河道，在这里拐出一个舒缓弯道，流速和缓，显得有些缱绻缠绵，似人打集镇经过，不免留恋街市的热闹。河道宽阔不少，目测宽处应该达到四五十米，狭窄段也有二十余米。

这里，水质良好，清澈透亮，岸边深水区，一群群小鱼仔快速游动，人的脚步走近，似乎惊扰了它们，小小的身子，箭一般穿梭而去。

河这边，是一个临水码头。码头长约两丈，由石头与水泥构造物混合建成。码头伸向河面，与临岸之间隔出的低洼处，是一个水池。水池的水虽与河水连通，但别有天地，既能保持长年不竭、取之不尽，又孑然独立，不受行船或其他河道水上活动打扰与影响。这样一个池子，肯定是为附近一带人们取饮用水而特意建造的一个水井。只是时过境迁，家家户户现在都有自来水，早不跑河边挑水用了。

据说过去这里水运热闹，可以想象当时载着货物的船只来往穿行河中，行经至此，站立船头的船工见着热闹街市，心情顿时兴奋开来，嘴里忍不住发一声吆喝，手中长篙往水中一点，货船像一条巨型带鱼，在水面划出一道八字涟漪，很是想逗留下来，但遗憾不能上岸，要无奈继续往前奔着行程。当然，也有船只的目的地就在这里，或者这里只是出发的起始点。如果是抵达目的地的船过来，船工们心情肯定更兴奋，终于到达了，一路行来，被篙撑得有些乏力的双手，此刻陡暴劲道，凭着长年累月经风沐雨的娴熟，瞄准停靠点，三两下篙子点过，就将船稳稳当当挨着码头最好的位置停下。然后跨步上岸，或立即将货卸下，好回家安享清福，卸下一身疲累；或货物暂且不管，由主家看着，先到街市酒馆叫上两斤土酒，快活快活。

而从这里起锚的船只，那是另一番心态了，篙子往前撑，眼睛肯定还回望岸头；船要去了远方，一颗心却留在了这里。

河对岸，又有一种"热闹"：临河建有两座庙宇，一座就靠在河边，一座隔河岸不过数十米，紧挨着坐落这座临河庙宇后面。

红墙黑瓦、雕梁画栋、样式独特的庙宇突出于一片屋子当中，那种鲜艳大红色格外显眼，秋阳照射下，灿着强烈反光，给人一派辉煌感觉。

从河这边望过去，可以看到大门前廊檐下摆放着的长条香炉里插满香火，一派缭绕。庙宇廊亭向河面挑出，仿佛立在河道上的两根廊柱规整地刷着白漆，上面有墨写柱联："敬神明但愿时和岁稔，感恩德惟祈物阜民安。"

比较于庙宇的"热闹"，似乎更见出河流的安静。

我们先行到达建着庙宇的河道这端，站在沿河道路上，两眼前望，首先看到河道宽阔，清水缓流，有村妇挽了裤脚，在岸下河边浣洗衣服，蓝色水桶及待洗的深色衣物搁水边台阶上，加上一个着浅色格子衬衣的人影，被大幅清亮水面映照着，仿佛一帧山水画。而且这幅画还活着，随村妇洗衣举止搅动水面，清亮波圈一层层荡漾开去，山水画就活在村妇的举止里，活在涟漪荡开的波纹上。

临河洗衣，在变化一日千里，日常的洗衣做饭早被洗衣机、电饭煲等代替的今天，这里还能看到，也算是一种多少保有乡村传统生活风味的非物质文化传承。

往上游更远一些地方看去，一座三孔石桥横跨水面，在明澈如镜的水面映照下，半圆孔此时成了完整圆孔，水上部分与水下映照部分浑然一体，让人分不出真假虚实。

河流经过热闹集镇，如此清澈，如此安静，如此美丽，队员们抑制不住兴奋，举起相机，忍不住拍个不停。

"新造码头"

这天考察，在赤山集镇街市，我们作着留连。

越过庙宇，经过一段房屋密集、道路有些逼仄的街道，走上前面看到的老石拱桥，从街的这端来到另一端。

桥的这边，靠近郊区，以生活居住为主，商业较少。桥的另一边，为集镇中心，商业发达，店铺密布，人流如织。

连接街两端的这座石桥，是一座老桥，有着些年份。据了解，约到明朝年间，这里人们过河还靠一道窄窄的，不甚平稳的木桥引渡，来往行人与货物通行非常不便，遇着热闹赶集日子，过桥的人要排长队等着。拥挤时候，一个不小心，就有人掉到河里了。

当地有一姓欧阳的开明乡绅，见此情状，首倡修建石桥。在欧阳氏倾力带动下，一座改变历史的三孔圆孔石桥得以诞生，人们渡河过桥，再不用胆战心惊；来往货物，畅通无阻；赤山街市人气更旺，四方客流涌来更多。

打桥面走过，踩在几百年来多少脚步踩过、磨损得有些过度的石板上，一种沧桑感油然而生。想着古人筹建这座在当时应该是多么现代或者先进的石桥时，有过多少思虑、多少拼搏；当石桥横空出世，又怎样惊叹世人目光、被称为奇事……

时至今日，与其他老桥一样，老石桥完成应有使命，已退出承担主要引渡任务的历史，让位于能够承载更多人员车辆通行的现代桥梁了，只是因它坚固和经久耐用，或者往更深层次说——因为人们的留恋与热爱，它还继续发挥着作用。就像我们，从它上面走过，就比走过那繁华热闹新桥感觉更有年代厚重感，因它存在，更可见出一条河流沉浸的深切历史与文明内涵，让人不由产生更多热情。

当然，除保留下来的文化意蕴，这座老石桥，在人流高峰时段，实际上还承担着分流作用，有效帮助分解新桥通行压力。

下了老桥，进入街市商业繁华地段，各色货物齐备，店家门面整洁，街道宽阔，通行舒畅。正是吃过早饭时候，所见餐饮店前也干净，桌凳摆放不超出店面，一些吃得晚些的人还坐店里等吃早餐，地上不见一丝杂物。不由令人感慨，这方小镇，格局如此，文明如此，足见出举全市之力推动的创建文明城市行动影响之深、意义之大。

穿过热闹街道，找着一条往河边去道路，来到临水码头。

立于码头，这里背离街市，面对河道，河面宽阔，清凉无比，安宁无比，仿佛来到另外一方清静世界。

不由感觉，人虽身居闹市，但要取静也不难，只要肯走出别人都留恋、舍不得离开的繁华，安静一定是属于他的。桃源中人陶渊明对此更有其个人所悟："结庐在人境，而无车马喧。问君何能尔，心远地自偏。"

若造诣更深，则认真践行"大隐隐于朝，中隐隐于市，小隐隐于野"即可。

离开码头，重上街道际，发现岸头立着一道石碑，上刻碑文，碑和字年代似乎都近着，但字迹斑驳难辨，经一番擦拭和再三推敲，后终于认出为"新造码头"四字。四字下面，是一排排横列名单，更难辨认。

这是时间给出的一道怪题乎，有些事物，远的却近着，像这座老石拱桥，为谁人所力修，给人印记永远深刻清晰；而有些东西，近的却远着，极易被淹没覆盖，像这新造码头的刻碑及其碑文，不要多少年，已然完全模糊难认。

河湾垃圾

过黄田，走赤山，出了集镇街市，沿河下行。

步出街市不远，发现又一个火热场面，这里在清整河道。岸边施工场面热闹铺开，推土机隆隆叫着，挖掘机高扬起臂膀，一条新推出土路横陈河岸，踩上去绵软绵软的。大小石块堆成一堆又一堆，凌乱了去路；砍倒的岸道树横七竖八，有的伏倒进河道；摩托车经过，尘土腾空飞舞；往前迈步，一脚下去，鞋面裤脚沾满粉状灰尘。

越过河道建设地带，往下再行一段，河道水面变得幽深，湛蓝天空倒映水里，成另一派着色写意。有垂钓者静伏河边，躲在瀑布一样张开的太阳伞下，不被我们这些路过的人打扰。

岸边有成片的速生林，因为干旱，也因为季节入秋，不再青翠，不少叶子变得萎靡枯焦。一些怕热的鸟飞来，想找一片阴凉，翅膀带起风声，惊动着昏昏欲睡的干枯枝叶。穿透这些似乎带些夸张的声响（包括我们的说话声），有一线厚实绵密的嗡嗡声起航，频率与速度似乎越来越快，队员当中有人敏感察觉，提醒大家说，这是黄蜂来了，这里肯定有蜂巢。

有不怕者听说有蜂巢，居然表示想去看看，说蜂巢孔的细致繁密极具建筑构造美。当然，也许他只是说说，要引起大家注意，也或者，他是从心里真喜欢蜂巢之美。

无限风光在险峰，要做美的倾慕者，是要付出代价的，深藏的美或许总与危险相连，没有冒险精神，不肯付出，不是那么容易获得的。

来到河道一幽深潭边，留恋让我们停下前行脚步。一陪伴我们的黄姓当地群众告诉说，这里叫三层楼，怎么叫来的我也不清楚，大概这里水深，可达三层楼的高度吧。小时候我们经常赤膊全身跳河里洗澡，舒服得很。

你看，那边屋场，属于赤山村管的，叫铜潭嘴屋场。接着，他又扬起手臂，指着右边一排房屋告诉我们。

三层楼是多高，应该在 10 米以上吧？铜潭嘴是怎样的形象，水穿过这里是不是就形成一个铜墙铁壁深潭，喝进去就不轻易吐出吧？

出了铜潭嘴，河道迂回前行，河面变宽，水流缓滞，一些弯道静着不动的水面，形成死角，堆满白色塑料垃圾。看情形，应该是发大水时，洪流将这些上游村庄抛弃的垃圾冲进弯道，大水去后，水面降低，流速减缓，垃圾再流不动，河湾就成为垃圾收留站。

长期不清除，对下游水质污染就大。

见情形如此，随队实地考察领导当即要随行工作人员通过电话与当地政府沟通，要求想办法尽快进行清除。这也算现场办公，立决立断。

三河汇流地

过了赤山村，就出了赤山镇管辖范围，来到上栗县彭高镇管辖的韶陂村。

萍水河在这里叫韶陂河。

萍水河流至韶陂段，就到了一个三流汇一的特别地段。

从赤山过韶陂，河两边是平整田野。远处山岭围着田野，似乎被河流牵着往下走，想向河道靠近，但又照顾着田野的情绪，留出足够宽的地带供它们伸展手足。从远处青山，至近处田野，再至身边河流，形成三道层次高低分明的平行带，一路沿河而下。

行至河边无路处，当我们从河滩上岸，勉力探测着寻找前行道路，战战兢兢穿过杂草及腰深荒地（草的绵密厚实只担心有毒蛇躲藏其中），再沿着河边田野窄窄田埂，穿过成片种满蒿笋的鱼塘，看到鸭子一群一群在鱼塘或河里嘎嘎叫着游动时，就到了大洲上自然村，这个自然村是赤山与彭高的分界地段，其中分界又以跨河桥梁为连续点，一边赤山，一边韶陂。

听到介绍又一个叫大洲上的地名，还以为自己听错，同行人猜到我有疑虑，告诉说，这里是赤山的大洲上，不是我们前面走过了的东源大洲上，沿河下来，有河洲地方，被称作大洲上或小洲上的地名肯定不止一两处。

大洲上住着三户人家，都姓程。门牌为大洲上 1 号的黄姓女主人告诉我们，她家屋侧这条溪流，来源于上面蓝田河，也是杨歧山流下来的，水质相当好，水量也大，流到这里汇入到韶陂河了。

据她介绍，来的路上我们前面经过的那条河汇入韶陂河的水，是从福田流下来的。

三条河汇聚，让韶陂河水流量陡增，河道宽阔不少。再往下去水量更丰富，自我净化能力增强，河水明亮清澈度增加。

因河道汇聚，这赤山与彭高接壤地段，形成平整宽阔的冲积平原，田畴肥沃，物产丰饶，居民集聚，在这里安居乐业。

行至彭韶路桥头，停着一辆河南过来的联合收割机。车主是一对夫妇，来自河南驻马店，男的姓陈，40 多岁年纪，他们来这里承揽收割水稻业务八九年了，这一带田家是他的老主顾。男车主告诉我们，过去那台使用多年收割机不利索了，换了今年这台新的，要十几万元，期待可以挣得多一点。

看他们在这等业务，又问他们收入情况。告诉说，今年不行，种田的少了，当地人也有买了收割机的，跟他们抢业务，赚不到多少钱，过来做一趟，也就几千元收入。等几天，这里收得差不多了，他们就南下广东去，那里农民种的稻子，比这里要晚些，还可以做十天半月活。

是呀，尽管这里水土肥沃，是世代鱼米之乡，但随时代发展，世事变化，农村劳力纷纷外流，甘于种田的人更少了。

问及车主家庭情况，说家里有两个孩子。只挣这么多，想着他们负担不轻，忍不住再问他们居住与饮食花费情况。告诉说，通常他们就进农家餐店炒一两个菜应付。住不讲究，一般就住车上。

这也是大变化，与以往不同，现在村子多办有餐饮民宿，除了农业第一产业，第二与第三产业进村入户，也拓展出大片天地。

当我与男车主交流时，其妻安坐驾驶室右旁座位上，正用手机讲着话，可能是打给家里小孩的，说到温暖时发出开心笑声。可以看出，出门在外，只要能够挣到钱养家，这些难处对他们不是什么难处。

显眼的"河长制"

考察进入第四天。

一路下来，特别注意立在河道旁的一些不锈钢架公示标牌。

这些标牌有两种颜色，一种漆褐色，一种漆蓝色，上面都有着显眼的白色字体，标注着"某某县级"或"某某镇级"河长负责河流河长公示牌，有的则直接写明"市级河长负责河流河长公示牌"。

通过标牌内容，大概可以了解到，为了加强河流保护和推进河道治理、美化环境，我们在举全市之力强化管理，将河流保护实行分级分地分段管理责任制，上至市委书记、市长，下至乡镇村级的乡镇党委书记、乡镇长、村干部，对沿途河流，全部承担了河（库）长职责，哪段河流哪座水库有什么情况，责任马上可直接追查到某某领导责任人头上；群众发现河流或者水库有什么问题，也随时可以一个电话，可以找到负责的河（库）长，要求及时予以解决，不能有推卸余地。

将今天所见"河长制"标牌作了记录,一路有萍水河支流彭高村段(尚鹤岭——应皇洲:2千米)、渌水河彭高段(赤水桥——洪陂坝:2.5千米)、杂下小河杂下段(高坝上——萍水河:3千米)、萍水河大星村段(荣后小区——田中湖入口:1.1千米)等。

这些公示牌制作单位分市、县(区)、乡(镇)三级制作,公示内容大致相同,但又各有区别。公示内容基本包涵市、县、乡(镇)、村各级河(库)长名字、职务及河流名称、河流起点、河流终点、河流长度、河长职责、治理措施、治理目标、举报电话等。

区别在于根据各级管辖权属、层级高低、侧重程度等不同,在公示"治理措施""治理职责""治理目标"等内容方面有区别,如市一级河长公示牌,就未有"治理措施"这项内容,承担职责与治理目标与市以下各级有所不同。

市级职责为:负责牵头推进河湖突出问题整治、水污染综合防治、河湖巡查保洁、河湖生态修复和河湖保护管理,协调解决实际问题,检查督导下级河长和相关部门履行职责。

县(区)级职责则为:指导、协调河库保护管理工作并负责牵头推进河库突出问题整治、水污染综合防治、河库巡查保洁、河库生态修复和河库保护管理,协调解决实际问题。

到乡镇及以下又区别为:负责本乡(镇)河库水污染综合防治、河库巡查保洁、河库生态修复和河库保护管理工作,指导村(社区)河库长履行职责。

乡镇、村级有的更具体到:1.河道清洁水面无漂浮物;2.河岸整洁,河岸周边无生活、建筑垃圾;3.河岸周边无蓄禽养殖和乱搭乱建;4.发现乱占、挖、填、开垦及电鱼、毒鱼现象及时向上级主管部门汇报。

治理目标上,市级为:河道范围内污水无直排、水域无障碍、堤岸无毁损、河面无垃圾、堤岸无违建。县、乡(镇)统一为"三无一有"：河道整洁无垃圾；岸线整齐无乱占乱建、乱围乱堵、乱采乱挖；水质清澈无乱倒乱排；有专人维护管理。

市级未公示治理措施项内容，县、乡（镇）公示措施为：加强水资源保护，加强水域岸线管理保护，加强水环境治理，加强生态修复，加强执法监管等。

而且，另外还发现一些用花岗岩等精致石头制作的宣传碑牌，上面书写"某某河上保留区"或"某某河上保护区"，其中一块具体记载内容为："渌水萍乡上保留区：起始位置：上栗县周江边；终止位置：上栗县三田。水质保护目标：Ⅲ类。"

经向市环境保护部门工作的专家队员了解才知，这些石碑上写着的"保留区""保护区"是设立的河道河段保护等级，对沿河区域纵深范围开发作出的限制，是为了长远保护母亲河的需要。

逢源的山体滑坡

考察第二天，跨过羊子村，来到逢源村。

两岸青山逐渐靠拢，河水在这里轻缓流淌，似在悠悠唱着歌曲。沿路村民将家都建在离河岸一二百米远处的山脚，走在河道旁，抬眼一望，真有画中江南水乡的清峻秀美。

村民们干完农活之余，清闲了，抄一排拦网，或拎一只网袋，挽起裤管，进入河道，从容地捕捞鱼虾。

我们到来，并不能打扰他们。如果远远举着摄像机拍摄，根本不被他们发觉。如果挨近了询问捕捞果实如何，他们则将网着的鱼虾给你看。

如山水一般朴实的村人，除了对山水无限亲近，对我们这些外来者的造访，也是欢迎的。

黑的白的家犬见着我们，倒是汪汪叫着，有些欺生。

这里的山岭土地，也是勤劳的，热情地生长着植物。除了蔬菜瓜果，野花野草，这里杨树、梧桐成林，这里板栗、柚子结实密集，呈现一派秋天的稔熟。

知情队员指着左手头的一高凸山岭告诉说，这峰叫蜈蚣石，在距这山那头，另有一座石峰，叫鸡公石。两山隔着五六百米远，鸡公想吃蜈蚣，却总是追不上，吃不着。

风景的神话传说来源由想象，非凡想象见出人类非凡智慧。

离开河道，穿过挤挤挨挨房屋，走入山脚边，突然冒出一庙宇。我们加快脚步，急着进去看看又是供奉何方神圣的。

倒有些奇怪，从出发到现在，近三个小时过去，这可能是在路边看到的第二座庙宇。沿路庙宇少见得超出预想。

趋近前看，庙门匾额题有"蓝仙庙"几个大字。这庙也是新奇，倚着河岸建筑，第一层一半为山体，另一半支起柱子，竟是行人过道。

建庙既要占了好风水，更要照顾到来往村民出入便利，所以第一层大半做成通道，方便附近村民过往。

开始，根据庙宇名称猜测，庙里供奉应该是八仙中的蓝彩和大神，登上级级阶梯，进得庙门，所猜果然得到证实。

儿童时代，听多了八仙过海故事，对传说中的八仙，不将他们看作严肃的神圣，倒觉得他们充满着玄幻与可爱，然而今天在这里见到村民将八仙作为祛邪除恶菩萨庄严供祭，给我别样感觉，或许是我少见。

庙里举办祭祀活动张挂的彩色符条仍然还新着，上面浓墨留下的文字依次为："洞宾一点定乾坤""果老二万七千春""湘子三堂兴香火""国舅四时奏太平""拐李五色祥云起""彩和六合定风云""仙姑七岁成诗对"……最后掉了一张，看来一定是属于汉钟离的。

立于庙门前凸出平台，仿佛来到河道上端。正前方河岸树木遮挡了视线，但通过疏朗枝叶，平展无垠的田野仍然清晰眼底，即将成熟但仍泛着青的水稻大块大块铺开，像一个生态良好的大平原。右前方人家沿河道居住，有些散落在河边田地间，有些在山脚下。再看左边，就大出意外，距离庙宇不到二百米，高高的山岸植被消失殆尽，山体土石裸露，从一二百米高处崩塌下来，山体崩塌体积成千上万方，沿河道路被覆盖。经过抢修，新挖掘出的道路，仅能供行人走过。据说塌方的泥土下面，掩埋的一辆汽车至今无法挖出。

还好，当时汽车停在那里，塌方时里面并没坐有人。还值得庆幸的是，崩塌山体如此之大，近山而建的人家，还有这方庙宇并未殃及，没有造成人员伤亡，确实福气。

只是，山体滑坡体量巨大，石土构造复杂，塌方两年过去，却还无法完全清除和恢复，使当地村民心里留下擦拭不去的阴影。

民丧之思

考察第二天，穿越村庄，遇到两起丧事。

一起发生在羊子村，一起在逢源村。两起丧事，相距甚近，而引发注意的，都是高高喇叭远远传送着的音响声。

生老病死，婚丧嫁娶，是人生大事，是家庭大事，向来为人们重视，牵扯亲人神经，耗费家庭精力、财力、物力。

一场大病下来，富裕家庭变贫困，贫困家庭变赤贫，毫不稀奇。一贫如洗，当今也说成"一病如洗"。

可以说，亲人患病，是家庭灾难。

而婚丧事呢？虽不如病之厉害，但家庭成员一增一减，一来一去的操办与操劳，花费也甚巨大。

像今天遇到丧事，办得隆重，拿出的钱物也不在少数。当下经济条件，没有特别困难的一般农村人家，办是办得起，但耗费却巨大，少则数万元，多则十数万元不等。但仔细算算，对于普通收入农户，应该是一年甚至几年的家庭全部收入，就这样，随着埋葬的死者，化之一无。

几天时间，花费一年甚至多年收入，人去了，钱没了，这不是悲上之悲吗？

但我们的村民们，似乎无所谓，都是这样办，习以为常。而且，别人都这样办，假如我不这样办，倒要惹很多说道。

高高的喇叭将烘托气氛的音乐声传送至几里之外，认真听听，歌唱的虽然不是与丧事完全南辕北辙的曲子，但当表演者将"我在夜里呼唤黎明"这样的歌声喊出时，是不是已将一场丧事的悲怆，改写得有点滑稽并失调了呢？

但谁又会去注意这点，风俗的盲从与跟随，早已让我们的村民甚至村庄的智者不情愿作更多思考，甚至连原本严肃的忌讳，在一场又一场只顾面子的攀比当中荡然无存。

所以，将丧事办成演唱会，甚至搭台表演脱衣舞现场也见怪不怪。

悲哉！哀哉！

这让想起考察第一天，当我们乘车经过一村子时，快速行进的车轮被迫停下来。堵车了，原因是路边人家办丧事，来了龙灯女子队，在进行表演。

世道变化无常，何时用于节庆和祭祀表演的庄严龙灯，就这样成为走进评价死者家庭舍不舍得花钱办丧事的一道异样风景。

对亲人敬重、哀痛、难舍与追思等其他情感的表达，相比较于只要肯铺张花钱办丧事，似乎都全部包含其内，或者根本无足轻重了。

河畔"大工业"

考察第四天。从彭韶路走过来，拐入通往周江村道路。

过了麻衣庙，远远看到临河前方有个建筑工地，长臂提升起降架像巨人立着，开动机器运送材料的轰隆声回荡四周。

再走近了看，发现这个工地场面宏大，是靠着河右边建的，高出河面近十米，猜测这样高的地方，原来可能是一山岭地带，现在推平了要建大工厂。工厂建筑场地全部用薄铁片做了围栏围起来，除了高耸的提升架，从岸下看不到里面情形。

这是到哪里来了，难道就走出萍水河绕村过镇的县乡地带，靠近了城市区吗？

因采访耽搁了时间，仅我一个独自走在后面，连一个可以倾诉疑虑的同伴也没有，好不容易见着前面不远处，有一个带着小孩、同样徒步前行的人，猜测是附近居民，应该知道情况，赶紧跑过去请教。

他告诉说，这个建工场叫周江信息产业园，他仅知道这些，其他不知道了，他不是这里人，也是打这经过的。

看来，只有加快速度，赶上同伴队员问问去，他们比我知道更多，应该了解具体情况，或者还可找个当地居民采访了解。

因为工厂开建，沿河右岸道被阻挡，只有跨河过桥往河道左边另寻道路前进。因此，快速从桥上通过，一时对河道宽阔漂亮的水面及一路的景观也无暇顾及。

过了桥，看到左手上端一片开阔区，有一大片房屋，原来是一所学校，校名叫周江小学。

再前去，居然又一片居民热闹集居区。从情形可以看出是新规划建设的，房子排列整齐，楼层高耸；道路笔直，全部做了水泥硬化；店铺沿路排开，餐饮超市众多……

在这里，几个队员临时买水喝，暂停了脚步，被我赶上。急切的我逮着他们就将疑虑一股脑儿抛出。

其中有人告诉我，说这里叫周江村，原来是上栗县福田镇管辖，现在划归萍乡经济技术开发了。这里所建是一个新工业园区，离市城区还好远，打这儿过去还要过了彭高镇，才进入市城开发区地带。市里将这块地方划归开发区是为发展经济产业需要，在这个地方建工业，交通方便，可缓解把工业直接建在市城区附近带来的用地、通行、劳动力紧张等压力。

因此，当下这个周江工业园区，成为萍乡经济技术开发区管理的"飞地"产业园。

现在所经过的这个居民集居区，是产业园建设征地拆迁安置住户，新开建时特意做了规划建的，所以才有现在的热闹。有了工厂，村民就近进企业做工，既有了就业，还能照顾家里老小，也是方便。

后来，围着这个产业园区穿行，我们绕行了三四十分钟才重新回到萍水河畔。走过园区，了解到这里有安置大量劳动力的制鞋厂，看到了先进的高科技智能制造公司，见识了日吞吐量可达 800 吨的污水处理厂……通过与管理人员交流得知，那个正热火朝天建设的信息产业园，首先重点考虑的就是解决建设、生产等排污问题，从开工建设第一天开始，污水废弃物等全部做到自行处理，未经全面处置净化前，不向外、更不会向河道排泄哪怕一点……

看着一座座高耸提升起降架下，井然有序的火热建设场面，这种注重环境保护像注重效益一样的工业生产建设，让我只有用一个"大"字来欢呼——是大气魄的"大"，大有前途前景的"大"。

河边欢唱"我和我的祖国"

10 月 3 日沿河考察，大家带着特别兴奋，原因是我们在度着国庆假日，10 月 1 日观看电视直播庆祝建国 70 周年的国庆阅兵盛况的激动情怀，仍然激荡在大家心头。

若说电视上让我们间接感觉到祖国的繁荣发展与日益强大，使我们产生无限自豪；而现在贴近家乡山水，徒步实地行走的考察却是直接感触与体验祖国的发展变化，观感到百姓生活的康乐祥和，那种为"生在新中国，长在红旗下"而独有的荣耀让每一个中国人民感到无上美好。

所以一路行来，从下车开始，直至访问遇到每一个村民，我们都带着节日的兴奋心情，一种满满的收获感、拥有感、荣誉感，始终荡漾胸怀。

今天，为庆祝节日的考察，有心的队员还组织大家开展了一个特别节目，拍一个考察队员欢庆祖国生日的活动视频。这是一个很有创意的点子，也使大家心情特别高兴。因此都自觉积极参与配合着。

下车时候，组织活动的队员给每一个人发一面小红旗，指挥着都将执旗的手扬举起来，边行走边挥舞，而提着摄影者的人员就随队行进抢抓拍摄。当在村庄平整大道行走时，我们手举红旗，摆出整齐队形，一边高举有节奏地挥舞，一边饱含感情齐声合唱《我和我的祖国》。

这时有人打开手机音乐，将声音调到最高，放出配乐，增加声势。这时，除安排好的人进行抓拍，另外被感染的队员也纷纷举了手机、相机，跟着队伍拍摄，俨然有一种拍摄电影电视片一般热闹架式，让唱着歌的我们更加受到鼓舞。

不只一个队形，不只在村庄平整大道，当我们穿越田野，走在田埂路上，在金黄灿灿的稻田中间，列成一字蛇形队伍向前时，我们仍然充满感情高唱；当我们来到近水河边，列成横队，站成高低错落的一排时，我们仍然满怀激情高唱……那些沿途走过的行人，那些稻田里劳作的村民，那些河边钓鱼的垂钓者，见着我们举止，无不一一注目，一一点头，一一被我们吸引和感染。

这种情怀，不同于舞台上的表演，不同于广场上的欢庆；不同于排练过的准备，不同于为了展示的表现，这是考察队员的自发，这是走过家乡山水、村庄、田野，被美丽家乡变化，被沿途村民纯朴真挚情怀激发，在祖国成立节日里涨满心头的一种荣耀的自觉表现。

祖国美，是我们家乡的美；祖国漂亮，是家乡河流流淌的漂亮；祖国温暖，是山水村庄的温暖；祖国幸福，是我们考察队伍感触到的脚步行走的幸福……这萍水河畔的考察欢庆，多么具有创意与诗情，这就是我们一起与祖国共度美好生日的心意。

当日，我们队员自己制作的萍水河齐唱《我和我的祖国》——萍水河畔考察庆祝祖国生日视频新闻，被媒体记者关注，搬上头条新闻，短短时间里，点击阅读人数急骤攀升，成为一个热点。

美建村的"美"餐

10月3日的考察，更有深刻印象是吃午餐。

十月阳光，随着若隐若现的云层退去，仍烤得皮肤火辣辣地疼。一路过来，行程紧张，除了非看不可的，好多人文景观只匆匆而过，留下不少遗憾。

即便如此，一路风驰电掣般走得急促，但至12点后，仍然未能达到预期行程，离预定考察目标还有距离。领队漆宇勤一再停留下来等待并催促落后队员，要求大家加快速度，否则完不成考察任务。因此过了12点，我们还沿河串村奔行。一些河边路旁祠、庙、老房子等，一闪而过，最多举着手机拍个照片，留待以后再作研究。

走过黄花古渡口，上得仙人桥，已是过午12点半以后。这时脚下的路面，虽然平整宽阔，但因为整整走了一个上午，腿已经疲累非常，开始胀疼。加上一上午奔波，早餐吃下去的那点东西，早不知到哪里去了，肚子咕咕叫得厉害，饿的感觉越来越清晰地纠缠着肠胃。

我有低血糖反应，只担心，在吃饭前发生。如果那样，接下来的路程，会更难坚持。

这时才想起，兜里好像准备过一两颗糖。一摸，果然。不由一阵惊喜。于是拆了包装吃下去。虽然作用不非常明显，但聊胜于无。

同行队员有人带了些便食，听说我低血糖，便递给我吃。正因为有这两次少量食物补充，所以我算比较顺利地坚持到了吃饭的小餐店。

那是穿过仙人桥，再走一段两千米左右的宽阔水泥村道，与来往车辆错身而过无数次后，跨过黄花村，抵达到一个农村村落当中的村街后。

因急着想找吃饭点，尽管疲惫了，但我与领队的漆宇勤仍然步行在队伍前头。随后队员，有仍然力气充足的，而更多的是似我一般可怜，只想着早点补充食物。但大家很坚强，身体上感觉累，嘴中却不说出来，见路两旁整齐的房子多了起来，有的还夸张地叫，啊，这不是回到了城里吧。

远远瞧着前面十字交叉路口房子成排而列，猜测那应该是吃饭歇息时间了。问过负责后勤的，得到证实。进入餐店前，看到一房屋的一整面墙上画着广告图，上用巨大字体写着"美建"字样。才知道，挨着黄花村，就是美建村。

一路走来，两旁房屋各色各样，道路也曲折，但到美建村，所见道路不同，差不多都是一样的笔直宽阔的水泥路，房屋多是新的，建得也阔大。想着这里经济条件应该很好。现在知道村名叫美建，豁然间觉得名如其实：美丽建设——尽管还饿着肚子，不禁先品咂起"美建"二字村名的味道来。

其实，我们抵达前，已有先行人员到达店里安排伙食。见大队人员到了，店家加大火候，赶着将菜炒好端上来。饿得前心贴后背的我们顾不得等菜上齐，见有菜上桌了，抓起碗就装饭。端上饭，也顾不得坐凳，举起筷子对着端上桌的菜，一顿大吃开始，是饕餮狼吃，更是饥不择食。

汤菜上来了，知道汤更容易吸收，又赶紧舀了汤对付。

吃得急，天又热，本来衣服就已湿透，这下，一碗饭下去，虚汗加热汗，更如雨洗，背上额前，淋淋漓漓，浸透一片。头顶转着的电风扇起不了作用，担心汗掉到碗中桌上，于是抓了纸巾一顿擦。

没等菜炒到一半，一锅饭已经全部下去，第二锅饭剩不多了。

炒菜的老板及上菜的店员只呵呵笑着叫大家别慌，说菜还有，还有。

将肚子胀得圆了，这时才想着看手机时钟，发觉已是下午1点半。当我放下碗时，还有不少人才吃得个半饱，可见我的速度。

汗实在出得过多，放下饭碗离开桌子，不顾有伤大雅，背对着大家，将防晒衣脱下，再将里面穿着的背心也脱了。这时的背心像在水里浸过，一拧汗一把。

饭吃得痛快，饱的感觉如饿的生动一般真实在肚子里发作起来，想想这样顶烈日徒步考察，劳作的真切是痛快的，没有这般爽快步行，哪有这样饥饿吃着的香甜醇畅。这样挥汗如雨穿村过户，相比坐在办公室里，空调底下，没有汗出，又是怎样一种新陈代谢的运动健身。

这时，想起考察第一天，半天里居然喝下去6瓶矿泉水，似乎每喝一口都甜美非常。人呵，看来还得努力折磨自己，苦尽甘来的享受感觉才可以得到。

萍水草木怀

    一条河流的生态有万千模样，就如一个世界有万千生命、一段历史有万千风云、一部巨著有万千感情、一位人物有万千变化，一个哈姆雷特在一千个读者看来有一千副面孔一样。

    这里，将讲到的萍水河，是她万千面孔中的一副面孔，即与她相关的花草面孔；是她万千情态中的一种情态，即她生长和养育的草木情怀。

    在火热的夏末秋初季节，穿越萍水河，有一个好处，即能够欣赏到她最热烈开放的一面，比之春天的娇嫩，秋天的沉静，冬天的潜藏，那是她将自己打开最为热辣稔熟的时候。就是她怀抱的一川流水，养育的两岸花草，也是颜色姿态最好时刻。

    从源头始，至尾端收，一路前行，一路奔波，一路穿越，艳日高照，村庄阵列，行人如鱼，清波如镜，眼前所视，皆为吸引我关注的物物事事。

    我是携捧一腔虔诚走近这条河流的，是怀揣拜读一位大家名篇的期待向这条河流致敬来的，因此，我的热烈多情，我的丰富自持，我对一草一木的执着，是有准备的积蓄酝酿。

    当然，作为对一条河流的考察，主要关注点应该是水流，是水的源头、数量、质量、流速等。除了这个，其次要关注河道治理保护建设、两岸风俗人情世态等。当然除此还有很多。而我在关注这些之外，最为倾注的是河道两岸的花草树木，对这些被人踩在脚下，几乎被忽略生命的关注体现出一种少有的热情和热爱。

境内萍水河，从源头上栗县苍下始，至流出萍乡境的湘东区金鱼石止，绕村过镇，绵延近百千米，两岸生态情景丰富多姿，很是明媚热闹，她所养育的花草树木也千姿百态，各有其形，各富其恣，各展其值。只要你留意，只要你肯驻足，只要你花得时间，你瞧花有花貌，看草有草情，观树有树怀，你有什么想要，就会得到什么满足；你有什么期盼，就会实现什么期盼；你有什么愿望，就能了却什么愿望。

你看，那两岸的花，有菜花，有野花，还有人家庭院里培植的观赏之花；

你瞧，那足下的草，有倒伏于地的，有齐腿踝深的，也有长得茂盛达到人头肩部位高的；

你望，那前面的树，有苍劲的槐柏，有野长的乔木，有独立的枫樟。

似乎要什么有什么，想观察什么就能看到什么，这就是大自然宽广、丰富、多彩，有容乃大的怀抱，是一个千姿百态、千变万化、千奇百怪，应有尽有的花草园、植物园、生态园。

对于萍水河这样富有的万千草木情怀，下面不妨让我们以考察行踪为轴线，做点简单文字记录。

婆娑垂柳

一路走来，最为惊艳目光的是婆娑垂柳。

这种植物是柔顺的，富有风情的，或许因这一点，它最为打动人。表达再精准一点，应是最打动一个男人的心，唤醒内心那种无限怜爱的多感。

因为这种生长在河边的垂柳，太像一个风姿婀娜的女子啦。

你瞧，它婷婷着，站成一种女子收了腰身的纤巧；它浓密着，像一个女子正好的青春；它青翠着，像一个女子光泽焕发的丰盈；它随风优雅荡漾着，像一个女子着古装学飞天飘舞……

可以用很多比喻和词语来形容，而且怎么描绘都描绘不尽，它的生动可以道一千，它的唯美可以说一万，它的万万千千是多么可感而捉摸不透，不可诉说。

就是这样一种，让你眼前有，心头有，词语里也想有的，令你欲说还休的，像一个蹈着霓裳舞的绰约仕女般的植物，突然跳入眼帘——所谓的惊艳，就是这样一种情形。

遭遇这种植物的惊艳感，在考察行程开始的第一天、第二天高频率占据心头。

第一天，自宫江苍下走来，不到三四里，屡屡被这种动容植物打动，它们守候在那里，似乎专门为给你打气一样：当你被太阳晒得晕了，要怨天尤人时，它突然以袅袅身姿出现，令精神振奋，就什么也不顾了，暴发着力量，挺起身躯大步向前；当你被眼前杂草缠得烦了，步子有些不想挪动时，它又以鹤立娉婷超拔于眼前，吸引你的注意力；当你行进到无路可走，准备折射返回时，它又像嫣然指路礼仪，在前方向你招手。

第二天所见情形与第一天不一样。第一天所看到垂柳是散兵游勇，这里·棵，那里一枝；而这天看到的，却是三五成群，连排成行，俨然一道风景线，一座垂柳林。

这天，自大洲上桥头行下来，弯弯萍水扭着腰身，躺卧一望无垠平整的田野上，是江南丘陵地带难得一见的开阔"平原"。自上埠村以来，两岸做了护坡修建的河道，一直绵延伸展到这里，宽阔的河床，斜铺的护坡，新整的沿河路，随形就势，相依相存，协调有致。

就是走在这样的河道上，突然眼前冒出一丛，又一丛，盎然挺拔的杨柳林，依岸挺立，枝叶相连，密麻成林，美不胜收。

留恋着它们婆娑的姿态，不舍它们万千的风情，更希望这一路走下去，它们对我们这群考察者的陪伴会越来越多。

当然，多情多感之下使我更加与他人不一样，停下来对这种植物一再观看欣赏，想把它看个透，赏个饱，最好是携带了它回家，将它移植到自家院子里。

而这些，都只是心头一下冒出的想法，其实最现实可行的，是将它画下来，拍下来，留待以后，从容些，安静下来，躲进一角，不受打扰，怎么品味，怎么与之对话，都可以。

但我不是画家，这方面不是我的擅长；我不是摄影师，只能抓起手机，胡乱将快门按下。

垂柳自古有，不是什么珍惜品种；也曾多见，在江南并不陌生。但我的这种热烈表现，不是独一，对杨柳的钟情，似乎是自古而来的一种"风格"。

当年自长安走过的韩愈，满眼的春色里，似乎只有柳树一种："最是一年春好处，绝胜烟柳满皇都。"他这样的痴迷，是唐代大家的看待。

元代薛昂夫似乎更加多愁善感："一丝杨柳千丝恨，三分春色二分休。"

刘禹锡《忆江南》更甚："弱柳从风疑举袂。"

欧阳修《蝶恋花》也有："庭院深深深几许？杨柳堆烟，帘幕无重数。"

这些，是古来文人和官员借杨柳曲笔抒发感慨的，还有直接对垂柳进行描绘的，也写到你的骨子里去了。

看唐代早期诗家贺知章《咏柳》："碧玉妆成一树高，万条垂下绿丝绦。"这是千古名句，几乎无人能够超越。

看诗仙李白《金陵酒肆留别》："风吹柳花满店香，吴姬压酒劝客尝。"柳花够张扬了，随风撒播进了酒店，让美丽的吴姬都产生了妒忌。

看周紫芝《踏莎行》："一溪烟柳万丝垂，无因系得兰舟住。"

看高鼎《村居》与贺知章一样压倒历来诗人："草长莺飞二月天，拂堤杨柳醉春烟。"

看唐宋八大家之一的王安石《清平乐》："不肯画堂朱户，春风自在杨花。"

一棵杨柳的千万风情，是这样随着一湾萍水，荡漾我们一行考察者面前，走进历代诗家笔底纸上，让人留恋的目光一再醉倒，并心甘情愿。

这一晚，在梦里，对萍水河岸的垂杨柳，多了一份缠绵缱绻。

沿岸生态

齐膝茅草覆盖住道路，前行者试探着拨开茅草，寻找着下足之地。

烈日下鲜艳的红色队旗高扬飘动，队员们精神抖擞。考察第一天，陪同引导的东源宫江村干部热情为我们作着介绍，告诉我们这里物产与萍乡其他地方一样，耕种以水稻为主，菜地里种有玉米毛豆，两岸的别墅都为近年来兴建，村民里的壮年劳力大都外出赚钱，这里工业以加工生产烟花爆竹为主。

在一个河道拐弯宽阔地段，冒出一棵垂柳，迎着微微的风，婆娑枝叶轻轻飞扬，让人想起国画里随歌起舞、衣袂飘飘的阿娜仕女。

这时，我还想起了李清照，想起了宋朝，想起了词牌，想起了"争渡，争渡，惊起一滩鸥鹭"。

想起了杨柳依依，甚至西出阳关。

当我们这群探索者，来到萍水源头的时候：满眼青翠，但满眼稀松平常。特别今天，这一路的两岸，好像全被这河边婷婷倒杨柳，占尽入画的好处，柳惊艳了我们视觉。

这里，请允许我再作些唠叨。

什么时候，从小见惯的杨柳，日渐消失。因这种植物易生长，春天到来的时候，随便折一枝，往泥地一插，来年即成婆娑姿态，所以到处可见。

因为柳树的易生长，晚清爱国将领左宗棠收复新疆失地时，为固化沙尘，指挥军士沿路栽植杨柳等树，既起到立竿见影的效果，更恩及子孙后代，由此而生的柳树也跟着左公名气留名青史，成为历史上有名的"左公柳"佳话。

就是这种，原来在气候条件恶劣的西北都茁壮成荫的柳树，在江南水乡，也难得一见了。当路上来的时候，大家说道河流时，也讲到这个问题，不知道为什么沿河插植的柳树如今就成为稀有之物。

气候在变化，环境也在变化，时代发展，家家户户建起宽敞的房屋，在院子里植草培花，室内打造人工盆景，确实更富生活情调，人居环境更见精致色彩，但室外环境似乎被轻视，我们的房舍就高大而侵占着道路，河道里随处有垃圾，生活污水得不到有效治理，成为明显反差。

行走在河道上，心头想着这些，见到满地杂草野苗，长势旺盛，生出无限亲切。一贯对豢养动物不怎样感兴趣的我，对植物野草却有着莫名热爱，只是可惜掌握的知识非常有限。

行至一清浅河面处，见有村民涉足水流中，队员们兴味浓厚地向他请教着河流知识。当看到河中央有长长水草在水中顺流摆动，又请教起水草的功用，是可以用来喂鱼还是喂猪。看着村民草篮里装满一篮刚刚扯好的青草（之后了解这种草叫辣蓼）在树下休息时，又忍不住询问这真的是可以用来做酿酒药子的珍贵草种吗？

　　孕育万物的萍水源头，也孕育万千神奇，生长的花花草草既是自身的生态，也是各种食药的来源产地。

　　后来，在植物专家介绍下，还认识了具有 23 种功效的野狼花，可以清热解毒的狼杷草，生长白色小花的紫露草，藤蔓带着锯齿的锯齿草……

　　萍水河畔，一路风景，一路生态，一路风情，激动之下，忍不住摘取其中青翠鲜嫩，有着直通茎秆，似指头状阔叶片的一株草，夹于采访本中，我要将其做成标本，作为考查萍水河的留念记忆。

　　后来当地村民告诉我，这是一种叫竹叶草的野草。

　　神奇的源头河，竹子的傲岸清高居然以草的生态扎根。

沙陂绿水

　　气候的宜人催发情怀的柔软，考察第三天，行走沙陂段的河道，我像一只采集蜂蜜的蜜蜂，对一花一草兴味浓厚，对大自然涵养美景美物的胸襟更持无限感激。

　　看，丝瓜花爬满支杆多么安静；瞧，过路黄荆摇着脑袋多么憨厚；眺，那野生藤梨子（野猕猴桃）圆肥饱满高挂崖壁，味道肯定甜美多汁……

　　还有，戏水鸭子河中呱呱叫着欢快浮游，系着铃铛家牛荒滩

上篇：考察笔记

上悠然自得啃着青草，彩色蝴蝶飞天舞袖般不时打眼前飘过……

一切的一切，多么田园，天然，自在，恬淡——这就是萍水源头河畔风景画，大自然在这里，以其钟爱，肆意渲染着远离欢闹的优美、富足、本味。

河道流淌河谷中，两岸青山排闼而至，如两列高墙，将河道夹中间。山是永久的支撑，岸是不动的陪护，河是清静的细数。

河水流淌至此，似乎升高很多，也清澈很多。是这里河道宽敞了，幽深了？还是这里植被更密集，生态更优良？

或许都是。

一路行来，只觉得这似乎是要接近世外桃源的地方了。

穿过一段杂草丛生的田间道路，走上水泥村道，心情更加舒畅起来。

河的这边是人家屋舍，河的那边是稻田牛鸭。这边人家里，有上了年纪的老农在菜地里侍弄着烟草，这些夹杂在稻田菜地里生长的土烟苗，青翠肥嫩，向上撑开的叶片阔大壮硕。很是少见了，农家栽种烟草，想着日后收获了，将青青烟草晾干成土褐色，再切丝，用纸筒卷起，打火燃上，深吸一口，是怎样的享受哟！

岸头晒坪上，几个妇女说着话，说话声不时被狗叫声撕开，觅食母鸡也以咯咯声作为伴奏，还有河那边牛脖上挂着铃铛的脆响随风飘来，荡漾着耳鼓……单单这种种声响天籁般地交织和鸣，就是一支生动的乡野田园交响曲。

那稻田里，村民抢收着稻谷，挥镰的利索，摔打谷子脱粒的浑劲儿，又构成另一幅田野山村这个季节里的时尚图画。

由河中碧波，至河边草绿，再至稻田金黄，依次将眼光向远处高处望去，还有那树冠打开像雨伞一样的大树，那比大树更高上去的连绵青山，那幽深辽远将引人通往何处桃源的山冲……

来到一座大桥边，大家纷纷跨上桥面，举起相机，向上向下，向左向右，向前向后，一番咔嚓，要将所有见到美景生态，幽深河流，全部装入镜头。

因欣赏美景落后的我，紧张跑步过来，加入队伍，也学着大家一样不甘落后。

探察间，发现桥头路边一汉白玉石碑嵌山体中，上刻大字：沙陂上大桥落成纪念。时间：一九九九年己卯季春月立。

且让我们记住这沙陂河段的美丽。

奇遇"马齿苋王"

这天，在湘东镇黄花村西山塘，我们遇到的趣味事多起来。

第一件是大家在河滩地"捡黄瓜"。何所谓"捡"呢？一是黄瓜已是下市季节，种瓜的也不把它当一回事；二是河滩地的土地肥沃，瓜苗哪怕只是随意种下，也会有收获，根本不必费心打理，现在生活富足，栽什么收获什么，村民们并不在乎，反正吃不完；三是视我们这群"外来"考察人员为客人，客人们要吃，还不随你们去，事前摘了，事后告知，也算是礼貌"知会"，也算这瓜儿找到了知它懂它的知音，不失为一种好的归宿……当然，说这么多，只是一种调侃，就像我们好玩着摘村民河滩菜地的瓜一般，并不是为了吃瓜，只觉得瓜长在这里，我们有缘看见，小心摘一个两个吃，为了好玩而已。

实际上，村民真不在乎你摘，他说，这瓜除了第一季是他们花力气种下的，而到这个季节，再长出什么瓜，那是自然生长，用俗话说即是"野生的"，与他们抱着收获目的栽种的不同，所以他们并不看重，也不准备认真采摘收获，你们玩着摘了吃，真不啻是这瓜一种歪打正着的好结果。

呵呵，看来，还真是这么回事。

问过了农家，队员们的采摘欢心更实在了，吃上的甜味更心安理得起来。后来，我们在吃午饭时，还将摘着的瓜洗了切成片，在饭后给大家当消食的点心吃，味道好极了。

第二件是发现"马齿苋王"。

马齿苋是一种一年生草本植物，全株无毛。通常在5—8月间开花，6—9月结果。中国南北各地均有生长。其性喜肥沃土壤，耐旱亦耐涝，生命力强，生于菜园、农田、路旁，为田间常见杂草。全草供药用，有清热利湿、解毒消肿、消炎、止渴、利尿等作用，种子明目，还可作兽药和农药，嫩茎叶可作蔬菜食用。

当下生活水平提高，大家吃惯了大鱼大肉，更兼营养过度，不论为了换口味找新鲜，还是为健康养生需要，对于蔬菜的喜爱，超过了对鱼肉的喜爱，特别是野生食物，有机又无污染，极是珍视，几乎当宝贝看待了。

这样在黄瓜菜地里行着，风光看不够的眼睛突然发现菜地里长着不少马齿苋，不由一阵欣喜，特别是女队员，忍不住欢叫开来，说这是好东西，立刻蹲下身子，兴高采烈地采摘起来。男队员看到女队员这么欢喜，为助兴，也跟着帮忙采摘。

又突然间，一男队员叫得更欢，嘴中唠叨着炫耀，你们去"自惭形秽"吧，你们来看吧，你们看我摘着什么了吧……好奇的大家欢拥过去，果然发现男队员确实应该骄傲，应该无限自豪，因为他摘下的这棵马齿苋硕大无比，有一个草帽般大，提手上散开来像一把雨伞打开一样形状……极是少见。

于是大家叫嚷着给巨型马齿苋拍照留念，说等下发朋友圈去，得向朋友们炫耀一下，这是他们不可能看到的，是奇遇呢。

采得这"马齿苋王"的还说，我都不想用来吃了，得拿回去栽在阳台上，到时每天请你们来欣赏，看它继续生长，等有一天，长成一面墙那么大，将我的阳台房屋来一个世界独一无二的绿化美化，羡慕不死你们……

河边绿化林

这天，走过湘东荷尧街头，跨过火烧桥，拐入河道路。

此时日头正烈，大家被烤晒得不行。水灌下去一瓶又一瓶，但不顶用，既不解渴，喝下去后，不一阵又化为汗水流掉了。

这时只想躲到哪个地方坐下来歇歇，又腿也走得累了，特别是晒人，浑身汗津津的，又不能全脱掉，还只有任其沾裹在身上。

看看几个女队员，她们有的似乎还好，比男的还有耐力，还领着队伍走在前头。心里不由有些惭愧，感觉自己还不如她们。

绝对不能输给了她们，于是咬咬牙，一阵急赶，超越她们到队伍前头。

越往前赶，发觉道路越难走。河边道路原来也许还好走，但前面涨过大水，水漫上岸，冲上来的泥沙等将原路淹了，将岸也浸塌，这时要循着原来道路，还不好找，更不好走。都要怀疑走不通了，得倒回去。

隐隐发现前面有声音，原来有垂钓者不怕晒，撑了伞隐在河边树林里钓鱼。既然有钓鱼者，应该走得通，钓鱼者经常来，他们熟悉地形。

于是继续坚持着朝前去。林子很密，但不是山岭里的林子，是人工培植的。这里原来应该是土，甚至可能是稻田，只是容易被涨上岸的大水经常淹，所以就不栽菜种稻了，改成植树。

看看这片林子长成这样，应该有三四年以上了。

因为是人工林，有人护理，所以杂草杂茅被割去，脚下还干净，没有路，我们还可以踩出路来。鲁迅不是说，地上本没有路，走的人多了，便成了路么？

其实，如果不是涨大水，我想，穿越这片林子本来可以驾轻就熟（顺着原有路）通过的。但淹上岸的大水改变了一切。

前面在万寿宫时，老人们告诉我们，7月的第二次大水过来，将万寿宫也淹了，涨起来的水达到了门架高。老人还用手指着印在墙头水淹痕迹的顶线给我们看。看过后，我们也后怕，若当时人在庙里，不及时撤出，都有要被淹没危险。

是呀，老人们说，这可是上百年未遇到的大水。而湘东街上的街面房，据说底下第一层整个被淹了，屋里的人出门都出不得。

再看这片林子，其实也留下了水淹线，泥巴还留在两三米高的枝干上，被太阳晒干后，就像人为特别糊上去一样的。还有，这些树十枝条上挂满了废旧布条、塑料袋等，就像插着万国国旗一般，令人有点眼花缭乱。

初入林子，见到这个场面，一直不解，怎么这树干枝条上挂这么多东西，难道也是人工培植搞的特别技术么？后才豁然开朗，是生活废弃垃圾里的破破烂烂被河水卷着一路冲下来，到了这片人工林子，受到阻挡，不能跟随汹涌河流，继续前奔了。水退后，它们就成为伴随这片林子的新面孔了，三三两两的，各自找到新安家地方，风吹来，还迎风飘扬，这是它们连做梦都想不到的待遇吧？

现在想来，有点后悔是没有好好注意这片林子栽种的都是一些什么树，一是因为路难走，只顾了寻找道路了；二是觉得这片林子脏，感觉不堪入目，只想快点逃离。

本来企求荫凉的我们，在临近街道村庄的萍水河岸，好不容易有遇到一片林阴的奇遇，想不到却只有这样一种心境。

通过这片面积不大的林子，另一让我们感到难过是，这里有三个污水口，一些生活污水未经过任何处理净化，只朝河道直排。这很令考察队员惊讶，出于考察责任心，领队当即通过电话向当地政府作了反映，希望他们作出处理与改进。

这片林子虽然未让我们躲到阴凉，但它的作用还是显而易见。这么多茂密树木，对固化水土，保护生态再有好处不过了。

当我们从林子深处那些垂钓者旁边走过时，就发现好多河岸因有树根的固定，未完全坍塌掉，有的向河道伸展的树枝，形成天然的钓台，垂钓的人就坐在树干上，安然地垂钓着，享受着天然椅凳的便利，又有天然的树阴成为遮阴的顶盖，很是让人羡慕。

若不是为了赶路，都要陪着他们在此钓上一钓，也做一回神仙！

盎然溪谷

龙芽草是一种怎样的草？是不是像一条刚萌生触角的小龙，昂头将稚嫩头角努力往上撑着，像打开的短短雨伞架骨一样呢？

醉鱼草呢？它是不是像人喝酒一样，将这样的草捣碎喂给鱼吃，鱼就会醉吗？

还有鼠曲草，是不是像老鼠的长须，细细的，长长的，软软的，富有弹性？

还有接骨草，是不是用来给人断了骨头，做骨头复原的草药的一种？

这天，当走进萍水河畔一个小溪谷，通过手机软件，一一辨识着这些生长在溪谷两旁花草的时候，这些花草的名字，不断擦亮我的眼睛，更多一份感想。

我一向是个植物盲，不认识多少植物，习惯于宅在室内，对大自然亲近很少。但对萍水河的考察改变了我，一路走下来，对河流有了感情，对田野有了亲切，对这些俯身泥土的野草野花，也有了痴迷，通过细心观察，向人请教，手机软件识别，掌握的花草知识多了起来，对这种小生命的热爱更多了。

走进这条小溪谷，是我有意为之，目的是想在萍水河畔，找一块小地方，考察一下植物花草的生态，以增加对萍水河自然生态圈窥一斑而见全豹的直接的、感性的认识与掌握。

进入这条小溪谷的收获太令人惊叹，我为自己能够产生这样的想法，并付诸行动的尝试感到庆幸，一番考察下来，收获出乎想象，震撼无比。

如果不走进溪谷，真想象不到，在宽不过二十米，长不过三五十米的小溪谷地域里，除了伸向天空的竹木等高大植物，在我们脚下，竟然还有这么多不为人知的小生命蓬勃着。

以草命名的，除前面讲到的，还有垂盆草、元宝草、车前草、荩草、酢浆草、香丝草、黑麦草等；

以菜命名的，有荠菜、蕹菜、风轮菜、泥胡菜、水芹菜、葛花菜、白屈菜、委陵菜、珍珠菜、铁苋菜等；

以一个字命名的，有艾、蓼、荠、蕨、芥等；

以两个字来称呼的，有蓬蘽、薯蓣、牛膝、龙葵、络石、黄堇、白英、商陆、菊花、苍耳、紫菀、地榆、毛茛、葱莲等；

三个字的，有胡萝卜、扶芳藤、白苞蒿、博洛回、天胡荽、一年蓬、乌蔹莓、活血丹、胡颓子、鸭脚板、天名精等；

四个字以上的，有紫花地丁、珠芽景天、悬铃叶苎麻……

太神奇了，在这块范围不过百余平方米的地方，竟然生长着品种和数量达这么多的各色植物，平时只知道它们是些野花野草，太过平凡，一点不起眼，何曾有过注意和重视？而且，习惯了对它们的忽视，一脚踩下去，不会感觉它们在你脚下是否抵抗，是否愤怒，是否挣扎，仅有体会是我们脚下因有它们垫着，变得松软舒适。

这些栖身溪谷的小生命，密密麻麻扎根溪边、路旁，只要有点泥土，提供了水分，它就伸出根，向地下探索；只要有一点缝隙，给一点阳光，它就昂起头，向空中呼吸。在有限空间里，它们既你挤我挨，争先恐后，又高低错落，各得其所，分享着珍贵的空间、养分、空气、阳光……长出各自风采，展现各自风姿，妆扮各自世界……最终度过各自春秋，享有各自一生，成就各自价值。

除立足这片溪谷天地，它们与世无争，不打扰任何人，如果你不走进来，它们也不需要你的关注和了解。

它们愿意的，是与鸟声共鸣，和昆虫交谈，听溪流抚琴，习惯浩瀚天地山谷一角的晨昏交替，满足高大树木枝叶空隙的雨露共沾。

你的到来，不是它们的期盼，是对它们的打扰。如果是采药人，那是另外一回事，它们将庆幸自己的被发现，有了贡献于人类的机会，那是它们不枉努力生长的"人生价值"追求。

通过手机软件认识它们，又进一步了解其生长习性等特点之后，尤其关注它们的药用价值。

鱼腥草：味辛，性寒凉，归肺经，能清热解毒、消肿疗疮、利尿除湿、清热止痢、健胃消食，用治实热、热毒、湿邪、疾热为患的肺痈、疮疡肿毒、痔疮便血、脾胃积热等，具有抗菌、抗病毒、提高机体免疫力、利尿等作用。

薯蓣：味甘，性温，无毒，主治伤中，补虚赢，除寒热邪气，长肌肉，强阴。久食令人耳聪目明，轻身不饥，延年益寿，还可补五劳七伤，心气不足，开通心窍，增强记忆，润肤养发。

鸭脚板：辛、苦，性热，归心经，能除痰截疟，解毒消肿。主治疟疾、瘿肿、毒疮、跌打损伤。

车前草：全草可药用，具有利尿、清热、明目、祛痰等药理作用。

一条小溪谷，一个天然植物园，更是一座丰富药物宝库，大自然的神奇，无所不在。

观察着脚下这些野花野草，不再觉得它们微小孱弱，可以忽略，它们在萍水一脉，在天地一头，在这条小溪谷，成就着独有风姿，招摇着特别风景，滋润着源流的丰富和多彩，自成一方生命、生存、生态世界。

下篇：士子眼中的萍水河

萍乡士子眼中的萍水河

　　这里所谓的"士子",需做点说明:如时间,因掌握资料所限,只涉及清朝中、后期的;如地域,主要是当今萍乡芦溪范围内的;如身份,既指做过官的"出官入仕"者,也包括只取得功名并未任过实职的读书人。最根本一点,是必须留下过关注家乡萍水河诗文的。

　　故此,这里只分篇叙述王云凤、欧阳涵、吴梦勋、罗凌云、刘文亮、吴式璋、陈启和等人。他们通过居家、生活、攻读、赶考、访学、游历等,或多或少亲自涉足,并将笔触指向时间跨度距我们达 110 至 270 年之长的萍水河。因而借他们的眼睛、情怀及笔墨文才,对沉淀在时间长河的一川萍水,以及当时地方风物等展开打捞,并围绕萍水河这个视点,对他们的人生事迹做一些粗浅追索,以便进一步丰富对昔日萍水河的认知。

王云凤:水光平带月华妍

　　清代诗人王云凤热爱生活,肯于用功,也略有成就,积平生所学,留下诗集《安愚诗草》。

　　打开他的珍贵文字,闻着积年墨香散发出来的特有气味,那由方块汉字藏纳着的一川萍水,向我们直奔而来。

　　在王云凤笔下,二百六七十年前的萍水河是属于薄暮的,可以闲适渺思；是属于明净的，可以安赏月华；是属于渔火的，可以隔岸听钟；是属于友情的，可以吟诗寄怀。

且读他《秋夕萍实桥怀谢醒荪》：

秋容四顾淡横烟，闲步江干思渺然。
山色远连天影净，水光平带月华妍。
轻舟渔火随波漾，古寺钟声隔岸传。
此夕登楼怀谢客，新诗得句问谁先。

入秋时节，居于学馆发奋的诗人或许攻读得有些累烦了，于是外出散心寻趣，来到萍水河畔；也或离家游学访友，行程不巧，要在河边店家借宿一晚，等明天再随船起航，见时间尚早，日色还明，信步到河边。诗人伫立岸头，抬眼四望，秋高气爽，淡雾如烟，缕缕丝丝，横漫天际；再顾长河，水天一色，月华冉升，妍颜如玉……如此情形下，前面有些沉闷或还思虑着旅途行程的心境，顿时好转。天色暗下，满载而归的渔船燃起灯火，顺水飘来，打渔人劳累了一天，正好可以省点力气由船自行，难得好整以暇与岸头诗人对望一眼，感想着今天的运气似乎特别好……诗人这样看着眼下所看，想着渔人所想时，岸的另一边古老寺院日课般有规律的晚钟突然敲响，一阵阵激荡耳鼓，诗人的诗思灵感油然生发，心头想着，如果友人谢醒荪这时也一块儿欣赏就好，倒可以比一比，谁能迅捷出口成章，谁的作品写得更有水平。

此时的萍水河，寄托着诗人对友人的一点点思念，寄托着诗人对功名的一点点执着，寄托着诗人对自我才情的一点点自负……久存心间的种种，当面对一河清澈、平静的水流时，陡然勃发，只感觉这身边的远山、空月、轻舟、渔火、钟声……样样亲切，物物有情，何其快哉。

此时此刻，此景此人，此水此流，在渔火、月华映衬下，是怎样一幅天然画图？在古寺钟声与一川萍水互相激荡中，立岸边楼台的诗人，是怎样一种人生意气？

王云凤何许人也？据资料得知，其1732年出生，1773年去世，小名九苞，字梧冈，号安愚，清代萍乡县长丰乡（今芦溪县长丰乡宗里）人。乾隆三十五年（1770年）中式举人。平生博览经史，尤善书画，当时的人对他的画非常看重，当作宝贝，"人得其尺幅片纸珍同拱璧"。

据了解，长丰宗里王家为书香门第，一贯重视教育，肯花钱财下大力气培养读书人。至有清一代，更有不少读书人考取功名，从而走上仕途，外出做官。

在王云凤前，就有出生于1725年、逝于1814年的王瑛（名玉群，字宝成，号崛山），于乾隆甲寅恩科考取举人，嘉庆七年授拣选知县，历任南昌府武宁县教谕，武宁、上高、奉新县训导，瑞州府教授，敕授修职郎。其著有《崛山堂集》。

在后有王云骥（字呈才，号宛冈，1756—1832）、王景澄（1812—1891）。王云骥通过"县试"考取庠生，著有《菉竹书屋诗草》。王景澄为王云骥之子，道光二十四年（1844年）考取进士，列二甲第一名，授翰林院编修，历任山西道监察御史、浙江温州知府，金衢严道、杭嘉湖道、两浙运使，加二品顶戴。

此四人皆出自当时宗里王氏家族，从年龄分析，关系应是很近的上下辈或同辈。而且，除王瑛外，王云凤与王云骥是兄弟辈明确无疑，王景澄为王云骥儿子、王云凤侄子。王云骥《菉竹书屋诗草》为王景澄代父亲整理刻印的，为此王景澄还分别邀请官场同事朋友等为父亲诗集作序，当时有赐进士及第、诰授光禄大夫、经筵讲官、太子太保、兵部尚书、都察院左都御史、吏部尚书许乃普（钱塘人），诰授荣禄大夫、前署江西巡抚、江西布政使司李桓（湘阴人），赐进士及第、翰林院编修、前广西学政、山东道监察御史周学浚（乌程人），赐进士出身、翰林编修、国史馆总纂汪廷儒等留下墨宝。这些人都身份显赫，地位不凡，之所以愿意助兴，全因为王景澄这一层关系。

而且王云凤《安愚诗草》印制时，作为侄子的王景澄还亲自为伯父作序，也因王景澄缘故，以上为其父作序的李恒、周学浚等二人，承王景澄之情，还分别题辞表达祝贺。

打开其存世的《安愚诗草》，吟咏题材广泛，诗风清朗有境，用功深厚绵长，因此深得推崇。

李恒辞评："卓荦超尘想，都从妙语传。奇情寄山水，健笔走云烟。得路初偕计，胡天不假年。请看昌谷集，千载盛雕镌。"

周学浚称："薄寒湖气空於镜，倒映山光淡若烟。政恐归来尘事涸，挑灯恰喜对新编。老成凋谢渺遗型，清响谁能继四灵。五字千秋成绝调，琅然泉槛俯天星。"

其家叔王墉赞："子安诗名冠四杰，沛然直若江河决。造物与才不与年，石火电光眼一瞥。吾之小阮有九苞，裁诗不使伪休淆。芳如幽兰清於雪，风神蕴藉余味包。阿弟箧中出遗稿，矫矫不群见怀抱。……写奇漫窃浮蕉意，天空云尺极遥瞩。唐有白傅宋放翁，耄年寝馈在诗中。至今流传炙人口，自成一家薄雕虫。"

王景澄作序介绍："……少敏悟，九岁能属文，读书日千余言，过目成诵。性爱博览，于经史外兼工书画，究心诗学。尝陟华岳，泛洞庭，客游秦楚间，慨怀古迹，托诸吟咏，其他流连光景，抒写性灵，意之所至，涉笔成韵。"

其才情才华，于此可窥一斑。

通过翻阅其所作诗文，可知其游历颇广，行踪涉及华山、秦岭，到过长安、襄阳，登过岳阳楼，进过诸葛庐，涉过汨罗水，赏过南丰菊……留下《游华山》《秦岭谒韩文公祠》《雨中登岳阳楼》《舟经汨罗望玉笥山》《杜少陵卜筑处》《华阴县留别顾椒其明府》《南丰菊树歌》《骊山怀古》《长安怀古四章》《咸阳城楼》《隆中访诸葛草庐》等记明具体行踪的众多诗文。且走且观，且观且叹，行一路，咏一路。

当然也不乏辛苦，不乏险阻，到得后来，真如诗人自己诗中所记："……何当旋梓里，遽欲生萍津。归棹浮秋水，离歌怆别神。……渺渺征途远，悠悠怅念频。""孤村舍旅谁相问，遥想故人天一方。""塞连迢遥望不极，鸣徊吹动故乡思。"走得久了，行得远了，真的只想回家去，还是家乡山水好、草木亲，还是守在萍水河畔、亲人身边，神心才安妥。

行遍天涯知归珍，看尽万山更思亲。尤其，有了外游多趟，时间经年的体验，那种游离之感深植于心，因此，哪怕后来不是千里万里地在外漂泊，只离开出生地长丰宗里，或者因为求学寄居在萍乡县城学馆时，诗人都满怀失落，惆怅不已。且看《春日即景三首》：

> 窗前雨过长苔新，蜡尽寒消候已春。
> 却羡山居风日好，青衫不惹洛阳尘。
>
> 萍实桥横水自流，万条杨柳指桥头。
> 东风吹遍青青色，都系行人离别愁。
>
> 梅花落尽菜花开，驹隙年光去不回。
> 遥望芊绵芳草色，野烟深蟆楚王台。

诗歌通过写景状物，寄托诗人一腔愁绪幽思，一腔倦意失落。第一首，写诗人寄居迎春的幽怀。连绵春雨下过，所居之地窗前苔藓开始吐新织翠，似乎才发觉腊月冬日的严寒已然远去，春天悄悄来到。这样刻苦攻读求仕的生活是令人厌倦的，真羡慕别人能够在山野乡居里与家人一块过着淡然自在的日子，不必像自己这样抛家别舍孤身在外，像一个在洛阳城里，为了一官半职，每日要穿戴整齐想方设法拜访结交达官贵人的可怜虫一样，使人感到俗不可耐与厌烦疲倦。

第二首，写萍实桥边观景及联想。诗人信步来到萍实桥边，映入眼帘的是宽阔的萍实桥气派横卧水面，任凭人来人往跨越，桥下河水哗哗奔流不息，河道两岸林立的杨柳随风向桥头这边摆舞。真是大地春回，万物复苏，一阵春风吹来万山遍野焕然一新，可你知道吗，当春天生机盎然一片时，那些离家在外人的离情别愁，会被这些一天比一天浓密的青翠沾染得更加严重起来？

第三首，写楚王台观景。时光悄悄流逝，不知觉梅花落尽，春天来了，又是菜花黄灿灿开满一片，人生多少这样的光阴，像白驹过隙，一去不复返。这野外一望无际的芊绵正吐着翠绿芬芳，河畔高高的楚王台淹没在浓密的绿色烟雾里，只见成群结队的蜜蜂围绕着它四周的花草飞来飞去奔忙不停，想想当年位重身贵的楚王，何等显赫，但这一切，已然物去人非也。

三首诗有一个共同特点，即第一、二句着重对景物描述，第三、四句或仍继续写景状物，或兼叙事，但着重点却在情怀的抒发。且三首诗都表达出一种惆怅和失落的情怀。第一首"却羡山居风日好，青衫不惹洛阳尘"，诗人的失落与不得志跃然纸上。第二首"东风吹遍青青色，都系行人离别愁"，几乎感觉不到诗人春游赏景的丝毫快乐，眼前万物复苏所唤醒的却是心头万般离愁。第三首"遥望芊绵芳草色，野烟深蟒楚王台"，由楚王台淹没在草丛中之所见，触发诗人世事无常，盛衰不定之所感。因此，总体看来，诗人写春赏景，实际却将个人心头脑中掩藏不住的怅惘泼墨得淋漓尽致。

三首诗，其实都围绕萍水河四周景物或者对萍水河进行直接描述。写出当时"苔新""寒消"春天到来季节，萍水河四周一派草木茂盛、鲜花开放景象，让我们看到了萍水河上横跨萍实桥的结实宽阔，看到了一河流水滔滔奔流不息的生动。尤其值得高兴是，当时萍水河两岸杨柳"万条"，生机盎然，沿着河道往来行人不少，颇为热闹，既让人看到了萍城物候的活脱，更看到了萍城人文的繁盛。

再读《听泉石》：

> 片石横村路，闲来坐听泉。
> 独吟山色里，遥寄暮云边。
> 众鸟归秋树，层峰隔野烟。
> 到来尘虑息，松月照潺湲。

这首诗，记叙的或就是萍水河畔某座小山上的一处景观，这里有石被命名为"听泉石"。秋日的一天，诗人行走于河畔，在一个靠山的村庄路口，看到一块大石躺卧道旁，走得累了，正好坐下来歇息一会儿。这座小山有泉流潺潺，听起来像苦读人为寻找安静躲在这里刻苦用功。天一点点暗下来，天边黑云升起，与山泉唱和一般，将人的心事烘托着。鸟都飞回山林里藏起来过夜了，层层叠叠的山峰被像烟雾一样的暮色遮掩起来。又过一会儿，月亮也升起来了，照着这山泉从高处往下流，真像人间少有的能够滤尽杂念的妙音。

这里刻画的萍水之景，清幽净心，有点超凡脱俗。

令人读之不释的，是诗人这一气呵成，情动气肠的《山馆春暮感怀寄呈叔父存莽暨三弟秋渚七首》：

> 桃李芳园一径斜，林荫漠漠野人家。
> 数声短笛春阳晚，知有牧童踏落花。
>
> 山光当户照楼明，一枕蘧蘧午梦清。
> 更欲携琴弹渌水，恐牵繁绪入余声。
>
> 疏窗春晚卧溪云，独听啼鸟坐夜分。
> 明月不来人寂寞，孤灯寒雨怨离群。

家住城南万叠山，山前流水日潺潺。
只今鸥鹭群飞处，中有青苔钓石间。

东山盛集许相携，曾忆阿咸共品题。
更上鸽原深怅望，暖烟芳草鹧鸪啼。

唤起催归听未休，他乡物候逼春愁。
漫将词赋师潘岳，当日闲居已白头。

沾泥心绪稳如禅，长剑何须倚远天。
却羡田家风味好，一犁春雨破村烟。

    这七首诗是诗人写好后，送给叔父及弟弟看的，一个明显意图是展示一下自己的写作水平，用现在更实际一点的话说就是向家人交一个成绩单，让家人了解自己的刻苦努力与进步，对弟弟呢，还有意思是以自己为范，进行鼓励。作为读书人，为追求功名，应付科举考试，他离家求学，用功不止，为的是有个好前途，给家人有个交代。诗作的水平这里不讨论，关键看看诗人是怎样来刻画当年的萍水河的。

    这里我们要抓住几个涉及地点的名词，如诗题中的"山馆"，第二首中提到的"渌水"，第三首中的"卧溪"，第四首中的"城南""流水""钓石"等，有了这些地理位置名词做提示，可以很清楚知道，诗人勤读的"山馆"应该是当时萍乡县城南边靠近萍水河的地方，那是什么地方呢，就是鳌洲书院，这是萍乡读书人求学最向往之处，这座书院就建在城南萍水河的河洲上，洲名就叫"金鳌洲"。据了解，这座书院为明代万历年间萍乡知县陆世勣所建，陆世勣为邳州（古还称邳国、下邳，今属江苏省徐州市管）人。书院楼阁当时取名"占鳌阁"，寓意求学的读书人前途美好，考试能够"占鳌头"，夺头名。因此凡有条件，读书人都期待来这里求学争取功名，一时聚集者如云，历朝历代，出过不少有成就的人。清朝知县段贵留下的《鳌洲书院记》写道："都人士群颂习其间，一时发名成业，瑰厅卓荦之英，后先相辉映。"

生于 1732 年的王云凤，于乾隆三十五年（1770 年）才考取举人，时年已经 38 岁，虽然不是很老，但也非常不年轻，因此好理解他诗中所描述："漫将词赋师潘岳，当日闲居已白头。"后悔没有早一点来这个好地方求学，白白将光阴浪费。如果是未中举之前求学攻读，年纪还小于 38 岁，如果是中举后，为博取更高功名更大前途苦读，上有老，下有小，年纪一大把，要"奔四"的人了（而诗人实际也只活了 41 岁），头发白了的情状更可想象。这般年纪，虽然还坚持努力着，但内心的淡泊已远比少年更可以理解，所以诗人在最后一首中写到"心绪稳如禅""何须倚远天"——这时虽然知道自己还是不能放松，得继续努力，但也知道成功的希望越来越渺茫，要想得开，实现志向抱负，或者所谓的成功人生也不是只有"科举功名"这一条路。因此，内心反倒更认可田园农家日常生活的温暖——"却羡田家风味好，一犁春雨破村烟。"

因持这样心态，所以诗人寄宿萍水河畔"山馆"求学，心境与其他人或不一般，多了一份淡然，当春天到来时，也就多一种欣赏沿河风物景观的恬静，因而成就他"携琴弹渌水""坐夜""听啼鸟"的向往与现实享受。

还有《晚泊》，对他这种几乎有些孤傲的性情，又作另一番刻画：

> 苍茫云水带荒洲，冷月霜风叫白鸥。
> 千里乡关望不见，芦花满地一孤舟。

这里写的虽然不再是萍水河畔寄读，但孤傲——与人别具一格似乎更甚，也更凄清。出乡关而去，离家别舍，情怀异样的诗人，成了"芦花满地"中的"一孤舟"。

欧阳涵：中流倚棹引清歌

欧阳涵（1790—1844），字郢南，号养斋，清萍乡县芦溪（今芦溪镇更田）人。清道光二年（1822年）举人，授拣选知县。先后留在京城达二十余年，与士大夫交往，诗才为人欣赏。后病逝京城，著有《画脂轩诗钞》三卷等。

抛开其他不讲，单从今天看士子对母亲萍水河的深厚情怀，拿欧阳涵来说，他最大贡献，在于留下了绝妙的《萍川八景》。

湖舫清歌

湖色清明载舫过，中流倚棹引清歌。
兴飞春岸夕阳动，声入暮山云气多。
琴客自翻流水曲，榜人谁解定风波。
从教洗尽筝琶耳，欲向樽前唤奈何。

蓬莱醉月

胜水名山得意回，清凉夜气蓬莱醉。
天边明月三个影，身外浮云一酒杯。
娄尾巡多瀛海尽，长星劝罢玉山颓。
兴酣往往高歌发，似谱霓裳法曲来。

楚台夜读

咿唔何处最低徊，金石渊渊下楚台。
一夜星河环榻近，半窗灯火出林来。
秋声客忆庐陵赋，骚雅人怀宋玉才。

竹栅山城风月淡，寺钟遥和白云隈。

荷亭晚凉

万柄荷花出瀰溁，晚来消遣到芳亭。

得清风指天无暑，有妙香闻气自醒。

箫酒注残新月山，莲歌归去暮山青。

广寒宫阙人间近，拟泛仙槎太乙星。

箕山春晓

曾培箕土旋成山，春晓啼莺快往还。

稍借峰青明一角，半开烟翠见双鬟。

岚生石丈峥嵘外，画入云林指点间。

且莫认真谋蜡屐，九华壶色胜登攀。

绚园丛绿

绚园春色画难工，螺子缤纷匝地丛。

云去鸟啼芳翠里，雨余人酽绿阴中。

光分裙屐明三径，望断楼台压半空。

金谷踏青成往事，此间留住几东风。

板桥垂钓

烟波谁想钓徒招，只为投竿驻板桥。

人影傍栏鱼未觉，天风吹水线还飘。

汀前属玉频偷眼，柳下先生偶折腰。

闻说吴中鲈脍好，暮云徒想碧迢迢。

飞舻远眺

楼居仙子爱飞舻，诗酒豪来远眺殊。

萍水一条翻雪涌，楚山千点入云无。

窗中城郭围朝暮，槛外溪村隐画图。

遥想东坡名胜纪，望湖从古占西湖。

这组总题为《萍川八景》的八首诗，以今天来理解，即是描述家乡山水的组诗，每首均 8 句，每句 7 字，即为古诗中的七律。当然，是不是格律非常工整的古诗，因本人不懂音韵，无从辨别。但诗中写景状物，寄情抒怀，立意见境，自不是我等后学水平能够企及，这肯定非一日之功所能具备。

至于诗中所涉及的"八景"，为今天的何处，除个别有据可考，其他就不得而知。比如这当中第五首所说的"箦山"，通过查找资料，知指陕西省蓝田县城南 5 千米黄沟村的两座山峰并肩形似笔架的山，古属蓝田八景之一，海拔 900 米。箦山的东西两峰之上各修有寺，叫竹箦寺，又名祝国寺。因此，箦山又名竹箦寺山、祝国寺山。

我想，这里"萍川八景"之一的"箦山春晓"肯定不是指这座陕西的山峰所在。

诗中还写到"九华壶色胜登攀"，这九华山又在今天安徽省池州市青阳县境内，古称陵阳山、九子山，北俯长江，南望黄山，东临太平湖，西接池阳，绵亘一百余千米，有九十九座主峰，最高的十王峰海拔 1342 米，为皖南三大山系之一，素有"东南第一山"之称，为"中国佛教四大名山"之一。传说因唐朝李白《望九华山赠青阳韦仲堪》——"昔在九江上，遥望九华峰。天河挂绿水，秀出九芙蓉。"而更名"九华山"。

因此知，诗中所指"箦山"，不在陕西，也不在安徽，当属于当时萍水河畔具备观赏性的一个去处，所以被誉为"箦山春晓"。按其所描述"曾培箦土旋成山"，箦山还是人工造景，从他处以箦装土运来堆积而成。

八景中毫无疑问可以确定的是第三首所写"楚台夜读"的"楚台"，应当指"楚王台"，这是萍乡有悠久传说历史的文化景观，无须作辨别考证。但当今又有说楚王台坐落上栗县桐木镇楚山上，其明显证据是那里至今有一座楚昭王庙，尽管整座庙只剩下几垛墙，一个石门架，但有一块高70厘米、宽30厘米，上刻"楚昭台"，中间刻"昭王圣帝神位"的石碑为证。庙内还存有乾隆年间的香炉。之所以立庙于此，并称楚王台，传说是楚昭王曾在此屯兵点将。

此说法自是一种。光绪十九年（1893年）贡生吴式璋（后有专文介绍）《守敬斋稿》集《楚王台》一诗题记介绍，楚王台在萍乡县衙内（原句为"台在萍邑县署内"），1912年，当时的知县汤兆玓还对此做过保护重修，建了亭子，立了碑刻。光绪二十四年（1898年）贡生陈启和（后有专文介绍）在其《怀胸山房诗稿》集《楚王台怀古》一诗题记中也指出"台在县署荷花池内"。

因此可知，近代楚王台，即诗人八景中所指"楚台夜读"的楚王台，当处于萍水河畔县衙内无疑。

民间对楚王来过萍乡一事甚为敬重，修了不少祠庙以示纪念，历来文人墨客对此也多有泼墨留句表达情怀。初唐时期，韩愈就曾写过："犹有国人怀旧德，一间茅屋祀楚王。"清代萍乡知县胥绳武也记载："楚山拨地白云中，作之庙以敬祀昭王。一夕风雨徙山下，乡人日络绎来祷。"

细读欧阳涵《萍川八景》，诗人并没单纯扣住所谓的"萍川"这一条河流来行文，做到了既写水，也写山；既写物，也写人；既写静，也写动；既写看，也写听；既写月，也写风；既写白天，也写黑夜；既写春天，也写夏秋；既写河中，也写岸头；既写飞舻，也写荷亭；既写丛绿，也写白云；既写攻读，也写垂钓；既写触，也写感……采用既正面直描又侧面衬托等多角度、全景式重现昔日萍水河的人人事事、风风物物，以长镜头、大广角展现手法及难得达及的深度、厚度，给萍水河作了珍贵的历史记录。

再看诗人笔下涉及一川萍水的直接描述，当中以《湖舫清歌》《蓬莱醉月》《板桥垂钓》《飞舻远眺》等四首最为明显。

《湖舫清歌》开头即以"湖色清明载舫过，中流倚棹引清歌"，描绘萍水河水流的丰沛、饱满。这里所谓的"湖"当指萍水河水面宽阔处，只有河水的流动性才大才急，湖水通常是平稳的，接下一句即以较大河流才能够用上的"中流"一词，将水势之浩大湍急点染纸上。诗的第一、二句的"清明""清歌"重复用到两个"清"字，通常理解应该避免，但我认为这是诗人的特意，通过对"清"这一概念重词叠意表达，无外是要渲染河水的清亮、清澈，将一河萍水给人清澈透明强烈第一印象着重推至读者眼前。看似用词重复，其实两个"清"在达意上各有侧重，反见出诗人的高明，更藏巧意拙写之匠心。两个"清"字都体现所见萍水河清澈透亮强烈印象，但第一个"清"是实写，直接点出"湖色""中流"的清澈，由此引出第二个"清"，显得自然、入情入境；第二个"清"既递进第一个实景"清"的意思，更过渡到虚指，指"琴客"的歌声风骨清亮真切，歌声本没有颜色，但由于有一河清流灿波载托，给人感觉就非常通明透亮可感可赏了。

后六句虽然看似没有贴紧萍水河来写，但却无处不展示一河两岸的美。第三、四句"兴飞春岸夕阳动，声入暮山云气多"，一个"岸"字让我们看到河流了。后面第五、六、七、八句，虽然写的是听琴抚曲，弹筝饮酒，但其中所描述"流水""风波""洗尽"等，无一不与水有关，这所有种种，还不都因有一川萍水的"清明"，所以给人感触更加丰富。

《蓬莱醉月》同样展现萍水的清澈美好。在山东有个属烟台市管辖的县级市叫蓬莱市，因其景美，俗语中故有"蓬莱仙境"之说。当然这里的"蓬莱"不指山东烟台的蓬莱，它是萍水河畔的景点。这一天，乘着"清凉夜气"（估计是夏季天热），与几个相好朋友相约至河畔"蓬莱"美景地相聚，上小酒楼小饮几杯。因美好萍水河的点染映衬，兴致高涨，不免高歌蹈舞起来。整首诗表达的意思大概如此。且看写到的萍水河情状，其一"蓬莱"之美，即是萍水之美；其二友人聚首之由，也因有萍水河畔这方美地可向往；其三聚首能喝得尽兴，歌得愉快，也是萍水美境的助兴使然——环境增加气氛。写诗人与友人聚首饮乐，其实展现的还是萍水的美好。其中"胜水名山得意回，清凉夜气醉蓬莱""天边明月三人影，身外浮云一酒杯""娄尾巡多瀛海尽，长星劝罢玉山颓"，更是以衬托、用典等手法表现萍水河的景状、情状等。

《板桥垂钓》《飞舻远眺》二首无须赘言更是直接展开对萍水河及围绕萍水河的人事来描述了。当中"人影傍栏鱼未觉，天风吹水线还飘""萍水一条翻雪涌，楚山千点入云无""窗中城郭围朝暮，槛外溪村陷画图""遥想东坡名胜纪，望湖从古占西湖"等等真是画从诗出，意境深远，美不胜收。

除《簧山春晓》《绚园丛绿》未实在涉及萍水河，另外《楚台夜读》《荷亭晚凉》也侧面写到。《楚台夜读》第一、二句"咿唔何处最低徊，金石渊渊下楚台"就是写萍川流水的，"咿唔"的流水声从河谷中传来，那个地方就是楚王台下的深渊处。《荷亭晚凉》开头即写："万柄荷花出瀰濊，晚来消遣到芳亭。""瀰濊"指水不大。《文选·扬雄<甘泉赋>》有："梁弱水之瀰濊兮，蹑不周之逶迤。"宋文天祥《题高君宝绀泉》一诗也有："寒瑶披清淼，残月照瀰濊。"这水，当然是从萍水河流出或者要汇入萍水河的小流。

诗人还留下《枧头洲》《鳌洲书院冠山阁远眺》等有关记述萍水及萍水河两岸人情风物的佳篇。

《枧头洲》：

> 风斜兼雨细，小泊枧头洲。
> 老柳白垂暮，新柑黄过秋。

锄疏筅瘦蟹，椿矮系闲牛。
弹指空桑宿，怆然感旧游。

　　现在醴陵市有枧头洲乡枧头洲村。昔时萍水河出萍乡境后，进入醴陵，有停泊点在枧头洲，所以诗人写道："风斜兼雨细，小泊枧头洲。"诗歌主要描述诗人在枧头洲停泊后所看到的景物及其感慨。

　　诗中明白点出这是秋天的萍水河："新柑黄过秋"；这是雨中的萍水河："风斜兼雨细"；这是傍晚时分的萍水河："老柳白垂暮"；这是农忙过后闲散的萍水河："椿矮系闲牛"；这是带着落寞的萍水河："弹指空桑宿"；这是令人怀旧且伤感的萍水河："怆然感旧游"。

　　《鳌洲书院冠山阁远眺》：

平城落日动燧烟，水抱孤洲绕阁前。
楚岫东蟠青满郭，湘云南望碧连天。
近村鱼歇鸬鹚港，浅濑人归舴艋船。
一片石桥新月色，朦胧远映稻花田。

　　这里的萍水河就有些辽远，充满寄托，近着烟火，照着诗情，点染田园色彩。如"楚岫东蟠青满郭，湘云南望碧连天"：视野多么开阔，胸境多么高远；如"近村鱼歇鸬鹚港，浅濑人归舴艋船"：打渔人归来，收获多么丰实；如"一片石桥新月色"：多么美妙，富有诗意的一幅画；如"朦胧远映稻花田"：田园景观在夜幕下如真似幻，透出另一种令人向往的恬静自如。

　　萍水河出萍乡，流入湖南醴陵境后，诗人也留有诗篇记载，其一《长沙归舟两首》：

未了江湖债，湘南又载征。

去邀云话旧，归与雁同程。
落叶催砧杵，残花送酒铛。
路难无远近，辛苦旅人情。

免利徒成醉，何曾役役安。
溪山九曲路，烟雨百重滩。
抚鬓秋将晚，添衣晓乍寒。
自来卑湿地，谁复久盘桓。

其二《醴陵溪行》：

醴城离十里，溪口足幽寻。
花鸭泛青渌，竹禽啼午阴。
雨余孤寺迥，烟际一村深。
为问渔樵者，知予淡荡心。

举出这些诗，对更好地了解一河两省的风情民态，全景式观摩昔日多样的萍水，又是一种丰富。通过这些文字，进一步走进诗人内心，对诗人征程辛苦，感受复杂，也多一层了解。这里的萍水是"溪山九曲路，烟雨百重滩"的；是"抚鬓秋将晚，添衣晓乍寒"的；是"花鸭泛青渌，竹禽啼午阴"的；是"雨余孤寺迥，烟际一村深"的。

当然，更主要是，这里的萍水已经远出了故乡，不再叫萍水河，已然有了别的名字。

吴梦勋：推舱远望潇湘胜

说到吴梦勋，令人感叹的还是要做老师，做老师有好处。从授人以业（学业）来讲，是先有老师，后有学生。但有些时候却相反，变成有了学生，才有老师。像吴梦勋即如此，如果他没有给他学生刘慧"授业"，至今天，我们就不知道他，更读不到他的文字。

吴梦勋这个人的名字及事迹之所以能够留下来，幸运在于他培养了这个叫刘慧的学生。

光绪二十三年（1897年），时年七十有八的刘慧着手整理印制自己平生著作，要为自己文字作一个总结，留下一串足印。这件事如果再不做，就怕没有机会了。

事实确也如此，因为垂垂老矣的他，时隔三年，即1900年，就永久告别了这个世界。

其实，在为自己作总结同时，他心头有件更重要的事情，是要替老师也作个总结；或者说，之所以推动为自己作总结思想火花的点燃，还源自念念不忘要为老师作个总结的挂怀。因为老师吴梦勋对他来说，实在情恩深重，自己有生之年再不为他留下点什么，之后就没有人会替他做这件事了。而且这样一种情怀，随着年纪越大，压在心头越重，感觉越迫切。

于是，这一年，耄耋之年的刘慧老先生，他做了一次学生"产生"老师之举，在他的诗稿集《随安山馆诗草》诞生同时，他老师吴梦勋的力作集《檠花山房遗稿》也从此问世。此时，吴梦勋老先生已作古三十七年之久。

其实，学生刘慧家境也不怎么样，筹集出版印刷费用就伤透脑筋。但师恩如山，怎么能辜负？对于老师恩情，刘慧在自己《随安山馆诗草<自序>》中这样写道："余自髫龄喜韵语，即从吴公铭阁（吴梦勋字）先生为师。师善古今体，著作甚繁。慧以诗呈改，师循循善诱，每奖，其下语清新，以故无日不吟一禀师教。"

受费用限制，令其苦恼是对老师作品的取舍。凭心里愿望，要将老师存世的作品全部搜集整理出版就好，但钱财实在难于筹集。这种状况，刘慧在给刘梦勋诗集遗稿作序时有过倾吐："本欲梓其全集，艰于梓费，因穷日夕之力，僭为删减十之三四，择其尤雅者刻之。虽似狂妄，不得已耳。"

一个年近八旬的老人，还能记挂着自己的老师，还有这般情怀，令人钦敬。

其实，经学生刘慧之手，二人同时面世的诗稿，老师的篇幅远远大于学生的篇幅，比较一下，学生尽管也想给自己的人生画下一个圆满的句号，但他收录作品的篇幅只有老师的三分之二多。

看二人生平：

吴梦勋（1793—1861），字铭阁，邑庠生，清萍乡县名惠乡（今芦溪县芦溪镇）人。

刘慧（1820—1900），字邵仙，或作少仙，萍乡县芦溪人，同治五年（1866年）恩贡，候直隶州州判，敕授征仕郎，晋封奉政大夫。

若以功名论成就，作为学生的刘慧高于老师吴梦勋，因为老师只是一介秀才（邑庠生），而学生刘慧是贡生，候州判，还有敕封。也即韩愈《师说》所云："故弟子不必不如师，师不必贤于弟子。"荀子《劝学》所语："青出于蓝而胜于蓝。"

叨唠过余文，让我们来看看老师吴梦勋诗文才情，以及他眼中的萍水吧。

拜读其遗稿集，最明确为对萍水河书写的诗为《经大西滩》，全文如下：

> 大西滩本萍川水，奔腾昼夜恒不止。
> 下有千盘万盘石，参差谿露如锯齿。
> 忆昔游吴别乡关，乘涛鼓柁下昌山。
> 浪花起没蛟龙舞，变化无穷雪斑烂。
> 今朝乘兴远游楚，万里长风飘然举。
> 扁舟经过大西滩，水石交激相龃龉。

吴头楚尾势若何，吴楚都会久奔波。

推舱远望潇湘胜，滴滴秋山点黛螺。

诗歌起笔直写"大西滩本萍川水"，有了这句诗的牵引，接下来让我们大胆直闯诗人笔下 200 年前的萍水河吧。只是萍水河行到大西滩处，已出萍乡境，处于现在江西与湖南两省交界地带，是否也为昔时省界地带，因无考证，不得而知。据了解，现在株洲有一地名叫大西滩，流经这里的水，是从萍乡上头来，但已经流出萍乡境，故诗人感慨"大西滩本萍川水"。

通过此诗可以看出，诗人对流入大西滩的萍川水势的汹涌，河水与河石的撞击撕咬的胶着状态陷入一种几近痴迷的描述，采用词语如"奔腾""昼夜……不止""千盘万盘""参差豁露""蛟龙舞""无穷……斑烂""交激"等等都非常有气势，情感色彩非常强烈，所以在他看来，大西滩是非常壮观的一处河滩，也是难得一见的风光，既为"危途"，也是"珍途"。

为更好地描述出河水激起奔腾气势的壮观及内心感慨，诗人采用了对比手法，以曾经乘舟"游吴"奇特遭遇对比当下眼前奇观，进一步衬托出大西滩流的浩大气势。诗中"忆昔游吴别乡关，乘涛鼓枻下昌山。浪花起没蛟龙舞，变化无穷雪斑烂"的描述，是对萍乡另一条河——袁水的记录，出生并长期生活在芦溪的他，对于贯穿芦溪全境的袁水自然不陌生，而且在行经萍水前，因为向东出游吴越地带，对袁水之奔腾早有过切身体验，所以当看到大西滩萍水的壮观时，自然想起昔日坐船走袁水的凶险。

通过对比，既达到进一步形象刻画，陪衬渲染，加深印象等效果，也表明诗人惯于奔波，见多识广，是开过眼界的人。因此，此行向西去，不论出于什么初衷，有何目的，道路多长，要行走多少时间，将遇到多少艰难困苦，都已经胸有预测，不会惧怕，更不会退缩。

因而自然引出后面"吴头楚尾势若何，吴楚都会久奔波。推舱远望潇湘胜，滴滴秋山点黛螺。"表达境界句。虽然还是写景物，但侧重表达的是诗人"远望潇湘胜，秋山点黛螺"的辽远胸怀意向。

尽管诗人终生只取得一个邑庠生功名，但看其诗歌水平及其胸怀却远不止这般。单凭"滴滴秋山点黛螺"一句，见出其诗艺才华及心怀境界盖过多少才子达官。

从所列举诗中，诗人一腔壮阔高远被一川萍水激发得酣畅澎湃，但人是多面的，再读他《适楚寓萍乡客邸》，你又会发现诗人的平和与疏乱：

> 别路从今起，乡关撇眼过。
> 乱云腾壑满，残月落山多。
> 醉颊潮犹在，行装马不驮。
> 南风吹五两，天气尚平和。

这首是诗人与前首前后相隔不到多少日子所作的，但境地两样。一"别"一"撇"，让诗人在离家行程中，有多少怅惘失落；一"乱"一"残"，让诗人有多少颓废，或许是刚刚在岸头与友人碰杯就要告别，涌发人生无常的万般感慨吧。不能骑马走平稳些安全些的陆路，行李也不能让马载负前行，还只有挑选变幻莫测、险滩不止的水路，这是诗人没有想到是不能逃避的。好在天气还好，南风虽然还不够温暖，只有轻微的"五两"重，但气候毕竟向好了，平和很多了，相信接下来的路途要更好些了。

就是这样一路行来，诗人对于沿途水路都有记录，情怀也跌宕起伏，繁杂纷乱。

行至刘公浦，写下《夜宿刘公浦》：

> 寂寞刘公浦，舟中夜正长。

竹篙摇月影，渔火乱星光。

旧梦萦征路，尊长愁系故。

远村鸡一唱，水色白如霜。

诗歌写诗人寄宿船上，在刘公浦这个停泊点度过寂寞的一夜。这里来往的船很多，深夜了有的都还在开动，特别是打渔人的渔船来往很吵闹，船上灯火与月光映照水中，被划动的水桨漾起的波纹搞得一片零乱。船不安稳，人又疲累，也睡不踏实，梦中老回忆一路来的过往事情，惊醒之后，不免又想起家里亲人等。还想再睡一会儿，天却要亮了，靠河村子里的鸡叫唤起来，天边露出微光，照在水面，蒸腾起一片像霜一样的水雾。

这一个夜里的萍水河，在诗人感觉来，是寂寞的、漫长的："寂寞刘公浦，舟中夜正长"；是吵闹的、不安宁的："竹篙摇月影，渔火乱星光"；是带些愁苦的、令人想家的："旧梦萦征路，尊长愁系故"；是被吵醒的、带着寒意的："远村鸡一唱，水色白如霜"。但写到的萍水之景，却相当有感，清晰如画。一个是热闹，这片水域来往船多，说明在这里活动与上下船的人多；另一个是这里水深鱼多，趁着夜色打鱼可能比白天收获得还多，所以渔民夜里将船开出来捕捞。而且，这里靠近村子，居于河边的人们很勤劳，不但夜里不休息，早晨也起得早，从鸡早早打鸣啼唤就可知道。

这样看来，这段萍水虽然流淌着诗人的烦乱愁苦，但也孕育着一方繁华热闹。

再前行，又有《望远》：

斜阳明灭照江隈，白浪横江响似雷。

疑有五丁威可借，不然不拥众山来。

这首诗画面感非常强，写的是随船来到一个叫"江隈"的地方。诗中景物写到了"斜阳""白浪""众山"这些实景，同时还有"明灭""响雷""丁威"等拟衬出来并可感触到的虚景。而且有色彩对照，如"斜阳明灭"对"白浪横江"；有动静写意，如"响似雷"并"拥众山来"。这一"望远"不打紧，却将生动的"江隈"萍水河段端到了读者眼前：时间向晚的时候，坐船来到江隈，但这里水流急湍，斜阳照在河面，被掀翻得明灭不定。那雪花花白浪更像千万匹野马在河中横冲直撞，打到岸头或者河中巨石上，发出似雷的响声。怀疑它们是不是向"五丁"借来了威风，要不然，一路急行直下，这两岸众山怎么会都列队拥向我们，并发出一阵又一阵欢呼呢？

这里的萍水河气势非凡，更惊险无比，倒激起诗人一腔豪迈之情。

船达醴陵，落笔《舟次醴陵县》：

> 醴陵源本出罗霄，滚滚涛翻夜起潮。
> 四面倚山为雉堞，几层架木作虹桥。
> 美人坟上花芬馥，名将祠前月寂寥。
> 风景相同人语异，悲秋宋玉总无聊。

诗歌第一句很重要，交待了萍水与渌水的一脉相连，其源头来自罗霄山脉。第二句叙述河流在这里日夜不停奔泻，水量非常充足丰富，不但白天滔滔不绝，夜晚仍如潮涌流。第三句后，将视线由水面转向岸头，由河流转向四周，依次写到四面的山、河上的桥、美人坟上的花、名将祠等景物，由此最后发出感叹："风景相同人语异，悲秋宋玉总无聊。"感叹同时，还进一步交待时间是秋天里。

此诗写得生动异常，由景入情，由情见怀，真是人在船上，船在河中，心随水流，感从心来。尤其"滚滚涛翻夜起潮""四面倚山为雉堞""几层架木作虹桥"几句，将萍水河入渌水后的奔腾、雄浑、奇险勾画得扑面而来，仿佛一个个特写镜头，将气势非凡的瑰丽险要画面推送到眼前。

进入株洲，又得《珠（株）洲道中》：

> 偶偕朋辈涉沙堆，敝陋蓬门坐一回。
> 足未伸舒心未定，行船又被榜人催。

这里诗人感慨是尽管一路疲于奔波，好不容易与友人上岸走一走，看一看，哪怕找个简陋的农户家中坐一坐，都是一种很好的放松，但连这一点期望都无法实现，上岸未久，才走过一座座河滩沙堆，船舱中弯曲久坐的脚还未伸展舒畅开，被险浪恶流搞得惊魂未定的心还没有舒缓下来，又被船家催着上船要起航继续前行。心底装满的疲累与无奈，令诗人有口难言矣。

这水上行走不停奔波的种种疲累之感实在深刻，所以一直萦绕诗人心怀，即使多年以后，诗人在端午节回想昔日走潇湘情形，不免仍心潮澎湃，感从胸出，又写下《萍乡端阳即事》：

> 忠魂已缥缈，民心尚流连。
> 轻凫水马走翩翩，汨罗江上众喧阗。
> 古人谓竞渡，今日谓龙船。
> 龙船装点殆如何？鸭尾螭头辨后先。
> 收殃摄毒保安全，天符大帝操其权。
> 家家门插蒲与艾，葛藤栏门门狭隘。
> 晓起一卮雄黄酒，家人妇子同聚首。
> 其日正当午，江中鸣钲复伐鼓。
> 青丝系黍避蛟龙，如今竟作蛟龙哺。
> 就中人人皆云乐，惟有三闾泪如雨。

诗题点明为"萍乡端阳即事"，但其中很大篇幅却写湘水

"汨罗江"，如"轻凫水马走翩翩，汨罗江上众喧阗"，还有"龙船装点殆如何？鸭尾蟛头辨后先"等。可想而知，这种种情形，应该都是诗人昔日走萍水、经湘水所见，因为端阳到来，再次触动情怀，让诗人不免又从心头回味开来。这属于回忆想象之景。后面"其日正当午，江中鸣钲复伐鼓。青丝系黍避蛟龙，如今竟作蛟龙哺"等句，才写的是眼下所看到的萍水河上人们划龙舟竞赛的场面。因为经历丰富，所以诗人的诗作也写得厚实，能与一般人的怀念诗不一样。

因考证不足，当中一些诗句漏字缺词无法弥补，所以这首诗，留下来就出现五字句与七字句间杂，好在意思还算完整。也许这样长短不论的自由体创作，是诗人学古风的不拘一格，实际不是残损导致缺漏字词。

罗凌云：萍川湘水通行舟

罗凌云，字弹声，号春冈。清代萍乡县大安乡（今芦溪县新泉乡檀树下）人，生于嘉庆元年（1797年），殁于咸丰二年（1851年），享年54岁。取得功名为"郡优增生"。编著《萍川诗钞（初集）》。

何谓"郡优增生"？"郡"为古代的行政区域。秦统一天下，设三十六郡，那时的郡，相当于现在省一级行政区划。到明清时代，称郡为府，按行政区划理解，那时的郡不是省级了，而相当于今天的地市一级。从元始，省一级称谓"行省"，至清朝省级区划改称省。现在沿用了清代的叫法。"增生"是科举制度的产物，科举制度在不同时期规定不尽相同。科举制度始于隋唐。清朝时，凡读书人想要参加科举考试，先须参加童试，参加者无论年龄大小皆称儒童或童生。录取入学后称为生员，又名诸生，俗称秀才。秀才分三等，成绩好的一、二等分别称廪生、增生，前者由公家按月发给粮食，后者不供给粮食，廪生和增生是有一定名额的；三等称附生，即才入学的附学生员。只有取得秀才资格的人，才可参加科举考试。

从功名看，罗凌云作为旧时读书人，不管怎样发奋，终其一生，还只是一个取得了参加博取仕途考试资格的秀才。虽然不是最低一个等级的附生，按"县、州、府"三级考试区划层级来讲，他是通过较高行政层级（府级）考试获取的秀才，但离出仕入官的终极目标还很远。所以，如果只停留这个层面看罗凌云，他是不成功的或者说是不怎么成功的。

当然，如果比起那些终其一生连秀才资格都未能获得的乡村读书人，他又要好一点点。

今天这里写到罗凌云，更是另一件事之故，即他这个读书人与别的读书人不同，这不同在于他不专心致志一门心思读书，相比较读死书、死读书，他更热爱创作，热爱与人交流；如果热爱创作，只一心一意关门写自己的东西，创作个人的诗文也就算了，他还特别愿意多管闲事，喜欢对他人著学进行评头论足——这还不够，评点之余，他又想心法主意，将别人的"优秀作品"（他自己认可的）进行收集，整理出版，广为发散，广结情谊。

这就是罗凌云这个僻居乡野大山一隅的读书人叫人大跌眼镜之处。因此举，所以今天必须将他拿来重点谈谈；因此举，流过时间长河的萍水河的另一曲本来早被历史尘埃覆淹的咏叹调，尚可以文字的墨香再次震荡你我耳鼓。

打开他的《萍川诗钞（初集）》，且让我们感应萍水河200多年前的节拍旋律。罗凌云以他的手，将众多萍乡及外地诗人的文字保留下来了，珍贵异常，美中不足是没有多留下一点关于这些诗人平生事迹的文字，这让今天的我展开追索时，除单纯凭借作品之外，没有更多资料可供参照，想纵横笔墨，伸展自由度就极为有限。因此这里暂且就诗论诗。

先看集中诗人刘长澐的《萍川曲》：

吴峰楚岫云悠悠，萍川湘水通行舟。
馆外青山春日晓，野树苍苍闻啼鸟。
城南十里渡香溪，孤帆挂影夕阳西。
坐看青峰不改色，湘流入梦天机得。
疏林晓阁菜花香，寄情流水归三湘。
有时独钓萍川雪，有时独钓湘江月。
湘北湘南湘水深，湘馆惟闻款乃声。

　　这是一首动静有致的记游抒情诗，诗题为《萍川曲》，其所见之景，不外乎是萍川两岸之景，其所游历的自然是萍水这条大川。诗中主要描述景物是：峰、岫、水、舟、馆、山、树、鸟、城、渡、溪、帆、日、林、阁、花、雪、月等，其中峰、岫、水、山、鸟、渡、溪、树、林、雪、日、月等属于自然风物，舟、馆、城、帆、阁等属于人文风物。这当中风物，又有动静之分，动者如水、舟、鸟、溪、雪等，此外为静物。但因诗人乘舟一路观赏游历，其所见，不论动静，在他看来，都在走动、变化，移步换景，景随人动，情随景变，用今天的比喻，即诗人以眼睛为摄像头，一路走、一路看，将全部美景美物，无一放过，皆摄入眼底，揽入记忆。

　　诗中描述的景观充满诗情画意，灵动如在眼前。通过诗人笔触，昔日萍水两岸的山光水色，一一重现读者脑海。诗人以"云悠悠""通行舟""春日晓""闻啼鸟""看青峰""菜花香""款乃声"等清亮明丽之景物及"天机得""归三湘""钓川雪""钓江月"等指代借意手法，将其一路行来的轻松闲适愉悦，端出来让我们分享，并激发着让人对诗歌一再吟诵不已，张合间的口齿，感觉分外清爽，具备无穷回味，犹如嚼上清凉薄荷糖。

　　而且，诗人不限于眼前所见，还展开丰富联想，打通室内屋外，跨越冬春，贯穿日夜，衔接天地，发挥神思，所以诗中"馆外青山春日晓""湘馆惟闻款乃声""有时独钓萍川雪""有时独钓湘江月""湘流入梦天机得""寄情流水归三湘""湘北湘南湘水深"等佳句意境迸发奔泻而出。

再将关注点回到诗人对萍水这条河的记录。"萍川湘水通行舟"：萍水与湘水相连，水路畅通，船行便捷，来往自如；"城南十里渡香溪，孤帆挂影夕阳西"：萍水距离城南十里远的地方，叫香溪渡，远行之人，可以在那里登船下水，现在夕阳西下，天将夜幕，要走的船早走得差不多了，剩下单独的一两只，在夕阳照射下，显得有点孤独；"坐看青峰不改色，湘流入梦天机得"：坐在船头望向两岸，只见青翠山峰一座又一座从眼前飘过，每一座似乎都一样巍峨高耸、绿意盎然，景色如此优美的旅程，都怀疑这流水是不是要将人载往神秘的天境去；"疏林晓阁菜花香，寄情流水归三湘"：乘船人不向往天宫，他还有路程要赶，而且这人间景色已够叫人留连了，你看疏朗的树木、楼阁，还有开得正艳的菜花散出的香味都如此迷人，有再多再丰富的感情，也暂让我放逐于这奔流的水上吧，前面的三湘之地，才是我要去的地方；"有时独钓萍川雪，有时独钓湘江月"：多少年来，在这萍川通往湘江的水路上，风里来、雪里去，早就早、晚就晚，我都走过多少回呢，这都快要记不清楚了……如此一路随水行舟，心心事事都在水面，字字句句都被水淹，一条淋漓指向三湘的萍水河，占据诗人全部胸怀，被诗人泼墨得入天入地，哪怕他到达目的地，在湘地安歇下来了，仍然"惟闻款乃声"，不停流动响在耳边的萍川之水，还将往诗人今夜的梦中流去。

刘长澐的诗情景交融，手法高超，情感丰富，很是感人。诗集中还有他的一首《望五峰》，也意境深远，不妨一并附上：

　　五峰一一晴霄见，山色和云成一片。
　　云里参差峰不齐，重重山脚云遮遍。
　　离山百里见山峰，及到山时峰不见。

峰尖只在白云深，咫尺山光开半面。

振衣直上中峰巅，一望四山穷其变。

通过品味诗人对山的描摹，是不是对诗人浸染在萍水河上的才华感触更不一样了呢？

再看集子中诗人罗学选的《楚昭王怀古》：

伯主谁复知天道，江汉睢漳不越裤。

腹心疾敢寔股肱，楚昭犹能达苍昊。

安抚荆南国无失，渡江香水获萍实。

王业已随大江流，土人犹自怀先德。

至今庙貌肃唐昌，年年岁岁备蒸尝。

有求辄应生灵福，门外藻苹春水香。

同刘长澐一样，我们对诗人罗学选生平等信息一无所知，只知道他也是罗凌云看得上眼的同代诗人，否则，他的"优秀诗作"就不可能入选诗集，我们也就欣赏不到了。

这首诗表达的主要意思是对楚王的怀念，情节来源故事传说，关于楚王故事，另有篇章述说，这里不赘言。且看诗人在诗中如何写到萍水河的情况。明显的有"渡江香水获萍实"和"门外藻苹春水香"这两句，前句写"香水"（在萍乡被称为萍乡前，萍水河可能不叫萍水，或就叫"香水"）长出"萍实"这样奇特之物，为世之罕见，所以楚王因不知为何物要向孔子这个圣人请教——这说明萍水是一条奇特之河，而且还格外青睐有身份的人，所以将罕见之物送给贵人楚昭王；后句写春天的萍水，长满"藻苹"，发出阵阵香气，这同样说明萍水河是一条奇异的河流，前面生长异物献给大人物，而且还能生长充满香味的"藻苹"，以响应世人的祈求，再次报答像楚王这样为世人做过好事的人。

当然，这些都是罗学选借传说写萍水而已，实际上诗人写到萍水，表明一件事，即那时的萍水河生态优良。

再看集中另一诗人欧阳钱记录萍水与楚王的大作《楚王台》：

> 霸业空流水，行宫有楚台。
> 君王回辇后，夜夜月明来。

关于对楚王这个人物的怀念，他这里"霸业空流水"，与前面罗学选"王业已随大江流"表达的看法基本一致，不好说他们谁抄谁的，毕竟人家不一定认识，如果不是罗凌云硬将他们通过一本诗集凑在一起，互相连这样写出英雄所见略同的诗句都可能碰到一块。如果要说有抄袭嫌疑，但互相之间也注意做到了避嫌，毕竟人家一个写的是七言律诗，一个作的是五言绝句。

从这首诗中去寻找欧阳钱笔下的萍水河，写明了的还只有三个字：空流水。那我们就暂且看成一条生动的萍水河只被诗人以诗笔放空了吧。

除了"流水""楚台"，在欧阳钱笔下似乎找不到多少实景，他要的多是"霸业""君王"，以及想象中的"回辇"，连那轮仅能眼见为实的明月，也高悬天际，让人一点也摸不着。诗人写河流的另一首诗却不一样，但是对萍水河的描述与否就完全不能确定了，如果诗中所提到的"秀江"不是萍水河的某一段，那这肯定是指萍乡的另一条河——袁水河进入宜春境后的称谓。不管这么多，反正写到了河和水，还是另一种风格的，这里暂且欣赏欣赏。《秀江桥》：

> 一片长桥几度秋，环城带水漫悠悠。
> 男儿须有题桥志，莫学江河日下流。

在这里，诗人欧阳钱对河和水的态度完全是两样，在跨越"秀江桥"，走过"几度秋"，再乘船环城沿流往前去时，他感触的一川流水不再是"霸业空"，反倒成了激励一个人一往无前的"男儿须有题桥志，莫学江河日下流"。

寻遍"优秀诗歌选""主编"罗凌云所看得上法眼的涉及"河""溪"，或者对水的描述的诗歌，我觉得所选的诗人欧阳培春《春日游眺（二首）》最有意境，也最闲适轻松，读后给人如沐春风之感，不似其他高大上，使命神圣，志向高举。且看：

> 瞥眼桃花带笑开，会经风雨数番催。
> 丰姿不减当年色，依旧溪头映绿苔。
>
> 杏花村里杏花红，策马扬鞭问牧童。
> 沽酒漫寻茅店坐，行人无不醉春风。

当然，这里的"溪头"是否为萍水流出或汇入萍水的，不得而知，也不必追究，反正诗歌描述的溪头河边的春景十分温馨，非常有人情味，这里不论是骑马问路的诗人，还是向人指路的牧童，或只要寻溪岸路边茅舍小店买酒的顾客，还有那留恋醉人春风的步行者，都一边被笑桃红杏诱惑，痴迷不已；一边还不能忘记问路，请别人告诉他过了这流水潺潺的溪头，下一步应该往哪儿去，总不成就在这美景如画的河边小村或溪头茅店，依了不舍的情怀，要住下来不走了吧？

身为"牛人"主编的罗凌云，也是蛮大公无私的，将他的《萍川诗钞（初集）》翻到最后，才看到他选的自己的"大作"，这最无私，也见出他的谦虚，这就是品格，或者说品德。只为他人作嫁衣，把自己放一边去。当读到他的《萍城春望》，眼睛一亮，心头一喜，居然非常不错，不像他挑选进集子别人诗作那种多是豪迈气度的志向抒发：

> 阳生泰谷气先回，城市烟花三月开。
> 日暖东风春草碧，杜鹃啼上楚王台。

诗中叙述百花盛开的三月，诗人来到县城的萍水河畔欣赏美景，跃入眼帘的楚王台引发的感慨从心头漫开，让诗人陷入沉思，只顾了缅怀昔年昔日人事历史，连浩浩荡荡，流尽"霸业"，难得一见的一川萍水也忘记写上一笔了。

当然，这些只是本人在阅读诗人诗作时产生的畅想。

但当我从资料中查阅前人吟咏萍水河的著作，发现他这个200多年前自任、且自得其乐的"编辑家"以他不安分而编撰的，这唯一一卷"名家名诗"合集《萍川诗钞（初集）》，挟萍水河过往的风云雨雪、春夏秋冬、长河落日走入视野时，心头确实一震，他这份情怀很难得少有，留下的这卷集子更弥足珍贵。

为收集整理印制这卷"优秀作品集"，罗凌云可是煞费苦心。他自己在《萍川诗钞（初集）》自序中是这样说的："我萍地接潇湘，崇尚风雅。况逢圣朝，人文炳焕，诗学昌明，里巷讴吟之士，莫不抚时遣意，即物兴怀，乃或私密锦囊，虽吐纳珠玉，舒卷风云。古调纵可独弹，而奇文究难共赏也。"这是他的初衷，或者说他要编辑"优秀诗歌作品集"的动因——"奇文难共赏"，他要以他之力，推广好的文章，实现"奇文共赏"。此其一。

其二，是他的癖好。"云三家村学，窥豹自惭。然琴书之余，颇饶诗癖。（《萍川诗钞（初集）》罗凌云自序）"他有"诗癖"。虽然谦虚，但他对自己的癖好"自以为是"，自信满满，激情盈怀，不遗余力为之。因此，"乙酉（1825年）秋，遍布荒函，思将萍邑诗篇汇辑成帙，蒙遐迩君子，邮筒远寄，披阅之下，不胜欣然。兹将所来诸稿，择其句丽词清者，裒为一集，非敢诩登楼掺选政也，亦欲广启风骚，表扬先达，将词人墨客，有美共传。（《萍川诗钞（初集）》罗凌云自序）"

就这样一部诗集，从乙酉（1825年）秋始，一直忙到丁亥（1827）秋止，让他整整投入两年时间之久，期间痴迷，可想而知。

还不止于此，这件事刚有个了结，在他心头又产生出新计划："而性耽佳句者，亦得备一览焉。但四方篇什一时难吕蒐。罗姑付剞劂，颜曰初集，倘他年合邑名流，不吝高叶，更有惠我，则续编之举云将又有志矣。（《萍川诗钞（初集）》罗凌云自序）"

对这200余年前自封"编辑家"的痴情，真令人钦佩。后来是否自其手，诞生了"全萍乡优秀诗歌作品佳句续集"，查无可查，不得而知。但一川流过千年百年的萍水，是不会忘记罗凌云这个人的，还有他付出心血的《萍川诗钞》。

刘文亮：归从楚粤路迢迢

刘文亮（1825—1906），字详品，号叔明，清代萍乡县新康乡新安里（今芦溪县万龙山乡茅店摩高）人。辞官归乡后居芦溪镇塘里村。同治九年（1870年）考取举人，后屡次进京参加会试不中，光绪二十一年（1895年），奉部选授江西九江府彭泽县训导兼理教谕事。

对于"乡""里"机制，这里不妨作点赘述。"乡"本义指方向，在先秦文献中常被引申为表示某个方向的地域；"里"是人类的聚居地，是人们为了生产和生活的方便而形成的社会共同体。后来发展中，乡、里成为中国古代国家政权的基层社会组织，是国家加强地方控制的重要手段和形式。中国古代曾经长期实行以乡里制度和保甲制度为代表的乡村治理制度。

战国时期，乡、里作为地方基层组织的职能已经基本形成，具有了组织生产、征派徭役、维持治安、乡里选举、防灾防疫、婚丧祭祖等一系列社会职能。秦汉时期，乡、里的政治意义逐渐加大，在国家政权中占有越来越重要的地位，乡、里管制逐渐由乡、里自制体制、治安管理体制、行政管理体制构成。这三者相辅相成，有效构筑了国家在乡、里统治的基础。

这个时期的乡里组织设置为五家为伍，十家为什，百家为里，十里一亭，十亭一乡，乡则以人口增减而变更。

到了清代，仍然沿袭乡、里制，还发展了保甲制，实行乡里、保甲交替与共存的设置管理体制。

据资料记载，萍乡县区域规划东西及南北区划各达一百五十里，陆路东至分界铺界九十里，自界至宜宜春五十里；西至插岭关界六十里，自界至湖南醴陵县三十里。

至清代后期，新康乡新安里所在范围，即今天芦溪县万龙山乡摩高村，属于萍乡东部，为江西赣江水系源头河袁水上游发源地武功山脉区域，距湘江水系源头河萍水达 30 千米。

如果是一个普通人，在古代交通不发达，人们出行不方便，活动范围非常有限，刘文亮或就守在巴掌大的出生地日出而作、日落而息，做一个老实巴交的山里人，终老一生。但他不甘寂寞，不甘做一个普通的山里农民，他有理想和抱负，他要走出去看世界，要为功名奋斗，要跳出山里人的困厄，所以他发奋读书，而且，他获得了成功。

这就改变了他的命运，使他不像祖辈们，只可以看到大山围圈起来的那块巴掌大的天空。

清同治九年，已经 45 岁的他，再次参加乡试，被幸运录取为举人第 55 名。

取得功名，春风得意，好不高兴。对这种享有的描述，自古就有"洞房花烛夜，金榜题名时，他乡遇故知"人生三喜之说，这当中的金榜题名即为考取功名。唐代诗人孟郊《登科后》曰："昔日龌龊不足夸，今朝放荡思无涯。春风得意马蹄疾，一日看尽长安花。"更将这种意气风发淋漓尽致地表达。再有《儒林外史》中可怜的范进，因为中举，一时竟然兴奋得发了疯。

刘文亮同样兴奋，但他没疯，也没像孟郊一般要骑着高头大马到长安街上去炫耀一番。他的选择是南下游学访亲，凭借着到手的功名，最好能谋个事做，改变一下生活。

于是，这一年考取举人后，收拾一下行李，他前往广东拜访时任广东观察使文星瑞。这里有一层关系交待一下，即刘文亮选择投靠文星瑞的原由，是因一个叫敖星煌的中间人使然。敖星煌为芦溪清代四进士之一，道光十二年（1832年）进士，官至河间府同知，他与刘文亮是亲戚，而文星瑞是他的学生。文星瑞为当时萍乡县归圣乡（现萍乡市湘东区麻山镇花庙前）人，清道光二十四年（1854年）考取举人，其父文晟，曾任广东嘉应知州，咸丰帝称其为"广东第一清官"。文星瑞后来还有一个名气很大的儿子，即文廷式，光绪皇帝宠妃珍妃的老师。由于敖星煌从中穿针引线，成就了刘文亮中举后的南下广东之行。

8月初，刘文亮启程，从袁河乘船往东去。8月7日（农历），抵达新余昌山袁河段，感从胸来，即兴赋诗《八月初七日过昌山峡》：

> 锁住袁江水，春晖旧有桥。
> 帆悬高下影，钟应去来潮。
> 浪静龙潜穴，烟飞鹤在霄。
> 诗情兼书意，风景倩谁描。

昌山峡，又名昌峡，位于新余仙女湖钤阳湖景区西，因南岸海拔382米的昌山得名。昌山峡虽然水势凶险，却是水陆交通要道。

由此一路奔波颠沛，至广东，投靠文星瑞落空。刘文亮在《闻文观察星瑞被劾落职》写道：

宦海茫茫里，浮沉命也夫。
　　谤同遭薏苡，网已失珊瑚。
　　心悔蕉弹未，腰惭柳折无。
　　好从昭雪后，努力赞谋谟。

　　当时文星瑞已由广东观察使转任罗定直隶州知州，但因他人私自打开海关受牵连被免职。诗人不胜唏嘘，感叹官场命运难料。

　　在韶州（今广东省韶关市）等地稍作逗留，于9月中下旬左右，刘文亮折道湖南返家，途经耒水、潇水、湘江等水路，并分别留有《十月初二日由郴州寄家书作》《十月十二日舟发祁阳县》《十月廿二日舟次永州即事志感》《廿三日由永州还家舟中口占》《十一月初四湘潭道上遇大风雨》等诗，表达行程见闻感触，时间行程路线由此交待得非常清晰。

　　11月5日，刘文亮进入醴陵境，溯渌水（萍乡境内称萍水），至11月上旬达家乡。所以，诗集所记，多是沿途舟中所见所感，特别水路凶险、两岸人文风光，成为诗人借景叙事抒怀的主要对象。

　　将诗人返程经过萍水河，乘舟抵达家乡的来龙去脉梳理清晰了，接下来欣赏诗人对沿路所见萍水河展开的记录。

　　《初五日过醴陵县》：

　　望得醴陵路匪遥，青山红树为谁骄。
　　钟铜远应东西塔，铁锁横连左右桥。
　　茅店酒帘和雾卷，蓼滩渔火带霞烧。
　　重来此地增惆怅，隔岸时听萍实谣。

　　萍水河自湘东金鱼石跨境流入湖南醴陵枧头洲双河口后，

就有别称叫渌水。萍水是渌水的上游源头，诗人从湖南乘舟返家，从醴陵渌水达萍乡萍水，是溯流而上，行程比顺流而下更要艰难，花费的时间更多。一路回赶，离家已达三四个月之久，想早日到家的那份迫切可想而知。因此，开篇"望得醴陵路匪遥，青山红树为谁骄"二句，将诗人这份急切隆重渲染而出。由此而来，诗人笔下的景物都被这种浓得化不开的情思粘凝，所以眼前所见，不论钟铜、塔、铁链、桥，还是酒店、蓼滩、渔火，给人感觉都是"远""锁""卷""烧"，体现出一种急切、按捺不住情状，就很自然。但这样的难耐，却因有"望得路……匪遥"，让人有盼头，知道再熬一熬，一切旅程酸楚辛劳即可不再，与家人团聚的温暖会将这一切安慰、抚平。也因为前面就是家乡，就是故土，所以所见不论是"青山"，还是"红树"，都那么亲切，那么富有生气，原来家乡这般美好，我应该要感到骄傲呀？

　　读诗人的《过醴陵》，真如自己就是诗人一般，那种情怀如此逼真入心。诗人笔下，见出昔日萍水入醴陵后，两岸人烟稠密，河道水丰鱼多，但也水势汹涌，滩深路险。诗中刻画的青山红树、茅店帘卷、渔火密织、隔岸听谣等很具生活气息，将平常乡村环境、渔家辛劳、孩童天真等烟火味真切写出。再有通过塔远、铁锁横连、左右桥、蓼滩、雾卷等，将一川萍水的沿岸山势、河道宽阔、滩流众多、雾露迷漫生动展现。

　　再看《过插岭关（四首）》：

其一

乳峰高耸插云霄，中有崎岖路一条。

不待鸡鸣关已放，征途细认楚山谣。

其二

域民原不藉封疆，寒谔难容已出亡。

此去子胥愁绝甚，人人都恨楚平王。

其三

频年车马事驰驱，踪迹依然是故吾。
如逢关尹应相问，老子重来认得无。

其四

不积成渠石叠山，天为吴楚设重关。
巨灵识我应嘲笑，何苦年年空往还。

　　插岭关离萍乡县城六十里，是自古连通江西与湖南要道，从萍乡入湖南，或者从醴陵入江西，不论从旱路，还是走水道，都得经过插岭关。

　　因是要道，地位重要，自明嘉靖二十八年（1549 年），便在此设关立卡，建立关楼，万历年间，还特地从当时袁州府调来卫官一员，带兵驻扎此地防守。全清代，还设立插岭关镇，后来废除。至 20 世纪 70 年代，关城大部分还保存完好，城门还在。后因建设韶井公路，被拆除，现已无踪迹，仅存河流上的石拱了。现萍乡一侧叫老关，醴陵一侧叫新关。

　　诗人诗中写了插岭关地势险要，写了与此地有关的人文典故，更抒发一种心头失落感慨。"乳峰高耸插云霄，中有崎岖路一条"，只此两句，将关隘的凶险崎岖生动刻画出，山路险要，经此穿越水路肯定更险，诗人虽未直接记述萍水情状，但通过描绘关隘道路的险要，已让人知道并了解了萍水河的险要。行到此，或许舟船不能再上行，得下船走陆路，跨过险要地段，才可重新登船往前。

　　四首诗中，有没有过对萍水河直接描述呢？当然有的。且看第四首第一句"不积成渠石叠山"，这里写到与水有关的"渠"了，河水流到这里，因为关山重重，巨石垒堆，水被分流切割，连通常意义上所谓的水渠都已无法形成了，更别说仍然保持原来的河道状，因此上溯的舟船只能至此停止。于是诗人感叹"天为吴楚设重关"——这真是上天为穿越吴地楚境的人在这里独设的关卡呢。

诗人因心中失落，无限迷茫，一腔压抑无处发泄，因此见着巨大石头，感觉它们好像都通了灵一般能够察觉出自己内心的苦闷，发出嘲笑——"巨灵识我应嘲笑，何苦年年空往还"，如此一无所成年复一年地来回奔走，这是何苦呢。

诗人刘文亮的《过插岭关》对萍水大川的描述惜墨如金，也造成对其他人的影响，同时代另一个叫彭显荣的诗人似乎就仿效他的手笔，或者他们相互影响，惺惺相惜。《过插岭关》（彭显荣）：

> 匹马下平芜，雄关控一隅。
> 溪流斜入楚，山势猛吞吴。
> 古戍阴云合，芜村夜月孤。
> 旧时征战地，搔首意踟蹰。

刘文亮以"不积成渠"四字描述，彭显荣也以"溪流斜入"四字表达，似乎半斤八两，不相上下，各有千秋。不论"不积"也好，"斜入"也罢，反正河水到了这里，一律地被狠狠摔打、封堵、挤压、撕碎、榨扁……不得成流成道，不得成片成条，更不得有滔滔气势，只能变成随坡就谷、躲石避岩、见缝插针的细涓，或者一"斜"一线，从低洼处、缝隙中挤钻过去。经过了这里考验，到了下面你再汇聚，重新奔腾起汹涌之势，那是下面河道的事情，就不关我的事，反正经过我这里是不准的，你就得低头，就得低眉，就得像个小媳妇，就得弯折了腰、片细了身……

再看诗人的《过黄花渡》对萍水的记录：

归从楚粤路迢迢，旧渡黄花今有桥。
莫向水流寻霸业，好随风过听童谣。
钓渔船冲每波出，卖酒帘偏隔岸招。
此去敞庐原不远，吟鞭斜指更逍遥。

　　萍水河上溯到黄花渡地段，就另一番天地。这里原来一直是坐船过河，现在建了桥，南来北往的人可以不受渡船限制了。这里水流平稳，有人驾着船于河中悠闲垂钓，因为钓鱼人收钩放钩将渔船晃动，激起河面泛开一层层轻微波纹。你看，这里人家也多起来了，为做来往旅客的生意，岸头开了酒店，和风吹拂下，那显眼插着写有"酒"字的招牌不停晃动歪斜起来。行足至此，诗人有情怀能够如此细微观察欣赏开来，可见心情相当不错了，一切之所以如此，不就因为"此去敞庐原不远"了吗？
　　好不容易跨过迢迢粤楚长路，经风沐雨，眼见可到家了，归心似箭的诗人也面临黄花渡一川缓流时，就可从容"吟鞭""斜指"，并"逍遥"了。
　　为加深对诗人心态的了解，这里将此前诗人一路走来，经过相关路途所作诗歌也附带录入，特别是写到坐船经过其他水路情态，可以对比诗人对萍水的记录，使之更进一步增进理解：

十月初二日由郴州寄家书作
关山迢递路漫漫，欲寄家书大是难。
幸得鳞鸿今趁便，传将一纸报平安。

十月十二日舟发祁阳县
买棹浯溪云，舟师驾驭工。
篙撑三尺水，帆挂半江风。
雨过花黏荻，霞飞叶落枫。

夕阳无限好，一一付诗筒。

十月廿二日舟次永州即事志感

永州城郭望参差，半倚高山半水涯。
岭上云烘飞木叶，桥边雪聚绕芦花。
梦回却悔寻隍鹿，夜起何须看缶蛇。
居傍愚溪应更好，晚来时觉有烟霞。

廿三日由永州还家舟中口占

江长岸阔望无涯，下水船轻易到家。
白鹭遥飞浑莫辨，教人错认是芦花。

十一月初四湘潭道上遇大风雨

枉自劳车马，归来计更长。
关河经百粤，风雨走三湘。
辱岂泥涂惜，危难阱陷防。
仆夫衣湿尽，旅馆觅匆忙。

以上诗作，均选自刘文亮《秋蛩吟稿》一书。

光绪二十七年（1901年）前后（准确时间有待进一步考证），时已七十五岁的刘文亮告老还乡，移居萍乡县芦溪名惠乡（今芦溪镇塘里村）。安居家乡生活过数年，到光绪三十二年（1906年），八十有一的诗人告别了人世。

吴式璋：还向湘江吊汨罗

打开吴式璋的《守敬斋稿》集，细细翻阅，几乎一口气读完，虽然只是浏览，但已经为其才情折服。不说其文气才华，单其游历路途之广，在外行走时间之长，就是今天，凭借现代交通工具的我们，也未必能够达到他这种程度，做到他这样"行万里路，读万卷书"一般厉害。

他自己是这样概括："……当五十时……身行万里，越衡湘，度五岭，泛江海……""……中年以后游粤东，游沪上，游楚鄂，游京师，游江皖……"

其族弟吴士鉴对其行走不停大为敬佩叹服："……先生遨游岭表南北，舟车足迹半天下……"

他还"开洋荤"乘"番舶"走河运从长沙赴武汉……走海运从香港到上海……一路行，一路看；一路看，一路听；一路听，一路记，他写下《闻中日交兵未战》，写下《闻拳匪之乱联兵入京感赋》，写下《北方拳匪大乱八国联兵入京畿辅涂炭今闻和议成喜赋》，写下《由香港乘舶归里》，写下《边吟（八首）》，写下《阅津逮秘书记前清康熙初河北漳水中发曹操真冢事感赋》，写下《自天津乘舶归里至黑海机器坏宿海中三日》，写下《舟过汉口遇战》，写下《九日黄鹤楼送季立还广东》……

他这样一通奔走，有时一去经年，或者多年才回家一趟，以致心怀愧疚："南中作客三年梦，海上归来两袖烟……开箱自愧黄金少，仍对妻孥一惘然"（《到家》）。回到家时，更为惊讶："满目儿孙惊长大，关心闾里觉推迁"（《到家》）。

这确实是少有的"牛人"旅行家，当然比之千古罕见的更大"牛人"旅行家徐霞客还有点差距。但作为读书人来说，能够长期游历，奔波在外不归，还真少有。

审视其简历，查阅其生平：吴式璋，字宝和，别字达轩，萍乡东区土桥（今芦溪县芦溪镇洋田村珠田湾）人。生于清道光二十四年（1844年），逝于民国十年（1922年），清光绪十九年（1893年）拔贡，授安徽试用府经历加五品衔，著有《守敬斋稿》等。

其所著《守敬斋稿》也是一册"牛书"。之所以谓之"牛"在于其收录文字之繁杂多样，通常士子"出版著作"非常讲究，一般都只"出版"纯净的诗集或文集，他不这样，将诗、文、联等一锅煮。而且他写起诗来也不拘一格，篇幅长短不论，格律音韵不拘，用他自己的话说是："存吾旧物，无所为体裁，无所为格律，无所为声调，一如山间之樵唱，江上之渔唱，相忘天地之间，各适其适而已。若谓质之古人，而求一家之相似，则余之谫陋空疏何足语此，亦当今大雅之所必笑也。"真非常之"牛"，能如此不循旧规，不怕人议论。

别人（其族弟吴士鉴）对他的评价似乎也能见出这点："今先生之诗，既不工谀词以媚世，亦不作险语以欺人……亦不得仅以游侠隐逸之诗目矣。新政繁兴，学殖将落，采风陈诗之遗意已荡然无存，而温柔敦厚之精义，恐莘莘学子多不知其何物矣。读先生之诗，不禁为之抚然。"

其侄吴钟声也评："……其诗之功力之深，火候之纯良不易到，无论其为古今诗，为何种体，其气冲以和，其神渊以雅，其骨苍以秀，其竟体如静女秾花、镂金错彩，归于自然……其化工之笔协天地元音……"

而且古来作诗通常不是五言诗，就是七字句，但唯见他推陈出新创作六言诗，如《湖上六言（五首）》《江行六言（四首）》等。

他爱好之广泛也可称得上"牛"。除喜作诗文对联、游历祖国山川河流，他痴迷的东西还很多："幼好奕，年三废矣。又好书，颇习楷法及行草，人多乞而藏者。其他制艺、词赋、古今体诗，虽好之，不甚工……四十后好形家言，旁及奇门遁甲诸法……往返十年所阅名墓甚多……"（摘自其本人《生前自撰墓志》），似乎还很有怡然自得的成就感。

因此，除有《守敬斋稿》问世，其实他还写有得意的奇门遁甲等著述，据其自述曾"手著《地理》《资孝录》十二卷"。可惜都已遗失不存。

除以上之"牛"，他还有更出人意料的"牛"，即本人还尚存于世，却为自己撰写了墓志《生前自撰墓志》。他也是毫无忌讳，不怕惊世骇俗的奇才一个。

而且，在他六十五岁为自己写下墓志后，还健健康康活了13年，至七十八岁才故去。且在他七十六岁时，原还有想法要将墓志补充完善修改一下，但考虑墓志"杰作"已作珍文收入家谱，如果作修改又与家谱上原文将不一致，因此放弃想法，仍然照原文保留，不改只字。呵呵，似乎看得又很淡泊呢。

在给自己撰写的墓志中，他还讲到自己另一件"牛"事，即上面要赐官给他，他想都没想，毫不犹豫地推辞掉了。结果上面还挺重视他，觉得是自己没做好，内心有愧，于是斟酌着将更阔绰更脸面些的另一顶乌纱帽再次端过来，要戴在他头上。至此，认为人家都这样认真执着看重，再推辞就却之不恭，乃俯身屈就，给人面子："光绪十八年以剿办会匪，功保教谕，余不就。复以十九年岁癸巳充正贡。"

另外"牛"人也有一遗憾痛心事，即中年丧子，他正当盛年、才华横溢的骄儿吴定枢，出游至粤东，年仅三十而立就不幸病亡。白发人送黑发人，为此痛不堪负，出于对儿子的深刻思念，直到若干年后，七十六岁的他，才能提笔将一再抛却不下要给儿子"著作"墓志的任务完成。父亲给自己撰过墓志后，还要亲笔给儿子来一篇，其情其思之重之痛可想而知。

这样的"牛"人，记录起萍水河来，又会怎样呢，下面不妨让我们一探究竟。

先读他的《九日偕袁大令芋仙欧阳大令鼎云萧孝廉北溟张直刺琴堂登城南高阜》：

> 楚水吴山道路长，登临一望最茫茫。
> 千家密历留残照，万树萧疏著晓霜。
> 今古重阳成代谢，朔南兵气满衡湘。
> 何时得见共和盛，几日天寒是菊黄。

这是一首游历诗，作为游历牛人的他，走到哪儿，看到哪儿；看到哪儿，写到哪儿，有了感触，即兴而发，文于胸生，诗从感来，弄个几行诗歌，可谓小菜一碟。而且，在此前及此后，此类即兴赋作的"小东西"，不下五六百首呢。诗的大概意思是九月九日重阳节这天，与友人（或用同事称谓应该更合乎他们的身份）袁大令、欧阳大令、萧孝廉、张直刺等一行五人（都是要职在身的紧要人物呢，那肯定是忙里偷闲，或来此是有事的），来到萍水河畔的萍乡县城，登上城南一个高高山岭，放眼张望这秋气日重一日的山城水天，所见茫茫莽莽之景，在挂霜带寒的夕阳残照下，更引发心头胸间思考慨叹，那岁月是过了一年又一年，像重阳节一样，去年的才过去不久，这不，今年的又来到，而令人感觉凝重压抑的兵事权变已经由四面八方笼罩向衡湘一带上空了，所谓的"共和"什么时候能够实现呢，会像这菊花一样，只要再经历几天寒露考验，就将笑靥盛开变得黄灿灿一片吗？

牛人的诗看来就是牛。意思梳理明白了，主旨要义也就自见：我写的可不是什么小情小调，这不，你自己可以看的，这友人不是通常的友人，全是身兼要职的领导干部；游历也不是一般的游历，登上高高山岭也不是全为了看风光，这心里装着的可都是家国大事……这中心思想，主题境界没得说了，非常高大上，忧国忧民，胸怀天下。

再看其才情笔功，感觉也牛得到位。叙述，描写，议论，抒情，表达方式样样不缺，腾挪转折不着痕迹，如高手舞刀弄棒，娴熟凌厉，步步到位；对仗，互比，暗喻，借指，修辞手法式式齐备，交叉层递无一生硬，似大师泼墨写意，挥洒淋漓，笔笔贴切。在用词的虚实搭配、动静结合上，在状物的疏密有间、描摹着色上，确实非同一般，紧密有致。尤觉得他在使用表达情致物态等意象虚词上，功夫老到，如一个"长"字，让感到前程漫漫的挑战与迷离；一个"茫茫"，将水阔景远刻画得荡气回肠；一个"留"字，将情切之拘守烘托得如捧在手，一个"著"字，将期望之生发点染透亮如在眼底……还有"谢""满"等，真的将情态物意的分寸拿捏精准至极。

那诗中写到的萍水河又是怎样的萍水河呢？只看开头二句："楚水吴山道路长，登临一望最茫茫。"这"楚水"当然是县城旁的萍水了，这"茫茫"当然是站在高山上一望看不到头的浩渺萍波了。诗人功力就在这里，见实景不单描摹实景，即在他眼下看见的树不是单纯一棵树，而成了一片树林，由个体延展到整体，到更大范围。换过说法是已达到"见山不是山，见水不是水"的更高境界，这就是本事，水平高超。再说，在刻画表达上，诗人虽已超然物外，但却不空洞、空泛，相反，还很实在，所以读来给人感觉不是凭空捏造，都由眼下一草一木而来，所以，当你回过来重读，又发现诗人笔下的"见山还是山，见水还是水"，能够由近而远、由实而虚，最后又回到由远而近、由虚而实。我们所见所感的长水，不还是眼前的一川浩渺奔流的实实在在的萍水吗，那茫茫无际的长空不还顶悬在这城头山脚上面吗？这一切不还是可感可触，令人思绪万千吗？

再看《三月望日晤萧觉因于萍城偕游宝积寺临别留赠》：

　　去年秋叶飞，遇君香溪上；
　　今年杨花飞，思君倍惆怅。

落叶花复开，何期之子来；
相对如芝兰，相聚如岑苔。
春树满城绿，君住城西曲；
同访罗汉松，涪翁有遗躅。
尘世翻劫飞，多君隐蒿莱；
幽栖长相忆，云树楚王台。

　　这是一首酬赠诗，赠送的是一个叫萧觉因的友人。而且表明与友人的交往时间还不长，去年才相遇认识的。但一见如故，相见恨晚，所以有这深情留赠。而且诗中叙述之情景，多是去年一遇后的游历情景，但在诗人笔下，却写得荡气回肠，深入至骨。这一切，全都因为对朋友你的思念呀，去年今日相见的一幕幕真历历在目，令人思念怀想不止。

　　这里直接写到萍水河，只一句："遇君香溪上。"就此一句，也交待出与友人初次相识的地点，是在香溪，或者还因乘坐同一条船缘故遇到，从而结识成交。这香溪，或许是萍水的某一段，或许是萍水的某一支流，也或许萍水原来就叫（或者别称）香溪。游览描写重点是宝积寺，但相遇是在香溪，围绕的大范围是萍城，所以这一景一物、一情一境、一词一字，其实也都关乎萍水的，如果没有萍水，何来这相遇相识相知，何来这如画似锦的秋叶飞、杨花舞，何来这满城绿、长相忆？

　　还有《插岭关》：

破碎雄关后，离离剩女墙。
高低营地改，日夜火车忙。
东望吴山峙，西瞻楚水长。
插身关上立，云树两茫茫。

　　这里写到的萍水又是"长"，又是"茫"，不过这"长"

这"茫",与前面的不一样,前面是站在高山上看到与感叹的"长"和"茫",而这里的"长"是与东边吴山对峙的"长",这里的"茫"是与云与树相依相存的"茫茫"。

诗人的《萍城早秋》也很有味:

> 山城斗大女墙回,叠叠旌旗鼓角哀。
> 兵气难消湘水曲,秋声先到楚王台。
> 凉生枕簟闻宵柝,座拥赀粮识吏才。
> 五夜雷声惊未息,度关知有铁轮催。

写城墙,诗人喜欢抓住"女墙"这个小角度展开描绘,不管《插岭关》的"离离剩女墙",还是这里的"山城斗大女墙回",起到以小见大,以点代面作用,也是技巧。而且,诗人还喜欢用"兵气"这个词,或许是他的绝招。这里直接写到萍水就一句"兵气难消湘水曲",如果要说还有另一句则是紧接着的"秋声先到楚王台",因为楚王台在萍水河边,比他早出生一些时候的同时代诗人欧阳涵在他《楚台夜读》一诗中曾写到:"咿唔何处最低徊,金石渊渊下楚台。一夜星河环榻近,半窗灯火出林来。""金石渊渊下楚台"说的就是楚王台在萍水河的巍耸高岸上。诗人牵引出楚王台,与欧阳涵不同是,欧阳诗人由听到水流声而想到楚王台的,诗人却由兵气和秋声作导而引出楚王台,两者境界自各不相同,各有天地。"兵气难消湘水曲",这一河萍水奔跑起来很有气势,直接与猎猎"兵气"拼上了,而且似乎还没输,没有被杀气腾腾的"兵气"掩盖掉。其实,就生动反衬出水势的强劲,尽管时至入秋了,这萍水河的流水还有滔滔不绝气势,还相当丰沛。

再看《春草末(二首)》:

> 满眼溪山覆绿云,迷离天气总氤氲。

乘机狐兔来偷活，恋饱牛羊过别群。
旧垒百年春寂寂，湘波十里碧沄沄。
迩来无限长相忆，到处流连只为君。

相约寻芳走钿车，女儿斗处有飞花。
踏青露湿双鞋重，盘马鞭随一道斜。
塞上客归知路远，水边人去又天涯。
江郎送别於今嬾，辜负春光度岁华。

    这首诗创作时间诗人注明为戊午年，即 1918 年。关于对一川萍水的描述，诗人再没吝惜笔墨，在这两首十六句 112 个字中，写到的水丰盈得很了。

    第一首诗一开头就是"满眼溪山"，接下去又是"湘波十里碧沄沄"，而且还"到处流连"。第二首还写"水边人去""江郎送别"，总计用到九个"水"或带"水"的词语，加上当中写到的"湿""涯"，加起来达到十一个字词之多，占到两首诗112 个字的十分之一。正因为河水丰满，又是大地春回，万物齐发，草长莺飞时节，情景在诗人笔下更加生动、温馨，充满柔情蜜意。诗人这年七十有四，已是含饴弄孙年纪，早不天南地北游历开眼界了，所以更愿意看看春花秋草，狐兔偷跑，牛羊饱食，再看看下一代们的儿女情长，想想那些远路的惜别，比较自己曾经的天南地北又是一番怎样滋味。因此，此时的一川萍水，在诗人眼下，多了一份留恋，多了一分温暖，多了一分怀想。

    诗人还留下《怀王庙》：

楚国君臣恨事多，怀王有庙意如何？
行人此处拈香后，还向湘江吊汨罗。

    以"湘江吊汨罗"舒展一腔流淌在萍水河上的千古怀念。

还有《楚王台》：

> 胜迹留荆楚，昭王旧有台。
> 江山余霸气，争战想雄才。
> 茅屋今墟矣，孤亭亦壮哉。
> 近来贤令尹，立石傍蒿莱。

让人看到留在荆楚大地，立在长满茂盛蒿莱的萍水河畔的楚王台及纪念石刻，又是一番怎样的零落凋敝。

陈启和：堤上炊烟附郭横

写到陈启和这个人，到这篇《萍乡士子眼中的萍水河》最后一篇了。七个诗人的文字，围绕一条距离今天百余年至两百余年前，时间跨度达一百多年的萍水河，一一分析赏读下来，竟然拉开这么长篇幅，却是提笔之初没有想到的。

开篇的王云凤生于 1732 年，逝于 1773 年；这篇的陈启和生于 1845 年，逝于 1911 年，比较二人出生及去世时间，后者比前者晚出生 113 年，晚去世 138 年，也就是说，这篇长文所写到的诗人眼中与文中的萍川之水，时间跨度达到 113 至 138 年之久。

且让我们走进这个压轴的读书人吧。

陈启和，又名廷瑞，字钟藻，又字藻甫，号保珊。今芦溪县新泉市上村人。清光绪二十四年（1898 年）岁贡，授候选训导。著有《怀胸山房诗稿》。

有意思的是，本文要讲的陈启和与上文所讲到的吴式璋，竟然是表兄弟关系，吴式璋是陈启和表兄，陈启和为吴式璋表弟。

将清了这层关系，再看光绪三十三年（1907 年），表弟陈启和大作集《怀胸山房诗稿》"出版"时，表兄吴式璋替其作序时给予的评价："……少同砚，常聚万缘山斋。每谈诗，深夜起，拔剑而舞，共吐其胸中郁勃之气。而继之诗以共道其志，如是者屡屡……壬寅（1902年）秋，予自海上归，相见握手共道世事之变，相与太息久之。……保珊之诗词旨灿明，格律纯备，而律诗尤苍老近古。顾以怀朐名集者，其尊人燮庵姻翁宰赣榆有善政，朐山为赣邑名胜，保珊趋侍时常游而爱焉。今怀朐山即怀先人之泽也，可谓孝矣，故其诗多缠绵悱恻，是所谓本心理之正而历劫不磨者。"

当民国二十六年（1937年），陈启和外甥彭汝鳌（字咏樵）将其诗集付梓时，时年七十八岁《昭萍志略》编著者刘洪辟还为他写了跋。

外甥彭汝鳌这样评价陈启和："幼承庭训，攻举业，尤擅长于词章。早岁附学籍，旋食饩，考古诗赋，迭为学使者取录，风雅之誉流播士林。未几燮庵公逝，家中落，公愈加奋迅，思承簪笏以恢先绪，艰于遇，屡试乡闱，终报罢。挨岁以贡入成均，非其志也。"

刘洪辟《〈怀朐山房诗稿〉跋》评价："……因受而读之，清词丽句，温润而泽，为菩萨低眉，不为金刚怒目，非养到木鸡矜平躁释者未易臻此境界。……公余独坐一樽相对，渊然静穆，及接人则浑是一团和气，早知其性情之正，今载诵兹卷，情深文明，或托物起兴，或据事敷陈，凡身世所经历具见于篇什间，文采风流，今尚存即此，可想见其为人于孟氏之说或有取焉。"

介绍过旁人评点，让我们进入正题，看看这个少勤奋，喜舞剑，有壮志，而到中年以后转为性情温和守正，风雅之名远扬，文风清丽、用词温润的陈训导凭借其才华，又是怎样来描述记录家乡的萍水河的。

且看《晚过流江桥作》：

> 长短邮亭路坦平，野凉尘不上行旌。
> 人随新月齐归山，山送斜阳欲进城。

牡笛稳骑牛背和，水禽低掠马头鸣。

居民风叶鱼虾跑，堤上炊烟附郭横。

　　据考察，流江桥现在还在，位于安源区东大街道十里村与流万村交界处萍水河一支流上，是从高坑进入萍乡城区公路的必经桥梁，现在的320国道未修建前，是连接宜春往醴陵过萍乡的交通要道。此支流经流江桥后，朝下游去三四里便汇入滔滔萍水河。

　　因此，昔日陈启和从芦溪往萍乡县城去，必然要走过流江桥。此诗大意讲，一早出门，骑着马不停颠簸，经过一个又一个长短距离不等的驿路邮亭，终于可以抵达县城目的地了。还好这一路行来，道路还算平坦，野外也还不算冷，路面尘土也没有将衣服行囊等弄脏。眼见可以进城了，但天也晚了，你看山那边，一轮缓缓爬升的淡月已将头探出山头，而日薄西山的太阳将高耸山峰的影子投到了城墙边，好像与赶路的我一样，也盼着进城去歇息了。这流江桥边的风景好美，暮归的牧童稳稳地骑在牛背上往回赶，口中吹着笛子，那悠扬笛声与从水面突然飞起从马前掠过的水鸟的鸣叫附和着，像彼此相约合奏起的向晚交响曲。附近居民用硕大的植物叶子当捕鱼工具，风一般快速赶着河里的鱼虾跑，做晚饭的时候到了，河岸边屋舍里生火升起的缕缕炊烟随风起舞，袅袅向城头飘去。

　　诗人以简洁叙述与白描写意手法相结合，将行程及眼前所见景物交代的十分清晰、刻写十分生动，画面感十分强烈，极富感染力。经过长路跋涉，一路荒凉，接近县城了，终于不要再奔波，不要受这荒凉清冷之苦，可以暂时寄居歇息了，这跃入眼帘恬淡且充满生机的乡村人烟多么美好，多么温情，一下给了诗人温暖异常的慰藉。诗第一、二句是叙述交待，但也有工笔白描，将写景与叙事紧密结合，如"长短亭""路坦平""野凉"等，寥寥数语，既交待旅途行程，也将旅途环境、所见情景等生动描绘出来，但主要还是起交待行程作用。后面第三、四、五、六、七、八句，倒过来，以描写所见景物为主，通过描写景物变化从而交待诗人骑着马继续朝城里赶路，重点不在行程交待，而在描绘所见人、景、物、态等，将诗人心里认为目的地到了，终于可以长吁一口气，且让我慢慢享受这难得看到的美好景观吧——这样一种轻松恬适心态烘托而出。

诗人创作技巧高超自不需要多说，尤其第三、四句"人随新月齐归山，山送斜阳欲进城"大有新意，不是一般功力能够具备的手笔，真乃有"文章本天成，妙手偶得之"之匠工巧得。整首诗将情融入景中，将景浸染入情怀，是一幅浓墨重彩的山水写意画。再细细品味，其实每一句诗，都可以是一幅画，串连起来，这八句诗就是八幅山水人文国画。

回到对萍水河的记录刻画这个视点。除体现赶路的辛苦，整首诗给人感觉非常温馨，所以诗人笔下的萍水河是有温度的。与河相依相偎的四周人文环境自不待说，单看直接描绘的水流及河状，生态也相当不错。一个"凉"字，推测诗人描写的季节要么是春末夏初，要么是秋末冬初，这时萍水河支流水量还较丰足，有水鸟觅食，有成群鱼虾，想着晚餐桌上该吃什么，是不是抓点新鲜水产带回去炒一碗呢——劳作之余，收工回来，村人灵机一动，随手摘张硕大荷叶什么的，在河里欢快赶着捕捉起鱼虾来。河在城边，人烟稠密，又多了一分盎然，多了一分情怀。在牧笛悠吹，水鸟长鸣呼应唱和下，更多了一分与流水交合伴奏的生动与恬静。

再看诗人的《楚王台怀古》：

谁从千载吊兴亡，数尺台犹说楚王。
霸业久随流水去，江城长似画图张。
荷花池畔惟芳草，萍实桥西易夕阳。
欲访残碑无处觅，暮山云树郁苍苍。

此诗与上首《晚过流江桥作》无论从诗的风格，还是表达意境看，似乎两样。诗人在这里也还想守住那份温馨情怀，抒发一点小温暖，但面对千古楚王台，煌煌霸业随水去，更多了一份苍凉，多了一份感叹。此诗是写诗人来到楚王台前，由眼前情景引发感触，抒发出一种"无觅处""郁苍苍"的怅惘与失落。复述一下诗歌表达的意思：穿过历史长河，多少往事随尘去，谁还能记得千年前的兴兴衰衰呢，这一切，比如楚昭王这个帝王，人们还不只有当看到这个几尺见方的水边台子才会记起么？再辉煌的霸业也会像奔流不停的水一样消失的，再多的留恋与不舍都没用，一切还将依照自然规律发展消退，不会因谁而有多大改变，像萍水岸头这座城池，也并未因楚王的消失而哀伤换颜，还像优美图画一样屹立，保持着人们认为它应该保持的气势。再看那荷花池，荷花过季后，池畔四周只成了苍翠野草疯狂生长世界了，这萍实桥边向西斜落的夕阳，不也一样吗，又有谁记得它已经更替过多少回了呢。本还想找找那听人说起过的残损石碑，看看上面的文字记载，但也找不到了。是呀，即使看到了又有多大意思？那些早已消失在时间长河里的人人事事，不就像夜幕下那远处山岭上生长的树木，一团苍茫的云一般，看起来在眼前，但又那样模糊，让人不免怀疑它们的真实性。

　　诗中每一字一词一句，围绕一个"怀"字，把种种感慨、怅惘、失落、疑思悉数倾倒而出，构成一种给人低沉而压抑、愁肠郁结，似乎又将一切看开的总体格调。

　　那萍水河在这里，也成为诗人惆怅的催化剂，伤感的干柴烈火。描写到的景观虽然也有"荷花""芳草""云树"等自然盛景，但诗人只以"愁眼"来观察与描摹。所以，一河长水只是洗涤"霸业"的无情之流。

　　除了无限伤感的大情怀，面对一城河水，在七夕月圆之夜，离开故土要远去他乡时，诗人也不免涌发思家念妻的小情怀，再看《七夕寄内》：

银河今夕鹊桥浮，有客江城独倚楼。
怕见双星增别绪，夜深无语下帘钩。

这首 28 字的七绝，诗人没写旅程奔忙，没写楚台怀古；没写牧笛炊烟，没写桥边夕阳；没写鱼虾奔跑，没写残碑无觅……但诗人写了夜空娇月，写了江边倚楼，写了离愁别情，写了窗内无眠……住在倚江的客栈里，一个人有些孤独，那一轮横空升起的七夕明月，更勾起对家人的怀念，月照楼，照人，也照水（江），潺潺前流的水呀，难道你真了解了我这个要离家远去旅人的无限心思，以月照下不停的奔腾抒发着愁绪，夜深下去，面对越来越亮的月色，我再没有什么好说的，且将窗帘放下，遮住这不懂情调，甚至是故意与我做对的月亮，到梦里去，与幽咽的河流之水作情怀对答的倾吐去吧。

萍乡士子眼中的萍水河（续）

很高兴完成《萍乡士子眼中的萍水河》一文后，又收集到芦溪及芦溪之外萍乡其他地方士子涉及萍水河的一些诗文，因此予以续篇，这里主要涉及唐禀、梁公衡、罗淳祚、文守元、胡增龄、文廷式、杨炳中等。

对这些诗人诗文，依照从萍水上游至下游顺序，予以简要陈述。

这里先讲唐禀。唐禀为萍乡长平人，唐朝乾宁年间（894—897）进士，著有《贞观新书》三十卷，生卒年不详，据了解为当下萍乡有文字可查的最早进士。

他的《杨岐山》七律，也是当下可查最早写到萍水河源头的诗文：

> 逗竹穿花越几村，还从旧路入云门。
> 翠微不闭楼台出，清吹频回水石喧。
> 天外鹤归松自老，岩间僧逝塔空存。
> 重来白首良堪喜，朝露浮生不足言。

诗的大意讲作者晚年重上杨岐山，看到旧时的景物不免感慨万端。他绕过竹林，穿越花径，从旧路进入山门，远远看到绿色的山坡上露出了普通寺的楼台，山间清风阵阵，溪中山泉击石发出阵阵回声。天外即使有鹤归来而松树老矣。以前的僧人羽化而去，只遗下佛骨塔徒然立在寺外。而今我到了晚年，再来这里实在应该高兴，人生短暂，犹如朝夕之间的露水，既然都活到了这把年纪，除了感到欣慰高兴，还有什么值得多说呢？

杨岐山位于萍水河源头，这里的源头萍水在他笔下是"清吹频回水石喧"：淙淙水流，从高处落下，以急湍之势冲向溪间大石，因撞击发出的喧哗声由山涧清风吹送着荡漾回响。

仅此一句，将杨岐山的动静有致形象生动地刻画出来，整首诗调子本来较压抑，其他所见景物，不是"老"，就是"空"，唯有这山涧清泉给眼前景物带来活力与灵动。

唐禀另外还有一首描写萍乡另一水系——袁水河源头情形的《云盖山泉》，对水流的刻画相当入境：

> 危峤高高几十层，梵王宫里一水澄。
> 引来石窦明如玉，泻落山厨冷似冰。
> 净影不关秋赋客，清音时警夜禅僧。
> 从兹渡口潺湲去，势入沧溟岂可仍。

盖云泉位于今天芦溪县万龙山槽下，那里风景优美。此诗将山势之高与流水之清澈、流动之活泼，写得很是生动。当然也将诗人一缕惋惜之情烘托而出。前首诗与这首诗，除共同写到水这一自然景物，另都提到"僧"这一人物形象，表达情怀都有一种黯然之感，可能与诗人时近晚年，将众多世事看淡看薄相关。

同样是刻画袁水这一条河流水的，但到下游后的情状又有不同变化。不妨看看同时代诗人李群玉的《芦溪道中》：

> 晓发潺湲亭，夜宿潺湲水。
> 风篁扫石濑，琴声九十里。
> 光奔觉来眼，寒落梦中耳。

会向三峡行，巴江亦如此。

一早从潺潺亭出发，一直走到晚，走了九十多里路，一路来，听着流水潺潺之声，湍急的流水与风吹竹子发出的声音相应和，好像听着一曲动听的琴声一般。

李群玉（约813—860），字文山，澧州（今湖南省沣县）人，年轻时很有才华，善吹笙，工书法，不愿意入仕，亲友强劝他才勉强去参加科举考试，但未考取。后来他利用自己的特别办法——将自己写好的三百首诗收集起来呈给唐宣宗阅览，宣宗皇帝发现了他的才华，便任命他为弘文阁校书郎，著有《李群玉集》。

再说上栗诗人梁公衡，其生于道光二十八年（1848年），逝于民国元年（1912年），字平甫，又名梁载山，上栗县人，光绪年间贡生。

请看其词《浪淘沙·落霞秋水》怎样描述一川萍水：

> 蓼岸带烟斜，荻苇交加，澄潭秋水浸流霞，一片晶莹摇底活，净浣红纱。
> 何处泛浮槎，白露蒹葭，伊人宛在水之涯，好是流通活泼处，一碧无瑕。

词写的是秋天的萍水河，描述的是落霞秋水交织的画面，长满芦苇的河岸在烟霭中倾斜。潭里澄明的水中投进了流霞的影子，晶莹的潭水透彻见底，不停荡漾倾流，好像洗涤着一块美丽的红纱。这个时候，诗人想象着，觉得要是有浮飘的木筏就好，可以坐着去找水那边的伊人，把极佳的心境融进碧波中。词意层次分明，使人读后滋生出一派清爽之气。

其另有《浪淘沙·清江柳色》，将一川萍水写得更为切近生动：

春色满江湄，流水清漪，依依杨柳带烟垂，乳燕翩翩穿细雨，鹇羽差池。

两岸展青眉，袅娜藏葳，渔翁小立夕阳地，摇曳千条低水面，倒浸丝丝。

清江处于何处，当下无从考证，暂且理解为萍水的一段，或者萍水的分支。词题为记叙"清江柳色"，首先写的是江岸的春色，用了一个"满"，显示出春浓。在春风吹拂下，江面泛着涟漪，岸边杨柳相依排列，紧密有序，刚刚吐出翠色的枝条有如轻烟一般随风摆舞，新燕在细雨中兴奋地不停飞来飞去，两岸的柳色像舒展的眉黛，轻柔飘拂的柳丝不时露出嫩黄的柳花。渔翁在夕阳中小立片刻，但见千条柔丝倒映在水面上，十分动人。

同样为记叙源头萍水，再看同代诗人钟师唐《龙洞诗》是怎样展开：

和风朗日雨相招，踏破溪间第几桥。
人说五丁开嶂骨，我凭双屐蹑山腰。
云根种地谁能剪，雨意悬岩未肯消。
剑化梭飞君莫讶，养成头角待冲霄。

龙洞，又叫龙溪洞，位于上栗赤山新店东冲，属于萍水河上游源头。诗第一、二句："和风朗日雨相招，踏破溪间第几桥"将晴雨交加天气里，行走于萍水河的情景刻画出来，"踏破溪间第几桥"，可知道路绕着河流时而左时而右，所以一路行来，不记得走过了多少座桥梁，说明道路曲折险要。对此，后面第三、四句"人说五丁开嶂骨，我凭双屐蹑山腰"作了进一步推进描述。凭借着双脚小心在山腰行走，一边是高岩压顶，一边是危岸陡峭，要多险就有多险。

诗人钟师唐，为江西分宜人，嘉庆六年（1801年）第三甲进士。钟师唐不是萍乡士子，这里之所以将其诗列入，主要想通过对比，让我们对源头萍水有更多一些了解。

走过上游，萍水流到中段又是怎样的呢，请读诗人罗淳祚的《萍实桥忆古》：

> 客到桥南别有情，吴时萍实晋时名。
> 群山树色平依槛，一道江流曲抱城。
> 浅渚静余春草碧，水鸥闲逐暮云轻。
> 共谁细数千年事，隔岸商船笑语声。

罗淳祚，萍乡人，在世于清康熙年间，生卒年不详。

据说吴国进攻楚国，楚昭王流亡萍乡，得到萍实，但用萍实赋予桥名却是晋朝时候的事。

诗题为"萍实桥忆古"，但诗歌主要意思却未沉浸于"怀古"中，诗歌借用楚昭王得萍实的传说展开叙述，但没有走咏叹兴亡的老路子，而是着力描写桥畔景色：树色依槛、江流抱城，以及水边的春草，逐云的水鸥等，这些都是美景。千年往事毕竟隔我们很远了，谁还会有心去细说呢？听到的是对岸商船上快乐的笑语声。

通过一座萍实桥看萍水河是这样的，再换个角度，看诗人文守元的《金鳌书院晚眺寄友》，立足于一座书院，又是如何记载：

> 日落金鳌浦，天低野色昏。
> 鸟栖桑树杪，犬吠竹篱根。
> 望远云归岫，怀人月到门。
> 诗书含至味，领略冀重论。

金鳌书院即位于萍乡县城南端萍水河洲上的鳌洲书院。

文守元，原名岐元，字定斯，萍乡人，为清代附贡生，屡试不中，便绝意仕途，潜心教书育人，著有《请业录》《融谷诗草》等。

这是一首怀友诗。因是晚眺，故说"日落""野色昏"。傍晚时分归鸟栖于桑树梢头，家犬见主人回来在竹篱边高兴地叫着。看远山盘着云彩，不免想起友人，不知觉间月光照到了门前。有这样的环境读书真有无穷趣味，领略之后我希望与你交换读书的心得。此诗格调高古，旨趣淡远。

同样以书院为视角，描写萍水河的，再看诗人胡增龄的《冠山阁》：

> 亭亭画阁倚云开，高跨鳌洲势壮哉。
> 绕郭浮烟春水漫，当帘飞翠远峰来。
> 文章妙得江山助，诗酒新宜兴会催。
> 地气恰教人事应，县民争说映三台。

冠山阁即为鳌洲书院的文昌阁，自乾隆四十七年（1782年）后有此称谓，后又改称文昌阁。

诗人胡增龄，萍乡南坑人，考中武举后，在家乡教授弟子，并兴义仓出谷碾米，减价卖出，还代养孤幼无依儿童，力倡建"惜字亭"，年年都雇人去拾字纸，居然为这件事置田产数十亩来维持，一时传为佳话。

三台，即古代认为天子有所谓"灵台、时台、囿台"，合称三台。灵台用来观天文，时台用来观四时变化，囿台用来观鸟兽鱼虫。

这首诗第一、二、三、四句写景是为第五、六、七、八句的叙事作铺垫。画阁高耸有浮烟的春水环抱，远处碧绿的山峰映入室内，这么美的地方正好从事文章写作，更好饮酒吟诗。太平盛世，连地气也和人事协调得如此和美，所以百姓都纷纷说这是天子能正确观察民情治理国家的结果。

由此，还列举一首非萍乡诗人刘长发的《文昌阁》：

> 当年飞阁插江头，千里云山一望收。
> 遂有元龟呈碧沼，屡看九助到瀛洲。
> 地原形胜壮今古，天借文星接斗牛。
> 此日重兴如有待，愿将砥柱障狂流。

作者刘长发，字庆永，江西宜春人，康熙二十九年（1690年）举人。

诗题中的文昌阁，指鳌洲书院的占鳌阁。"登瀛洲"是用典，唐太宗李世民为网罗人才，成立了文学馆，选房玄龄、杜如晦等十八人为学士，这些选中的人都地位显赫，为天下所仰慕，被称作"登瀛洲"。

这是一首笔力雄健的咏物诗。第一、二句大开大合，用"插"字突出文昌阁的伟岸气势，接着指出登阁可穷千里之目。用"元龟""九助"渲染文昌阁的神话色彩。第五、六句强调这里是培养国家中流砥柱人才的地方，壮丽的山川正孕育着一代又一代气冲牛斗的"文星"，这些出类拔萃的人才将承担起治国平天下的重任。

对于中游萍水河的记录，更有清后期科举牛人——榜眼文廷式的《山行口占》为证：

> 又值西风桔柚黄，便行竹桥涉村乡。
> 云秋迥现峰峦色，日午家蒸草树香。
> 筋力渐衰三舍远，郊居无事一年长。
> 从来渌水偏宜酒，欲问仙人九酝方。

文廷式，生于咸丰六年（1856年），逝于光绪三十年（1904年），字道希，号芸阁、纯常子、罗霄山人，萍乡人，光绪十六年（1890年）进士，授翰林院编修，后为翰林院侍读学士，是珍妃及瑾妃的老师，因拥护光绪亲政，支持康有为变法，受到慈禧太后的仇视，被革职。戊戌政变发生，东走日本。回国后于光绪三十年（1904年）在萍乡逝世，葬在杨岐山普通寺附近。文廷式在文学和学术上都有很高成就，被称为"清词八大家"之一，著有《云起轩词抄》《文道希先生遗诗》《纯常子枝语》《补晋书艺文志》《闻尘偶记》等。

此诗体现了诗人沉郁蕴藉的格调，有老杜之风。深秋时节，橘柚熟了，诗人向山村而行，天高云淡，远处峰峦隐约在云中。中午时在农家做客，闻到炊下草树的香味，村居闲适中只觉得日子太长。这种时候不觉有了喝美酒的欲望，最好能有书上记载的"九酝"佳酿。这里萍水河上的桥不是木桥，而是竹桥。而且萍水相当清澈，是可以直接取用作酿造高档酒的好原料。

诗人另有一诗《游横龙洞》，也写到了萍水支流之水：

> 济尼能说林下韵，往往辍尘登翠微。
> 秋深既雨城郭净，寺僻无僧钟鼓稀。
> 幽岩香高桂空老，放生泉清鱼自肥。
> 徘徊父祖旧游地，日暮风紧可添衣。

此诗原题《八月十八日偕王氏姐彭氏妹同游横龙洞》。横龙洞为萍乡名胜之一，位于城西萍水河畔长兴馆。该寺翠峰环绕，内有甘泉清冽，前后两殿中有十八拱长廊相连。

中秋时节，诗人偕同姐妹往西郊横龙寺一游，年轻漂亮的尼姑竟然夸奖姐妹们有林下之风的韵味，她们往往更是舍弃红尘到这山上来。秋已深，天下了雨，城郭变得洁爽明净。佛寺地处偏僻，没有和尚自然就很少响起钟鼓来。幽深的高岩上桂花虽香，可是人很难闻到，而白白地老去。寺里放生泉中泉水清澈，鱼儿安闲自在，自然就"心宽体胖"地长得肥了。我们在父祖辈旧游的地方徘徊，直到日暮起风了，身上感到有些凉意才添加衣服。全诗写了横龙寺的幽雅环境，而抒发的情愫似乎放在对寺内尼姑"青灯黄卷"生涯的惋惜上面。

这里记录的萍水，属于支流，属于寺院，属于山泉。

萍水河流到下游的情景，能够查找到的诗文就相当有限，这里只有诗人杨炳中的一首《香水渡》：

> 古渡经游轨，而今水亦香。
> 停桡寻旧迹，野戍半斜阳。
> 霸业销沉久，童谣岁月长。
> 朗吟还小立，烟霭渺苍苍。

诗人杨炳中，萍乡人，拔贡，毕生教书授徒，教出的学生相当优秀，考中举人者不少。

这里的萍水，是从传说中流出来的，由童谣装载着。香水渡在萍乡与醴陵交界处，传说楚昭王在香水渡得到萍实之果。童谣云："楚王渡江得萍实，大如斗，赤如日，剖而食之甜如蜜。"

这里的萍水，不知流经了多少年，因此很古老，连渡口也跟着要长出胡须了，所以得称"古渡"。

更为奇也怪哉的是，这里的萍水是香喷喷的："而今水亦香。"所以，将一座长胡子的古老渡口也包裹起来，被称为"香水渡"呢。

如果想起君王的辉煌不再，这里的萍水又是寂寥的："霸业销沉久。"还是苍茫的："烟霭渺苍苍。"

一川萍水流经百年千载，经历多少人事，又有几多诗人骚客为之动情，留下的诗词自然千态万样，正如人们评价莎士比亚剧本水平之高超一样："一千个读者眼中，有一千个哈姆雷特！"

那一千个诗家文人眼中，自然有一千条萍水河，自古流到现代，还将流向遥远的将来……展现更丰富多彩的姿态……

古来名家萍水情

跟着萍乡士子，欣赏过昔日的萍水河，让我们换一个视角或者身份，循着萍乡本地之外历代贤达名家的足迹，作进一步探查，看看曾经的萍水河在他们眼中又是一番什么模样。这里，主要以自唐以来历代名家的诗词作品为依据，作一点简单考究。

唐朝：萍川西注洞庭波

唐朝是我国历史上最为繁盛的朝代之一，经济居于世界前端，文化高度发展，诗文自古也以唐朝为盛，所以有"唐诗宋词元曲明清小说"之说。因此留下的诗歌作品极其丰富，这里列举收集到的杜甫等九人的诗歌进行分析。

先看张九龄《使还都湘东作》：

> 仓庚昨归候，阳鸟今去时。
> 感物遽如此，劳生安可思。
> 养真无上格，图进岂前期。
> 清节往来苦，半客离别衰。
> 盛明非不遇，弱操自云私。
> 孤楫清川泊，征衣寒露滋。
> 风朝津树落，日夕岭猿悲。

牵役而无悔，坐愁只自怡。

当须报知己，终尔谢尘缁。

张九龄（678—740），又名博物，字子寿，韶州曲江（今广东省韶关市）人。武则天时进士，先后任左拾遗、左补阙等职。开元二十一年任中书侍郎同中书门下平章事，设十道采访使，选拔各地贤才。开元二十四年为李林甫谮，罢相。作《感遇》诗十二首见志，著有《曲江集》《千秋金鉴录》，参与《朝英集》编撰。

张九龄感受的萍水为"孤楫清川泊，征衣寒露滋。风朝津树落，日夕岭猿悲"四句。在诗人眼下，一川萍水为"孤""清"的，并相当落寞，带着"寒"意，一派"落""悲"的萧条状。河边树木是高大的，所以带起的风也不小，将岸头树枝扫得哗哗作响，太阳落下去时，躲在山峡两岸的猿长啸悲叫。

再看李嘉祐《送张观归袁州》：

美尔湘东去，烟花尚可亲。

绿芳深映马，远岫递迎人。

饥狖啼初日，残莺惜暮春。

遥怜谢客兴，佳句又应新。

李嘉祐，字从一，赵州（今河北省赵县）人，天宝七年（748年）擢进士第，授秘书正字，坐事谪鄱江宰，调江阴令，入为中台郎。上元中（760—761）为台州刺史。大历中（766—769）为袁州刺史，与严维、刘长卿等交厚，为诗婉丽，有齐梁风。

诗中所提张观，生卒不详，据《萍乡县志》或写为张劝，萍乡湘东人，应进士举，未第归。李嘉祐等均寄以诗。志曰："虽无事可考，然为名流推重，其品学必有过人处。"

这里的萍水，也许是诗人所见过的萍水，但从当时情形看，更多是记忆中或想象中的萍水。因为朋友没有考取，要送他回去，所以不免感事动怀，想象友人这一路归去的情形。时节是暮春时节，所以有"烟花""绿芳"，正是万物吐翠，一派繁盛景象，以盛景衬托送别，似乎更令人动情。这如烟盛开的花草，还有将马匹掩映的绿树等，可能是诗人与友人曾经一块游历过的萍水盛景记忆，也可能是诗人的想象。这样时节，友人分别，触景生情，万般无奈，所以后面想到"狄"是"饥"的，"莺"是"残"的，"春"更是落"暮"了。

杜甫是大诗人，没想到他也到过萍乡，并留下了作品，很令人欣慰，请看杜甫《独坐》：

竟日雨冥冥，双崖洗更青。
水花寒落岸，山鸟暮过庭。
暖老须燕玉，充饥忆楚萍。
胡笳在楼上，哀怨不堪听。

杜甫（712—770），字子美，其原籍湖北襄阳，应进士不第，后献三大礼赋，唐明皇奇之，召试文章，授京兆府兵曹参军，后拜左拾遗，与李白齐名，被称为诗圣。

诗中"忆楚萍"点得很明确，是对诗人所经历过的萍乡的回忆。诗中虽未直接对当时萍乡或萍水进行描述，但通过独坐，由眼前情景引发感触和怀念，其实就是因为情景几乎相似，所以不免发出感叹，当中"水花寒落岸"句，应该可看成是对萍水的回忆描绘。连日来下着雨，诗人被困屋内，耳中又传来哀伤愁怨的胡笳声，内心里不由想起昔日经过萍水的情景，当初愁困旅途，奔波不停，还饥寒交迫着。

刘长卿《送柳使君赴袁州》：

宜阳出守新恩至，京口因家始愿违。

五柳闭门高士去，三苗按节远人归。

月明江路闻猿断，花暗山城见吏稀。

唯有郡斋窗里岫，朝朝空对谢玄晖。

刘长卿（约726—786），字文房，宣城（今安徽宣城）人，擅五律，人称"五律长城"，官至监察御史，与李白交厚，有《唐刘随州诗集》传世。

这是给予友人的酬唱诗，因为友人柳使君要到袁州任职，因此依依不舍。像张九龄与李嘉祐一样，诗人对萍水描述，也写到水路两岸"猿"声，想象中友人这一路远去，经历多少波折，尤其当夜幕落下，明月升起，乘舟直下，一路孤旅，两岸不停猿啼唤起的凄苦寂寥也是难耐的。

卢纶《送陈明府赴萍乡》：

素舸载陶公，南随万里风。

梅花成雪岭，橘树当家僮。

祠掩荒岭下，田开野获中。

岁终书善积，应与古碑同。

卢纶（748—800），字允言，河中（今山西省永济）人，曾避安史之乱，客隐鄱阳（今江西省鄱阳县），大历中屡试不第。代宗时，宰相元载赏识，得补阌乡（今河南省灵宝县）尉，官至监察御史，后入河中帅府浑瑊幕下，累官检校与户部郎中。被称为"大历十才子"之一。

此诗写送别友人，想象着友人陈明要乘船沿萍水行万里路，一路风吹雨淋，而且又是隆冬季节，更是凄凉。诗人想象中的萍水两岸是"梅花成雪岭"，是"祠掩荒岭下"。友人陈明可能是一个较为素淡之人，所以诗人称他为"陶公"，像陶渊明一般的人，家境应该也不怎么好，连跟随家僮也不曾带。

张乔《寄处士梁烛》：

> 贤哉君子风，讽与古人同。
> 采药楚云里，移家湘水东。
> 星霜秋野阔，雨露夜山空。
> 早晚相招隐，深耕老此中。

张乔，生卒不详，池州（今安徽省贵池县）人，唐懿宗咸通（860—873）进士，仕途坎坷，黄巢乱，罢举，隐九华山。与郑谷等号"咸通十哲"。

诗中所提梁烛，生卒不详，为萍乡湘东人，与李嘉祐等有诗相寄赠。这是酬唱诗，表达对友人的想念。诗人想象友人梁烛在萍水故乡的生活是"采药楚云里"，四周景物是"星霜秋野阔，雨露夜山空"。表达的意思虽然有些寒冷，但也达观，似乎还有点向往。

唐代和尚诗人齐己对萍乡的贡献不得不提，他一生中所做的诗很多，得以保存留传的也不少。据了解，齐己诗风古雅，格调清和，与贯休、皎然、尚颜等齐名，其传世作品数量居四僧之首，《全唐诗》收录其诗作800余首，数量仅次于白居易、杜甫、李白、元稹，而居第五。著有《白莲集》十卷、诗论《风骚指格》一卷传于后世，历代诗人和诗评家多有赞誉。王夫之评其五律《登祝融峰》："南岳诸作，此空其群。"

因他与萍乡唐朝诗人唐禀交往深厚，写到萍乡的诗应该是最多的，真是难得。这里将与萍水相关的五首收录。

《送唐禀正字归萍乡》：

> 霜鬓芸阁吏，久掩白云扉。
> 来谒元戎后，还骑病马归。
> 烟村蔬饮淡，江驿雪泥肥。

知到中林日，春风长涧薇。

《寄唐禀正字》：

　　疏野还如旧，何曾称在城。
　　水边无伴立，天际有山横。
　　落日云霞赤，高窗笔砚明。
　　鲍昭多所得，时忆寄汤生。

《寄唐禀正字》：

　　新书声价满皇都，高卧林中更起无。
　　春兴酒香薰肺腑，夜吟云气湿髭须。
　　同登水阁僧皆别，共上渔船鹤亦孤。
　　长忆前年送行处，洞门残日照菖蒲。

《寄云盖先禅师》：

　　曾寻湘东水，古翠积秋浓。
　　长老禅栖处，半天云盖峰。
　　闲床饶得石，离树少于松。
　　近有谁堪语，流阳妙指踪。

《寄杨峰西峰僧》：

　　西峰残照东，瀑布洒冥鸿。
　　间忆高窗外，秋晴万里空。
　　藤阴藏石磴，衣毳落杉风。
　　日有谁来觅，层层鸟道中。

齐己（863—937），本名胡得生，晚年自号衡岳沙门，潭州益阳（今湖南长沙宁乡县塔祖乡）人，齐己为其出家后法名。齐己出生于湖南长沙宁乡大沩山同庆寺的一个佃户家庭，一生经历了唐朝和五代中的三个朝代。

因家境贫寒，齐己6岁多就和其他佃户家庭的孩子一起为寺庙放牛，一边放牛一边学习、作诗，常常用竹枝在牛背上写诗，而且诗句语出天然，同庆寺的和尚们为寺庙声誉，便劝说齐己出家为僧，拜荆南宗教领袖仰山大师慧寂为师父。

齐己出家后，更加热爱写诗。成年后，齐己出外游学，云游期间曾自号"衡岳沙弥"。他登岳阳，望洞庭，又过长安，遍览终南山、华山等风景名胜，到过江西。齐己云游天下时，曾将自己诗作《早梅》呈诗人郑谷请教："万木冻欲折，孤根暖独回。前村深雪里，昨夜数枝开。风递幽香出，禽窥素艳来。明年犹应律，先发映春台。"郑谷读后，笑说："数枝"非早，不如"一枝"更佳。齐己听后，对郑谷肃然起敬，顶地膜拜。此后，人们便称郑谷为齐己的"一字之师"。

齐己游历天下回到长沙时，名声已显赫天下，湖南节帅幕府中诗人徐东野曾评价："我辈所作，皆拘于一途，非所谓通方之士。若齐己，才高思远，无所不通，殆难及矣。"

921年，齐己去四川时路过荆州，被荆州节帅高季兴挽留，安置在龙兴寺，并任命为僧正。齐己在荆州，虽然月俸丰厚，但他并不喜好钱财，著作《渚宫莫问篇》十五章，以表明他的高洁志向。76岁时，齐己圆寂于江陵。

第一首诗人以"烟村蔬饮淡，江驿雪泥肥。知到中林日，春风长涧薇"描写唐棨诗人故乡萍水河两岸的情景。

第二首诗人以"疏野还如旧，何曾称在城。水边无伴立，天际有山横。落日云霞赤，高窗笔砚明"来描写萍水山城景状。

第三首以"高卧林中""同登水阁僧皆别""共上渔船鹤亦

孤""洞门残日照菖蒲"来描写点染萍水生态。

第四首以"古翠积秋浓""半天云盖峰""闲床饶得石""流阳妙指踪"衬写山川流水之生动。

第五首以"西峰残照东，瀑布洒冥鸿"两句，将杨岐山泉水流地势之高形象刻画：傍晚时分，偏向西边的太阳零乱照在高高山峰上，那暮色中飞流直下的瀑布飞洒着，将翱翔于山峰背面暗影处的大鸟都淋湿了。鸟都在瀑布下飞翔，可想瀑布之高大，当然，这里诗人无疑运用了夸张手法。

一川萍水翻山越岭后，一路向下，来到人烟稠密之地，其情形又会如何呢？请读袁皓《重归宜春经过萍川题梵林寺》：

> 梵林遗址在松萝，四十年来两度过。
> 泸水东奔彭蠡浪，萍川西注洞庭波。
> 村烟不改居人换，官路无穷行客多。
> 拖紫腰金成底事，凭阑惆怅欲如何。

袁皓，号碧池处士，江西宜春人，咸通年间（860—873）进士，著有《碧池书》30卷。

此诗写到的萍水最为有气势，这是诗人袁皓再次行经古时萍乡留下的文字，其中"泸水东奔彭蠡浪，萍川西注洞庭波"描绘了袁水和萍水——萍乡两大水系状貌。出生于唐朝袁州府宜春县的袁皓，曾经担任过吉州、抚州刺史，两次来到萍乡，一番重游后，对这块植被茂盛、人口稠密、客旅穿梭的鱼米之乡，甚为感慨，因此即兴成句。梵林寺即今天的宝积寺。诗中描写的寺院绿树掩映，袁水、萍水"奔""注"，水流丰富汹涌，气势非常。

再来看萍乡境内接近下游的萍水状态吧，请看诗人薛逢的《黄花驿》：

> 孤戍迢迢蜀路长，鸟啼山馆客思乡。

更看绝顶烟霞外，数处岩花照夕阳。

薛逢，字陶臣，蒲州（今为山西永济）人，会昌元年（841年）进士，仕途不得意，著有《诗集》十卷、《别纸》十三卷、《赋集》十五卷。

黄花驿，在今湘东区湘东镇萍水河边，当地人称黄花桥，因古代曾设驿站于此，又叫黄花驿、黄花站、黄花渡，后来又称湘东驿。因此，凡写到黄花驿的古诗，一般都可以读出萍水河的情状。在漫长而又孤单前往蜀地的路上，诗人客居在黄花驿山馆，屋外鸟啼使他更加思念家乡，不觉走到门外去看，只见山顶上烟霞以外，有几处岩花映着金色的夕阳，此景此情暂时将乡愁缓解了一些。

宋代：曹溪泻地水潺潺

江西在有宋一代，属于发达之地，教育文化相当活跃，代表人物更层出不穷。唐宋八大家中宋代六大家，其中有欧阳修、王安石、曾巩等三位是江西的。理学代表人物朱熹也是宋代江西婺源人。对于这样一个"文化大省"，颇为引起人们注意与青睐，因此来往游历江西的贤达名家很多，经过萍乡的人自然不少，而为此留下诗文记载的人也多。

先来了解江西本省贤达名家游历萍乡留下的关于萍水记载文字，其中有新余人王钦若的《栖霞阁》：

水秀山灵萍实城，城中幽趣每关情。
安期几到寻棋侣，方朔真藏陷宦名。
春渍苔纹缘石塌，月含松韵杂吟声。
犹拘玉陛空怀想，须蹑虹梯先问程。

王钦若（962—1025），字定国，宋太宗时进士，真宗初任参政知事，官至宰相。

这首记游诗写得很有灵气，首句点出萍城"水秀山灵"，这是栖霞阁的背景，次句说城中幽趣常使他动情，"每"字表明作者在萍城逗留有些时日，下文写"幽趣"。其中次联写想象：安期生来此寻找"棋侣"，东方朔对游人不肯……露出官宦身份。第三联写白天看到的和晚上听到的，属实景。第四联首句"玉陛"二字指的是栖霞阁。一个"拘"表明他多么留恋于此，在他看来，比这里更富于"雅趣"的除非是仙界了，他何尝不怀想着"蹑虹梯"而登上仙界呢？

看修水人黄庭坚《萍实里》：

> 楚地童谣已兆祥，果然所得属昭王。
> 若非精鉴逢尼父，安得佳名冠此乡。

黄庭坚（1045—1105），字鲁直，号山谷道人，晚号涪翁，北宋治平四年（1067年）进士，官至起居舍人，北宋诗人、书法家家，早年出于苏轼门下，与张耒、晁补之、秦观并称"苏门四学士"，是"江西诗派"的创始人，书法与苏轼、米芾、蔡襄并称"宋四家"。

萍乡名字来由有一个美丽传说，传说楚昭王坐船行经萍水河时偶得萍实之果，不识，请教于孔子，乃知名为"萍实"，后即以"萍实之乡"命名萍乡。作者认为如果没有孔子的"精鉴"，萍乡怎么会获得这样美好的名字呢！

同时，黄庭坚还留下《题石乳洞》：

> 石洞岈然占一方，深如曲室敞如堂。
> 山中路与红尘隔，物外人惊白昼长。
> 静听乳泉声滴滴，闲敲石鼓响琅琅。

自惭薄官徒劳力，得近仙家九馆傍。

看丰城人黄次山《书萍乡县壁》：

古古今今路，长长短短亭。
倦偈衡岳路，归看楚江萍。
会即新开径，重翻旧带经。
稍甘鱼白日，宁问麦青青。

黄次山（生年不详，卒于1145年），字季岑，宣和元年（1119年），试国学第一，初任吏部员外郎，建炎二年擢尚书员外郎，后至礼部郎官。著有《三馀集》。

诗中"古古今今路，长长短短亭"最为有名，通过简单叠字使用，却将情景描绘得形象生动。这里萍水之景是"麦青青"呢。

再看婺源人朱熹《黄花驿》：

鼎足炉边坐，陶然共一樽。
道心元自胜，世味不须论。
安稳三更睡，清明一气存。
虽无康乐句，卿尔慰营魂。

朱熹（1130—1200），字元晦，晚年自号晦翁，长期寓居建阳（今福建省建阳县），宋高宗绍兴十八年（1148年）进士，官至宝文阁待制，南宋著名理学家，精通经、史，生平主要从事著书、讲学，对哲学、经学、史学、文学、乐学、辨伪都有贡献，从事教育五十多年，热心创办学校和书院，著作颇丰，主要收集在《朱文公集》《朱子语类》中。

诗作写的是深冬时节，在黄花渡口住宿，诗人围炉饮酒，无世俗的牵挂，心中充满道心上的自信，所以虽身处旅途却很安宁超逸。这首诗大意告诉我们，只要心中时刻存着高尚的伦理道德，无论在什么地方也会悠然自得。

看吉水人杨万里《萍乡西郊哦诗》：

> 浑忘薄暮路高低，忽怪松梢与路齐。
> 准拟醉眠萍实驿，匆匆西去更山西。

杨万里（1127—1206），字廷秀，号诚斋，宋绍兴二十四年（1154年）进士，孝宗初，任奉新县知县，官至江东转运副使，南宋有影响的诗人，与陆游、范成大、尤袤并称"南宋四大家"，著有《杨诚斋集》《诚斋诗话》等。

这首诗原题为《将至萍乡欲夜宿为重客据馆乃出西郊》。是写在城里住不到旅馆，感到有些失望，本来想在萍乡城里喝点酒，睡个好觉，不想只得出城匆匆忙忙地向西继续跋涉，尴尬的事牵出了旅愁。

看分宜人李观《题净岩春波亭》：

> 满目烟芜蕉绿漪，江淹遗恨楚江湄。
> 仁人四海皆兄弟，何必东风怆别离。

李观，字梦芙，自号玉溪叟，庆历二年（1042年）进士，为清江县令，熙宁初官至大官令（皇宫中管饮食的官），但后来因与王安石政见不合，被贬到浙江丽水当县令，著有《抱一堂集》。

春波亭，据资料记载，为"萍邑古迹之一"。诗寄托着诗人一种恨别情绪，"春草碧色，春水渌波，送君南浦，伤之如何！"这不正是江淹遗下的别恨么？但是，只要心中充满仁爱就都是四海之内的兄弟。何必在别离的时候，面对东风而悲怆呢？

看当时在袁州、萍乡两地任过职的名家官宦诗文。

袁州知州阮阅《湘东驿至萍乡》：

> 萍乡路与醴陵通，溪上长亭草木中。
> 行尽江南有山处，门前隔水是湘东。

《题春波亭二绝》：

> 春尽江南归已迟，湘东风雨度花时。
> 无因亲取湘江色，携看江屏画竹枝。

> 数叶荷衣一短蓑，春波亭上倚斜晖。
> 无人会得诗中画，凭尽栏干又独归。

《过萍乡》：

> 悠悠休问渡江萍，山下毛人丹已成。
> 路入潇湘向西去，暮云寒日下孤城。

《黄花渡》：

> 晓渡黄花溪水端，鸣榔声在小沙滩。
> 盘斜曲踏畬田出，露下星稀霜月寒。

阮阅，字阅体，舒城（今安徽舒城县）人，北宋元丰八年（1085年）进士，官至袁州知州，著有《松菊集》。

第一首写从醴陵过来，沿流溯行，来到湘东。看到岸头的路亭被高长的草木遮挡着。而且这里的山岭也特别多，这就是到达湘东后与其他地方最为不同之处。

第二首第一绝写暮春时节的黄花渡，所见之景"江屏"好像一幅画一般。第二绝写披着荷叶缀成的凉衣，手中柱着藜杖，到了春波亭便倚着栏杆在斜阳里休息。这里风景真好，可是无人能够表达诗中有画的山水，只靠着栏杆待到最后才一个人怏怏而归，心中说不出的遗憾。

　　第三首写暮色深云中的萍水之景："路入潇湘向西去，暮云寒日下孤城。"

　　第四首写早晨看到的黄花渡的情景，画面感很强。

　　阮阅另有《宣风道上》：

　　　　马蹄西去夕阳催，浓淡寒山翠作堆。
　　　　北雁无情怕秋热，带将寒信过江来。

　　诗意讲秋天的黄昏，催马在宣风道上，远远近近的秋山浓浓堆翠，雁行南归，大约害怕江南秋热吧，它们带来了塞北寒冷的信息。诗中物我交融，意趣横生。

　　袁州州事周兑《雨涌泉诗》：

　　　　杨岐山下出灵泉，与海相通亘古传。
　　　　汹涌便知天欲雨，为言荫石不须鞭。

　　周兑，北宋徽宗崇宁三年（1104 年）任袁州州事。

　　雨涌泉，杨岐山上一泉，传说天将雨，水先涌，故名雨涌泉。诗人便借这一传说构思了这首诗作。还说这泉之所以能够自发喷射，是因为与大海相贯通了。

　　其另有一诗《葛仙坛》：

　　　　稚川不恋晋衣冠，勾漏仙成九转丹。
　　　　剩得数行风雨行，人间珍重扫空坛。

写葛洪为了求仙炼丹济世，连官也不做，而到武功山里修行，如今，这里昔日的景象看不到了，只剩下几排栉风沐雨的竹子，但人世间还是有人怀着崇敬之心来瞻仰空荡荡的庵堂。

萍乡知县郑强《普通禅寺》：

> 绿蓝青黛染晴山，院锁层峦叠嶂间。
> 庾岭插天云漠漠，曹溪泻地水潺潺。
> 灯荧星点清宵静，炉袅烟丝白昼闲。
> 疑是神仙真洞府，公余幸得一跻攀。

郑强，籍贯不详，宋宣和五年（1123 年）由国子博士知萍乡县。在萍乡任职期间，政声卓著，后升广东提举。

曹溪在杨岐寺左侧。诗歌首先写了寺院环境，用来突出古寺的幽雅和古朴。"绿蓝青黛"四种颜色深浅不同。普通寺就处在这种颜色丰富的深山之中。所处的山峰插入云霄，所傍的溪流潺潺有声。晚上灯光幽微寺院寂静，白天香炉中香烟缭绕。这真是神仙洞府，公务之余能够攀登到这里来，感到非常幸运。

还有《题湘东驿》：

> 涉水登山道路赊，青黄野色间幽花。
> 更深无奈秋风冷，梦破还惊片月斜。
> 隐隐似闻云汉雁，飘飘直泛使臣槎。
> 来朝更指萍乡去，归计茫然未有涯。

诗歌吐露诗人心底归隐退休的愿望。表现了他对宦海生涯的厌倦和无奈。先是说到萍乡的路很远，青黄野色是指深秋季节。在驿馆内住了一晚，秋风萧瑟冻气逼人，把人从梦中刺醒，片月斜挂西天，空中雁鸣隐约。我这个被外放的使臣长期漂泊在他乡，明日便要到萍乡县城了，归隐回家的日子还茫然无涯啊。

看外省名家来到萍乡对一川萍水的感情。

先看观文殿学士蒋之奇《萍乡即事》：

> 地接长沙近，乡名自古闻。
> 毛山千嶂雪，玉女一墩云。
> 拱木扶霄上，飞泉触石分。
> 霜风萍实老，目断楚江濆。

蒋之奇（1031—1104），字颖叔，江苏宜兴（今江苏省宜兴市）人，北宋进士，官至观文殿学士。

这首诗先写萍乡的地理位置和自古以来关于乡名的传闻，接着指出这里有毛仙和玉女峰，有高耸入云的树木和飞瀑流泉，尾联首句照应首联第二句，突出萍乡的古老，尾联次句照应开篇，点明萍乡可由楚江直抵长沙。

看左朝奉大夫李光《离萍乡晚宿里田铺》：

> 晓出萍乡动越吟，清溪无底乱山深。
> 颓垣破屋邮亭古，面壁聊观去住心。

李光（1078—1159），字泰发，号转物老人，越州上虞人，崇宁五年进士，历任开化知县、江南西路安抚制置大使兼洪州知府、参政知事、左朝奉大夫等职。

诗歌写的是早景，诗人为赶路，一早便起程，绕着溪流伴行的山路前去，看到的是山深水清，心境自有天地。

再看参知正事范成大词《眼儿媚·萍乡道中乍晴》：

> 酣酣日脚紫烟浮，妍暖度轻裘。困人天气，醉人花底，午梦扶头。

春慵恰似春塘水，一片縠纹愁。溶溶泄泄，东风无力，欲皱还休。

范成大（1126—1193），字致能，号石湖居士，吴郡（今江苏省苏州市）人，南宋光宗绍兴年间进士，初任知府，官至参知政事，南宋诗人"四大家之一"，与大诗人陆游交谊很深，著有《石湖居士诗集》《石湖词》等。

作者自己在小序中交待，他行经萍乡途中，坐在马车里感到非常疲倦，就停在一处柳塘边作片刻休息，此时他写了这首词。正是暮春三月，天气使人疲倦，太阳光从云缝里投身下来，暖洋洋的，四周景色如画，花气袭人。中午喝了点酒，小睡了一会儿。在这种天气中，午梦醒后，人的精神状态还是懒洋洋的，就像池塘里的水面满满的，缓缓的，在东风无力的吹拂下，想皱又皱不起来。

范成大还有《菩萨蛮·湘东驿》：

客行忽到湘驿，明朝真是潇湘客。晴碧万重云，几时逢故人。

江东如塞北，别后书难得。先自雁来稀，那看春半时。

从诗中可以看出诗人是到湖南去的，旅程漫长，天气阴晴交递，没有遇上曾相识的熟人。所以即使是江南地方，也像塞北一样陌生。南来的鸿雁已经逐渐稀少了，看看春天已过去大半时间。

看诗人姜迪《黄花渡》：

回首潇湘二十春，江南投老未安身。
如今再造黄花渡，遥想湘山似故人。

姜迪，生卒年不详。诗人在湖南待了二十年，自谓老在江南，临到晚年也没有安定下来。如今再经过黄花渡，看看这里的山，也和湖南的山一样，像是久别的老朋友。"遥想"二字把自己对湖南的留恋之情充分表达了出来。

看词家芦柄《踏莎行·黄花驿》：

> 秋色人家，夕阳洲渚，西风催过黄花渡。江烟引素忽飞来，水禽破螟双双去。
>
> 奔走江尘，栖迟羁旅，断肠犹忆江南句。白云低处雁回峰，明朝便踏潇湘路。

芦柄，字叔阳，号丑斋，约北宋末南宋初人，著有《哄堂词》。

诗写的是秋天的黄昏，夕阳的余晖照在河洲上，西风渐起，吹过黄花渡口，河中渐渐涌出白色烟雾，水鸟冲破薄暮的昏暗双双飞走了。身在江湖奔波，长期得不到安居和休息，想起乐府诗中描写江南美好生活的诗句，对比自己的困顿，简直忧伤得要断肠了。望一望天边白云和低处的雁回峰，明日又要踏上去潇湘的旅程。作者不是写旅愁中的孤寂，而是倾吐对长期羁旅奔波生涯的厌倦，向往一种安定清新的生活。

孙胜《萍乡公馆》：

> 清和天气乍阴晴，景物伤人百感生。
> 风飐落花红散乳，雨添流水碧洄萦。
> 舟横野岸无人渡，马过村庄有犬迎。
> 客计正愁行不得，又闻林外鹧鸪声。

孙胜，生卒不详，字龙雀，石安人，少质直，能吏事，初为神武都督府长史，累进侍中、尚书仆壬射，典掌机密。后骄横，亲小人，专聚敛，朝野非之。

诗中所写到"舟横野岸无人渡"是一种怎样情形呢，这是可以想象的。主要原因还是为下雨天气，走水路不便，所以暂时将船停开。"风飐落花红散乳"句可见出是描写春天景象，"雨添流水碧洄萦"句见出雨下得不小，透亮碧波流速也大，在河中打着漩涡。这种天气里，行人通常选择骑马走陆路，而不行水路，所以骑着马走村过户，引来一阵一阵狗叫。

明代：渌水章江分影碧

看罗钦顺《次萍乡》：

> 邑小犹能满万家，山耕溪钓足生涯。
> 倦来不暇听更鼓，睡竟东窗日已斜。

罗钦顺（1465—1547），字允升，号整庵，江西泰和人，弘治六年（1493年）进士，官至南京吏部尚书。

诗作写萍乡城市虽小，却还满满地居住着上万户人家，这里山上可以耕种，溪中有鱼可以垂钓，所以在这里谋生是不成问题的。人已经困乏极了，来不及听更鼓报时，一觉醒来，早晨的太阳已经照进东窗里来了。此诗写出了当时萍乡安定的社会生活。

看严嵩《题宣风公馆》：

> 宣风公馆新雨晴，南北平分水陆程。
> 客心不奈寒溪水，一夜潺湲树里声。

严嵩（1480—1566），字惟中，号勉庵、介溪、分宜等，江西袁州府分宜（今江西分宜）人，祖籍福建邵武，明代政治家、权臣。

明孝宗弘治十八年（1505年）进士，累迁礼部尚书、翰林院学士。嘉靖二十一年（1542年）六十三岁时入阁，加少傅兼太子太师、谨身殿大学士，后改少师、华盖殿大学士，嘉靖二十七年（1548年）诬害夏言，再任内阁首辅，专擅国政近十五年之久。

嘉靖四十三年（1564年）严世蕃案发，遭罢职抄家，寄食于墓舍，两年后病死，年八十七。

严嵩书法造诣深，擅长写青词。《明史》将严嵩列为明代六大奸臣之一，称其"惟一意媚上，窃权罔利"。透过戏曲和文艺作品、历史典籍，严嵩的奸臣形象已深入民间。

诗写诗人住在宣风公馆内，因旅途的寂寞而产生一种无可名状的愁绪。宣风公馆是当时一个有名的官办驿站，途经萍乡的官员，不论从西往东去，还是从东往西去，皆需在此歇息留住。因此，严诗所写景状，可能是途经袁水所见，也可能是途经萍水所览，而更可能包括了二者。"客心不奈寒溪水"，叙述了作者当时的心境，奈何不了寒溪水的潺潺之声。或者说寒溪水反而增加了他心上的旅愁。

严嵩还写有《芦溪谒周濂溪祠》：

> 古镇无监税，高贤有奉祠。
> 位卑名德重，世远士民思。
> 风月芦溪迥，衣冠宋代遗。
> 停骖肃瞻拜，敢惜去程迟。

诗歌写作者经过芦溪谒拜周濂溪祠，他崇仰周敦颐地位低名气大和道德高，时间虽久远，但老百姓却还怀念这位理学家。芦溪迥异的好风范，都是从宋代周敦颐开始遗留下来的。有机会来到这里，能够拜谒这样高风亮节的前贤，怎么会是耽误赶路的行程呢？

看汤显祖《送客萍乡》：

宜春春酒凤箫回，暮雨朝云玉女堆。

归来笔花应五色，聪明泉上读书来。

汤显祖（1550—1616），字义仍，号海若、若士、清远道人。汉族，江西临川人。明代戏曲家、文学家。万历十一年（1583年）进士，任太常寺博士、礼部主事，因弹劾申时行，降为徐闻典史，后调任浙江遂昌知县，又因不附权贵而免官，未再出仕。曾从罗汝芳读书，又受李贽思想的影响。在戏曲创作方面，反对拟古和拘泥于格律。作有传奇《牡丹亭》《邯郸记》《南柯记》《紫钗记》，合称《玉茗堂四梦》，以《牡丹亭》最著名。在戏曲史上，和关汉卿、王实甫齐名，在中国乃至世界文学史上都有着重要的地位。

诗中意境开阔，写景状物叙事形象生动，给人淡然明静之感。其中直接写到水有"聪明泉"三字，伴随泉流声的是朗朗读书声，也是高雅，别有情趣。

再看陆世勣《昙华寺》：

龙泉此地称佳境，老更偷闲且暂登。

无数昙花自外落，老僧石上说传灯。

陆世勣，邳州（今属江苏省徐州市管）人，明万历年间（1573—1621）任萍乡知县。据《昭萍志略》载，其处事果断，爱士恤民，修建了文庙、书院。老百姓非常称赞他。

诗中称昙华寺是龙泉流淌的佳境。心中有佛，所以觉得昙花外落，吉祥无比。来到寺内，且听老和尚坐石上宣扬佛法。这是一首禅诗，但也从侧面表现了昙华寺的古雅空灵。

陆世勣写下《杨岐秀水》：

大道洋洋自坦夷，人趋捷径始多歧。
当年杨子哭何痛，泪到如今水尚溅。

还写下《楚台夜月》：

楚国荒台孤月明，细腰歌舞寂无声。
银蟾不管兴亡事，照我琴堂是处清。

诗写在皓月当空的晚上，作者徘徊在楚台旁边，荒台寂寂，楚王宫里细腰歌舞也渐渐远离。明月是不管人间兴亡事的，它只是用清光照着我抚琴的厅堂，照得到处都清清楚楚。

看王夫之《萍乡中秋同蒙圣功看月》：

百年看月又今宵，昨夜疏云洗沴寥。
渌水章江分影碧，牙旌戍火接星遥。
寒枝难拣惊乌树，落叶谁填喜鹊桥。
一枕冰魂随故剑，飞光犹涌子胥潮。

王夫之（1619—1692），字而农，号姜斋、又号夕堂，湖广衡阳（今湖南衡阳）人，他与顾炎武、黄宗羲并称明清之际三大思想家，其著有《周易外传》《黄书》《尚书引义》《永历实录》《春秋世论》《噩梦》《读通鉴论》《宋论》等书。

王夫之先世为中古士族太原王氏，自幼跟随自己的父兄读书，青年时期王夫之积极参加反清起义，晚年王夫之隐居于石船山，著书立传，自署船山病叟、南岳遗民，学者遂称之为船山先生。王夫之早年就以才华名满天下，中年曾投身抗清工作，晚年隐居。一生主张经世致用的思想，坚决反对程朱理学。著述甚丰，其中以《读通鉴论》影响最大。

这是一首中秋怀远之作。人生百年，又是中秋看月的时候。

疏云把天空洗得清朗澄澈，今夜在远离故乡的异地萍乡，渌水西入湘江映着她看见的月影，章江之水却映着我看的月影。而戍守边疆的士兵烧的篝火却在遥远的天边与星星相接。今宵本该牛郎织女相会，但我却有家不能归，有谁来为我们搭座鹊桥呢？贤妻啊，但愿今夜美丽的月亮伴着你，我们的相思之潮会像浙江子胥潮一样汹涌澎湃。王夫之不愧是大学者和爱国者，诗中把个人别离相思的愁绪与国家的命运交织在一起，层层推进，感情波澜壮阔。

看欧阳铎《次萍乡》：

> 明发宣风馆，秋阴得气饶。
> 云昏山欲断，泥泞路偏遥。
> 近县峰头塔，横江屋底桥。
> 旧时铜漏刻，强半土中焦。

欧阳铎，字崇道，江西泰和人，明正德三年（1508年）进士，官至吏部右侍郎，死后朝廷赠他工部尚书，谥号"恭简"，著有《欧阳恭简集》，生卒年不详。

这首诗体现了诗人古朴诗风，写的是诗人一早从宣风出发，秋风阵阵，天上彤云密布，暗云使连绵的山峰也时隐时现，路上到处是泥泞，有碍车行，所以觉得路很长。临近萍乡县城，远远望见如愿塔高高耸立，上了桥，却发现桥身竟在两岸房屋基脚之下，而旧时的"铜漏刻"大半已废置不用，变成"土中焦"了。

看杨载鸣《萍乡》：

> 故园烟树渺苍苍，楚水巴山去路长。
> 最是旅怀无奈处，乱峰飞雪渡萍乡。

杨载鸣，字虚卿，江西泰和人，嘉靖十七年（1538年）进士，官至福建巡抚。

诗人寒冬时节经过萍乡，他的前路应是"楚水巴山"的两湖和四川，到萍乡时遇到下大雪，一路上烟树苍苍，寒山瘦水无穷无尽。旅途中的心境不很好，所以出现无可奈何的情绪。这时候偏偏又遇到大雪纷飞，走路艰辛可想而知。

看陈辂《湘东山溪》：

> 馆外风帆影，萍川又楚川。
> 溪山都会地，宦客往来船。
> 野树猿啼月，春涛浪拍天。
> 红颜霜鬓换，总为利名牵。

陈辂，曾任萍乡推官，诗人在这里主要围绕水流来写的。萍川又楚水：萍水河到了湘东叫渌水，直注湘江，所以说又是楚水了。溪山句：据志载，湘东云盘岭下曾建有"溪山都会亭"，明孝宗弘治十四年（1501 年）袁州知府朱华建，明武宗正德十二年（1517 年）知府徐连修以及通判葛之奇都先后相继修建了楼阁在山上，这里枕山带水，风景甚佳，成了萍乡的一处胜景。

看龚逊常《过萍乡》：

> 秋风瘦马路难行，翘首三湘一日程。
> 禾黍登场农事毕，年光如箭客怀惊。
> 昭王古庙闲花落，萍实长桥野水清。
> 夜宿城西永昌院，喜闻更鼓自分明。

龚逊常，生卒年及籍贯无从查考。

诗人驾瘦马在秋风中从湖南艰难来到萍乡，见农事已毕，又是一年将要过去，他吃惊地感叹光阴似箭。昭王庙里闲花，萍实桥下的野水，都似乎在为他诉说旅途的寂寞。只有永昌院清晰的更鼓才稍微给人几分欣喜。

清代：乳鹅新鸭岸东西

看马紫岩《黄花驿》：

> 黄竹歌成雪未休，黄花渡口上横舟。
> 百钱买酒可能醉，千里怀人不奈愁。
> 岁事只余旬五日，众山犹隔两三洲。
> 飞云在目还知否，肯为雕胡一饷留。

马紫岩，曾任萍乡知县。作者坐在《停歇黄花驿》的船上，当时正下着大雪，他想起周穆王遇大雪作《黄竹三章》哀民的事，这么冷的天，年关将近，只剩下短短的半个月，老百姓又是怎么过的呢？自己是这里的父母官，不由得为百姓的年关犯愁。抬眼凝目，但见乱云飞渡，大雪飘飘，在这个山乡驿站少不得要为一餐中饷作短暂的逗留。

看查慎行《自湘东遵陆至芦溪》：

> 黄花古渡接芦溪，行过萍乡路渐低。
> 吠犬鸣鸡村远近，乳鹅新鸭岸东西。
> 丝缫细雨沾衣润，刀剪良苗出水齐。
> 犹与湖南风土似，春深无处不耕犁。

查慎行（1650—1727），初名嗣琏，字夏重，号查田，后改名慎行，字悔余，号他山，晚年居于初白庵，故又称查初白。杭州府海宁花溪（今浙江海宁县袁花镇）人，清代诗人、文学家。早年受教于黄宗羲，得陆嘉淑赏识、朱彝尊提携，于康熙三十二年（1693年）中举，康熙四十二年（1703年），赴殿试，赐进士出身，授翰林院编修，供职于南书房。后从军西南，随驾东北，所到之处均有所作。康熙五十二年（1713 年），乞休归里，筑初白庵以居，潜心著述。雍正四年（1726 年），受弟查嗣庭牵连被逮入京，次年放归，不到两个月即去世，享年七十八岁。

查慎行是诗坛"清初六家"之一，继朱彝尊之后被尊为东南诗坛领袖。对清初诗坛宗宋派有重要影响，为中流砥柱、集大成者。查慎行在诗歌创作、诗歌艺术研究和诗学理论研究等领域均有建树，生平诗作不下万首，堪称多产诗人。其诗兼学唐宋而以宋为长，尤深得力于苏轼、陆游。诗风清新隽永。艺术上以白描著称，对后来袁枚及性灵派影响甚巨，主要作品有诗歌集《敬业堂诗集》《查初白诗评十二种》等。

年轻时好游山玩水，有所得皆写成诗，所以他创作的山水诗最多，他的诗多是旅行中吟咏之作，以苏轼、陆游为宗，深入浅出，时见巧妙，赵翼评他的诗："工力之深，香山、放翁后一人而已。"康熙五十七年（1718 年）春三月间，查慎行游广西回浙江，道经萍乡湘东，住宿在黄花渡，次日坐着篮舆经过县城到芦溪，写下这首诗。

暮春三月，正值春耕季节，诗人从湖南乘船到湘西东黄花渡，上岸住了一宿。第二天雇了乘敞篷竹桥沿着陆路行进。诗一开篇就直说到芦溪去，过了萍乡县城路就渐渐低了。一路上他看到萍乡的村落相连鸡犬相闻，小河两岸有乳色小鹅和鸭。那天下着毛毛细雨，诗人比喻成缲丝细雨。沿途秧田里的嫩苗像剪刀剪过一样整齐地露出水面。这里的风俗与湖南一样，三月春深了，江南没有一处不在耕田，描绘出了江南一幅美丽的春耕图。全诗写得通俗易懂，擅长白描和比喻，不愧为大师级作品。

看袁枚《萍乡纪事》：

> 远望碧桃盛，不知何家村。
> 停舟褰裳往，颇闻书声喧。

柴门数学子，列坐何彬彬。

闻有江南客，欣然喜动颜。

各将文章来，愿闻所未闻。

感兹醇朴意，如逢羲轩民。

方知古桃源，依然在人间。

但恨无缘留，回头望白云。

袁枚（1716—1798），字子才，号简斋，晚年自号仓山居士、随园主人、随园老人。钱塘（今浙江杭州）人，祖籍浙江慈溪。清朝乾嘉时期代表诗人、散文家、文学批评家和美食家。少有才名，擅长诗文。乾隆四年（1739年），进士及第，授翰林院庶吉士。乾隆七年（1742年），外调江苏，先后于溧水、江宁、江浦、沭阳共任县令七年，为官颇有声望，但仕途不顺，无意吏禄。乾隆十四年（1749年），辞官隐居于南京小仓山随园，吟咏其中，广收诗弟子，女弟子尤众。嘉庆二年（1798年），袁枚去世，享年82岁，去世后葬在南京百步坡，世称"随园先生"。

袁枚倡导"性灵说"，主张诗文审美创作应该抒写性灵，要写出诗人的个性，表现其个人生活遭际中的真情实感，与赵翼、蒋士铨合称为"乾嘉三大家"（或江右三大家），又与赵翼、张问陶并称"性灵派三大家"，为"清代骈文八大家"之一。文笔与大学士直隶纪昀齐名，时称"南袁北纪"。主要传世的著作有《小仓山房文集》《随园诗话》及《随园诗话补遗》《随园食单》《子不语》《续子不语》等。散文代表作《祭妹文》，哀婉真挚，流传久远，古文论者将其与唐代韩愈的《祭十二郎文》并提。

此诗清新质朴，叙事简练生动，层次分明而意境清朗。"停舟"一词，让人知道诗人是从萍水河乘舟抵达萍乡的，而后之所见，既是"谈笑有鸿儒"的"书声""学子"之"彬彬"，也有"往来白丁"的"桃源""轩民"之"醇朴意"。

看晏斯盛《萍乡水次》：

> 萍溪分汲地，醴水滥觞初。
> 道假东南际，疆连吴楚余。
> 凌晨方旅食，向晚又舟居。
> 为语新篙手，乘风出九渠。

晏斯盛，字吴际，江西新余人，康熙五十九年（1720年）乡试第一，六十年中进士，官至户部侍郎，生卒年不详。

全诗围绕水来歌咏。萍水是醴水的源头，这里是吴楚分界之处，诗写诗人顺着萍乡东南面的道路，清晨吃过饭，从芦溪陆路赶到萍乡，临近黄昏又投宿到船上。第二天要升挂风帆，一路乘风下长江。全诗语言精当，真实反映了旅途的经历。

其另有诗《宿芦溪》：

> 溪源探历尽，释棹若登仙。
> 绕市门临水，凭阶树接天。
> 夜深愁瘴雨，梦里识樯烟。
> 斗室宽于舫，无虚借一廛。

诗写诗人在芦溪作了一次山水游。当他上岸步行的时候，看见袁河绕着市镇流淌，河岸上长着高大的树木。烟雨迷茫，使他对市镇产生了兴趣，便在镇上租借了一间比船舱大的民房住下来。没有夜雨干扰，安稳睡了个好觉。

看胥绳武《竹枝词·萍乡》：

> 湘东水长好撑篙，渡口船排半里遥。
> 各取小红旗子挂，客来争问买鱼苗。

东去江西写官板，西下湘东装倒划。
中五十里船不到，满路桐油兼苎麻。

黄花渡头黄花稀，金鱼洲嘴金鱼肥。
凤凰池边看月上，横龙寺里探泉归。

胥绳子武，字燕亭，山西凤台（山西省晋城）人，拨贡，乾隆年间任萍乡知县。生卒年不详。

《竹枝词·萍乡》原有词九首，这里选的是其中三首。竹枝词，古乐府《近代曲》名。原是四川一带民歌，后来唐朝诗人刘禹锡根据民歌改作新词，以歌咏三峡风光和男女恋情盛行于世。此后，各代诗人写《竹枝词》很多，也多咏当地风俗和男女爱情。胥绳武在萍乡任知县期间写了不少诗和竹枝词。他运用萍乡方言入词，非常难得。

诗人在萍乡做知县几年，做了许多好事，既兴学兴农，又致力于文化事业，而且掏钱为萍乡修县志。他写的这首"竹枝词"反映了乾隆时萍乡繁盛之市景。

另外《竹枝词·萍乡》六首中三首，写得也相当有趣：

萍乡城小山环城，萍乡乡远山纵横。
人家日在画图中，多少青山不识名。

五隅年例扮迎春，忙煞城中城外人。
说道太平冒得事，汉随恨去跳傩神。

村妇肩挑石炭还，蓬着赤脚汗颜斑。
道旁一让行人俏，不采山花插鬓间。

同时，他还有词作《满江红·九日偕友登冠山阁》，对一川萍水的描绘也形象生动：

> 雨洗秋空，刚是为重阳此日。临眺处，萍城如缯，寒烟萧瑟。流水咽残斜照影，西风吹老青山色。倚栏干，不语自生愁，心谁识？
>
> 循故事，携嘉客，品好景，舒胸臆。看金鳌洲畔，芙蓉新折。独对黄花开口笑，问君可记陶彭泽？向樽前，醉倒赋归来，今犹昔。

重阳节这天，诗人偕友人登上鳌洲书院的冠山阁，倚栏远眺，但见萍乡城像一张方方的鱼罾。四围山色青秀中透出黄褐色，笼在薄薄秋雾里，因而显得"老"，因"老"而生愁，故而无语，可是今天登阁并非为"愁"而来呀。于是笔锋一转，"品好景，舒胸臆"把基调转向亮点：看啊，大家在金鳌洲畔折了些芙蓉花后，又开心地品赏黄花了。学学陶令"悠然对南山"，樽前赋诗，醉后扶归，多惬意哟！乐趣还是和当年一样嘛。

整首词从容俊逸放达。

萍水一川礼昭王

一

河川是流水的家园，犹如田野是庄稼的家园，山岭是树木的家园；水面是奔波的道路，犹如天空是飞行的道路，平地是来往的道路。

活活泼泼的一汪清流，在犹如田野对于庄稼、山岭对于树木之家园的河川里吟唱，在犹如天空对于飞行、平地对于来往之道路的水面上弹拨，多少年来，从昨天到今天，从过去到现在，从亘古向未来，她以往如此，她一直如此，她还将如此……

躺卧楚萍大地的这条萍水河，至于她已流过多少日夜，看过多少星辰，与多少来来往往生命进行过对话，无从知晓，更无法见证。

相对一条亘古长流不息的大河，因为人的存在太过渺小，人的生命太过短暂和有限，能够守候和见证一汪河流奔波的时间，最长不过百年。

在长河滔滔不绝奔流中，以时间为刻度，多少过去和现在成为历史和曾经，多少将来被流失成过往。但这一切，却并不会真正消失。而某些事情，因具有不同于一般事物的特殊意义，不但不会消失，还将成为一种文化的印记或存在，并因时间过去越久，越被人记住，犹如漫漫夜空一颗闪亮的星星。

像这条从远古流到今天的萍水河，就是我们萍川大地上一颗璀璨之星；像楚昭王之于萍川大地以及萍水河的故事传说，就是我们铭记长空的一颗永久星座，时间沉淀越久，越被人们擦拭出崭新光亮。

2500多年前的春秋时期，即楚昭王十年（公元前506年），因为楚国与吴国的一场战争，年仅20岁的楚昭王来到萍乡。当楚昭王带着一行随员乘舟行经萍水河时，突然发现水面上漂来一个又大又红的圆球状植物果实。这个浮在水面上的物品随水漂来，最后撞上楚昭王所坐之船的船舷。

一行人正觉得好奇，想看个究竟，于是赶紧命人将这个东西捞起来。

满船人员围着观看起来，竟然没有一个人认识这东西的。楚昭王觉得很奇怪，将这个东西带回王宫，让满朝文武来辨认，也没有人知道是什么。

没有办法，楚昭王想到派人带着此物到鲁国去请教孔子，才有了答案。博学多识的孔子一见之下就认出：这是萍实，是吉祥的果实，集天地精华而成，只有能成就霸业者才能得到它。

使臣回来后，将孔子的话告诉楚王。楚王听了很高兴，并对孔子赞叹不已。

正因为有过这样一则似乎确凿的历史故事发生，人们将萍水河流经的这块土地，称之为萍乡，即萍实之乡。

萍实之果要感谢先圣孔子的识见，昭王要感谢萍实之果向他献上的吉祥兆祝，而我们萍乡大地，则要感谢昭王的到来，否则，这一切都不会发生，不论是历史真实还是传说故事，都将不存在。

那，我们预兆吉祥的萍实之乡"萍乡"的命名，自然将不存在。

楚昭王渡江得萍实的传说，最早见于《汉书·艺文志》中

《孔子家语》卷二《致思第八》："楚王渡江，江中有物，大如斗，圆而赤，直触王舟。舟人取之，王大怪，遍问群臣，莫能识。王使人问孔子，孔子曰：是名萍实，可剖而食之，吉祥也，唯霸者为能获焉。"

《东周列国志》第七十八回也载："孔子曰：'萍者，浮泛不根之物，乃结而成实，虽千百年不易得也。此乃散而复聚，衰而复兴之兆，可为楚王贺矣。'"

这是说，孔子认为水生植物浮萍没有直接扎入泥土的根，却竟然能够结成这么大的果实，千百年来都难得一见。这是失散之后重聚、衰落之后复兴的征兆。能够得到这个萍实，可见楚国中兴有望，值得为楚昭王祝贺。

后来，在楚昭王励精图治下，楚国果然实现了复兴。

人们也以"萍实"比喻甘美的水果。晋代左思就有"红葩掇紫蒂，萍实骤抵掷"诗句。

从现有文献看，"萍乡"一名最早出现在《宋书》，该书《州郡（二）》载："萍乡侯相，吴立。"这是萍乡设县最早的文字记录。

宋代乐史《太平寰宇记》有相同记载："楚昭王获萍实于此，今县北有萍实里、楚王台，因以县名。"

《古今图书集成·职方典》910卷也记载："楚昭王渡江获萍实于此因名。"

宋崇宁元年（1102年）秋，文学家黄庭坚抵达萍乡，探望任萍乡知县的兄长黄大临，留下一首广为传颂的《萍实里》：

> 楚地童谣已兆祥，果然所得属昭王。
> 若非精鉴逢尼父，安得佳名冠此乡？

此诗大意为，楚地传唱的童谣已兆示吉祥，果然萍实此种吉祥之物属于楚昭王，倘若没有尼父（孔子又称仲尼、尼父）的精心鉴定为萍实，岂能有"萍乡"这样的佳名冠于此吉祥之乡？

诗中所指的童谣即先秦时期已广泛流传开来的楚地童谣："楚王渡江得萍实。大如斗，赤如目。剖而食之甜如蜜。"

明代顾炎武《京阙篇》写道："渡水收萍实，占龟兆大横。"他认为渡江河而获得萍实，从占卜学上来说是大吉大利征兆。

清代乾隆年间萍乡知县胥绳武的《学宫记》也说："江西隶诸郡县，唯萍乡之称肇自孔子萍实一言，通微达远，应在千里之外。孙吴县名，权舆于春秋之代，虽百莫异也，神矣哉！"

由此可见，萍乡因楚昭王渡江得萍实而得名之说可证颇多。如此，萍乡又被称为楚萍、昭萍。

当然，关于萍乡冠名由来，历代除了"萍实说"之外，也有学者从另外一些旁证出发，提出过"萍草说"等其他不同观点。但还是"萍实说"流传更早且更为广泛。

二

楚昭王对于萍乡生于斯长于斯的平民百姓看来，是一个了不起的人物，可以让人感到无上荣耀的伟大人物，所以，有一千个愿望要将自己地域命名来由附会其身；而萍乡对于昭王，也是走向人生转折道路的经由之地。

褪去昭王身上身份的光环，以平视角度看，昭王其实也是一个"苦命人"。

十岁时，正是贪玩耍性年纪，其父楚平王一命呜呼，绝尘而去，留下一大摊子"王家事业"，等着一个小孩子去收拾。

要接替父亲位置，登上王座，也不是那么容易，其中所暗藏的凶险与波谲云诡，所展开的种种谋算和交易，对于一个小孩子，是无法想象的。首先关于昭王的来历与出身，在他人看来，就是不正的。昭王母亲本来是昭王父亲为自己儿子、昭王兄长建挑选的妻子，因为长得过于漂亮，加上心术不正的大夫费无忌要投机讨好昭王父亲平王，提出不可想象的建议，要平王占有自己为儿子挑选的妻子，而另外安排人代替与儿子成亲。

几近泯灭人性常伦的丑陋交易就这样发生，昭王兄长建，为此与父亲平王决裂，无法立足楚国，只得外逃保命。

可怜的昭王，就这样，在根本无法自主情况下，听天由命地成为这桩肮脏交易的产物。

现在父亲死了，他能继位吗，别人就拿这件事来说事。

面对这种情形，结果只有两个，其一是如果没有被排挤掉，顺利继承大统，则一洗出身与来历不正的不光彩；其二是继位不成，小命难保，是做刀下鬼还是像兄长建一样，只能逃往他国奔命呢，反正前途难料，凶多吉少。

昭王命不该绝，这次被人劝谏去抢王位的昭王的叔叔，也即昭王父亲平王的弟弟（庶弟）令尹子西，是一个正义的人，没有像缺乏人伦廉耻的平王一样，接受别人建议，抢了十岁侄子的位子，而反倒提醒提建议的人："国家有一定的法则，改立君主就有祸乱，再说改立的话就要招致杀戮。"

于是，楚平王十三年（公元前516年），当父亲楚平王撒手人寰时，年少的楚昭王在懵懂无知下趟过一派惊涛骇浪和万千险恶，顺利登上宝座。

有万人景仰的王袍加身，自身性命虽然不必担忧了，但真正苦难才刚刚开始。

首先是"清君侧"，去除奸妄，安抚人心。昭王还小，好在有人替他担当，着手处理。如费无忌这个小人贼臣，被全国老百姓恨死，现在没了楚平王的靠山，就得铲除。

楚昭王元年（公元前515年），令尹子常以费无忌中伤太子建而使太子建逃亡，又杀害伍奢父子和郤宛的罪名（后一事给楚国带来的麻烦和战乱不断，郤宛的同宗伯氏的儿子伯嚭和伍子胥都逃往吴国，这些人发动吴国军队屡次侵略楚国，令楚国百姓非常怨恨费无忌），举起屠刀将他除去。切除了这个脓包，楚国百姓这才气消。

接下来是应付一场接一场、连续不断的战争。

楚昭王二年，（公元前 514 年），吴王僚趁楚平王驾崩，楚国国内局势动荡之机，派兵攻打楚国。

楚昭王四年（公元前 512 年），吴王阖闾又以楚国保护了从吴国叛逃的公子掩余、烛庸二人为由，命令伍子胥、孙武、伯嚭率军攻打楚国，夺取楚国疆土，诛杀公子掩余和公子烛庸。

楚昭王五年（公元前 511 年），吴国又侵扰楚国，攻伐到夷，并向潜、六进逼，到达豫章。

楚昭王七年或八年（公元前 509 年或公元前 508 年），吴军在豫章大败楚军，接着又攻克巢，活捉楚国守巢大夫公子繁。

楚昭王十年（公元前 506 年）春，晋、齐、鲁、宋、蔡、卫、陈、郑、许、曹、莒、邾、顿、胡、滕、薛、杞、小邾等 18 国在召陵会盟，商议伐楚。吴军借此机会，乘舟溯淮水而上，然后舍舟而行，通过汉东隘道，直向楚都进逼。

这次战争，几乎给楚国造成灭顶之灾。楚国闻吴军来犯，也发兵渡过汉水，在小别山至大别山与吴军展开正面阻击战，可是都战败。接着，吴、楚二军相峙于柏举，楚国又打败，吴军追击到清发水（今涢水，在湖北安陆县）。后吴军在雍再次击败楚师。由孙武、伍子胥指挥，经过五次大战，吴军于公元前 506 年农历 11 月 29 日攻入楚国都城郢都（今湖北省荆州市荆州区城北）。

可怜的昭王，从即位开始，整个国家就动荡不安，陷入连绵战乱后，更没过上几天安稳日子，少有当上国君的光鲜和体面。

柏举之战后，昭王一家连同其妹季携随从弃都避难。昭王渡过汉水，逃往郧国。后又逃到随国。

至公元前 505 年秋，在秦国帮助下，楚国才将吴军击退，昭王回到郢都，历时 10 个多月的战祸终于结束。

在返回都城过程中，楚昭王途经萍水，发生"萍实触舟"奇

下篇：士子眼中的萍水河

遇，孔子告诉他这是霸业中兴之兆，使年仅20岁的昭王精神振奋，信心大增，意志没有被打倒，并吸收教训，决心从头开始大干一番，振兴国家。

公元前504年，楚国将都城迁到郢地（今湖北宜城东南），楚昭王励精图治，改革政治，国家逐渐安稳振兴。迁都后新都仍称之为郢，以示不忘其旧。从昭王十一年冬起作为首都的郢，称为"载郢"。

可以说，一川萍水，以其最稀奇少有，最竭诚热情，也最能起到振奋鼓励昭王意志的特别之举，书写下历史上的传奇神话，激励疲于奔命的昭王踏上重振雄风之程，也成就自己名字来由的神秘和高古。

三

时间似水长流，到得唐代，楚昭王在萍乡大地像一座神的形象越来越占居人心，人们对他的怀念不单满足于对一个地方的命名，还到处建立祠庙以表达深切敬仰。

为此，最好见证是唐代名家韩愈写下的《楚昭王庙》：

> 丘坟满目衣冠尽，城阙连云草树荒。
> 犹有国人怀旧德，一间茅屋祀昭王。

韩愈，768—824年，字退之，河南河阳（今河南孟县）人，唐德宗贞元进士，我国古代大文学家、诗人、哲学家，唐代古文运动的倡行者，古文八大家之一。

韩愈诗中所写到的场景虽然一派凋敝，但就是在坟地满目、城阙荒草丛生的萧条年代，人们还不忘设立庙堂，以表达对昭王的祭祀怀念。

此诗写于元和十四年（819年），是当年韩愈因谏迎佛骨，贬潮州刺史途中留下的。第一、二句极写楚都之荒凉。想当年楚地何等博大,楚都何等繁华,楚国君臣何等威赫,而今呢?"邱(丘)坟满目衣冠尽,城阙连云草树荒。"衬映这古城阙的却只是这连片坟墓、无边荒草和野树。这种苍茫历史感慨不少诗人有过抒发,李白《登金陵凤凰台》中写的"吴宫花草埋幽径,晋代衣冠成古丘"便是典型。但韩愈有他不同于李白的独到。他直谏获罪,几临杀头,因此死亡危机感紧压心头。刚离开京城,便嘱咐侄子要有准备随时替他收拾遗骸:"知汝远来应有意,好收吾骨瘴江边"(《左迁至蓝关示侄孙湘》)。《楚昭王庙》一诗首句即取自李白诗中丘坟这一阴森凄冷的意象,在吊古中裹挟着自身现实伤怀困惑。丘坟满目,是眼前近景,城阙连云,是辽阔远景,是茫茫宇宙空间;衣冠尽,却是心中情,是感喟,是浓缩的历史的情绪化表现。衣冠,指士大夫。古代取得官职身份的人才戴冠,因此衣冠连称,特指有地位的人。宋苏轼《念奴娇·赤壁怀古》中"大江东去,浪淘尽千古风流人物"句造意与此相似,只是取象不同。韩愈在即目所见的空间中看出严峻的时间性,看出人生的短暂与飘忽。历史千载,唯留丘坟。那当年的君臣士大夫都带着他们的功业和追求,走向默默无闻的寂寞,进入无边的荒凉,为这荒草野树所遮掩。这是多么令人意兴萧索啊!而诗人想到自己为了信仰抗颜犯谏,受尽磨难,走向遥遥贬途,将来又还能怎么样呢?我们不难从字里行间品味出苦涩悲凉的茫然心绪,感受到那空荡荡没有着落的徬徨情态。城阙连云,从艺术手法看,是小景物作了大景物的坐标,使眼前景更趋逼真贴切;但从感情脉络看,目极天地,正是困惑苦闷的心绪寻求解脱与寄托的寻觅求索。

这时,仿佛万籁静寂中一声鸡啼,郁闷窒息中一股凉风,诗人惊喜地发现了一座祠庙:"犹有国人怀旧德,一间茅屋祭昭王。"他急急上前问询,方知"旧庙屋极宏盛,今惟草屋一区,然问左侧人,尚云每岁十月,民相率聚祭其前"(韩愈《记宜城驿》）。虽一草草茅屋，诗人却如获得了极大的慰藉，几近有心花怒放之态。楚昭王当年曾击退吴国入侵，收复失土，这一功德千百年后仍为人所缅怀，享受祭祀。而自己"欲为圣明除弊事"之举不正是为天下人民免除愚昧和苦难么？显然，诗人从茅屋祀昭王中悟出了事业的真谛、生命的价值与归宿。初起的彷徨悲凉为之一变，恢复了自信，增强了九死不悔的决心。

正是诗人的这种心情意绪的变化过程，使这首怀古诗显得卓异凛然，言外别有一种苍凉感慨之气。

楚昭王确是一位有"德"之君。

楚国为西周设立的一个诸侯国，国君芈（音Mǐ）姓熊氏，最早兴起于丹江流域丹水和淅水交汇的淅川一带，后长期以湖北郢地等为国都和中心，故又称荆、荆楚。从其先祖熊绎在公元前1042年被周武王册封为诸侯，至昭王一代，已历时达500余年之久，自昭王之后，又历时260余年。

昭王幼弱受命：年仅十岁接位；起于战乱：接位后战争一直没停，至公元前506年，国都也被别人占领。这种情况下，受到如此重大挫折，换作一般人，可能从此要萎靡不振，一蹶不起，但他没有，却能从失败中汲取教训，愈挫愈坚，从遭人打击欺负的阴影中站起，将残败之局收拾好，重整朝纲，收复好人心民望，将国家带入又一个崭新发展时期。

昭王一代，不但将国家从战争的泥潭中拉了出来，走上发展正轨，更将人心凝聚收复，从而使得上下一心，团结一致，协同发力，推动国家朝着良好局面迈进。

得人心最好的见证是，昭王要死了，临终之际，楚昭王考虑的不是要儿子继位，而是让贤，要叔父子西继承王位，觉得只有叔父接位，他才放心，楚国才能走向更好前途。但子西坚辞不受。

于此，昭王又想将王位让给另一位叔父子期，可子期也如子西一样坚辞不受。昭王又要子闾（公子启）继承王位，子闾也坚决推辞，昭王连说了 5 次，子闾连辞了 5 次。

子闾见事态如此，为了安慰昭王，假意受命。七月，昭王死后，在子闾与子西、子期商议下，决定封锁消息，秘密派人回到郢都，迎昭王子熊章到城父，立为国君。

仅此一事，就可看出昭王是如何得人心，有民望：在世让位人家不要，就是死后，臣子辅弼还忠心耿耿，为之周全考虑，细致安排。

天下没有无源之水，没有无本之木，这一切，与昭王的作为做法分不开，都因他能够以德服人，真正实现得民心得天下。据说楚昭王二十七年（公元前 489 年）春，吴国攻打陈国，楚昭王救助陈国，驻军在城父。十月，昭王病倒军中。这时，天空有红色云霞像鸟一样，围绕太阳飞翔。昭王向周太史询问吉凶，太史说："这对楚王有害，可是能够把灾祸移到将相身上。"将相们听了后，就纷纷请求向神祷告，自己代替昭王，昭王说："将相如同我的手足，把灾祸移到手足上，难道我的病就免除了吗？"昭王不同意。占卜病因，认为是黄河在作祟。大夫们请求祭祷河神。昭王说："自从我们先王受封后，遥祭的大川不过是长江、汉水，黄河神我们不曾得罪过。"昭王也认为不妥，没有答应大夫们的请求。

人格品德如此的昭王，相较于能做出抢儿子妻子丧德奇葩之举的父亲平王，不知要高出多少。

能够拥有这样一位高德之君，如何不是楚国人的福气与福报呢？

只可惜天不假年，这样一位英明君主，享年不到四十，于公元前 489 年，只有三十七八岁左右就不幸去世。

四

有楚一代，从公元前 1042 年立国始，至公元前 223 年亡于秦国，建国达 819 年之久。其全盛时期的最大辖地大致拥有现在的湖北、湖南全部，以及四川、重庆、河南、安徽、江苏、江西、浙江、贵州、广东等部分地方，纵横跨越地界涉及现在 11 个省的范畴，堪称国土惊人大国，其势力一度直追当时的超级大国秦国。

有楚一代，也曾位列"春秋五霸""战国七雄"之一，其强盛可见一斑。

属于"吴头楚尾"的萍乡之地，因此为楚国感到骄傲，到处建庙立刹作为纪念。现在的湘东荷尧太屏山上，仍保留有吴楚古刹一座。更珍贵的，是此刹还保存下唐代房玄龄所作《吴楚古刹碑》，上记文字：

"岩岩平山，积石峨峨。远属昆仑，近辍衡庐。南通闽广，北达荆吴。惟山之高，壁立千仞。创建古刹，尉迟敬德。郴州都督，古镇山河。密金不受，公心如山。百战癥瘭，实忠于王。功臣图像，凌阁争光。名胜古迹，风景悠扬。名垂不朽，万古流芳。"

房玄龄可是历史上的大人物，他的墨宝相当难得。他为齐州临淄（今山东淄博）人，名乔，出生于 576 年，于 648 年去世。隋末举进士，任隰城尉。后归李世民，任秦王记室，助李世民得天下。贞观元年（627 年）为中书令，后任尚书左仆射，监修国史。是与杜如晦、魏征齐名的贤相，辅佐唐太宗李世民开创了贞观之治。

萍乡百姓为属于楚国感到荣耀，更为有楚一代出现昭王这样的贤君感到荣耀，因此历朝历代对昭王歌咏赞颂有加。

除前面提到最早见于《汉书·艺文志》收录的《孔子家语》卷二《致思第八》，关于昭王乘舟打萍水河上过，得到吉祥的萍实之果预兆记载，到后来唐朝名家韩愈咏诗以颂，另不知还有多少文人墨客写下多少诗文以示怀念。

如至宋代，就有蒋之奇、谢谔、阮阅、夏寅等。

蒋之奇《萍乡即事》：

> 地接长沙近，乡名自古闻。
> 毛山千嶂雪，玉女一墩云。
> 拱木扶霄上，飞泉触石分。
> 霜风萍实老，目断楚江濆。

蒋之奇（1031—1104 年），字颖叔，江苏宜兴（今江苏省宜兴市）人，北宋进士，官至观文殿学士。

这首诗先写萍乡的地理位置和自古以来关于乡名的传闻，接着指出这里有毛仙和玉女峰，有高耸入云的树木和飞瀑流泉，表现萍乡的古老，最后照应开篇，点明萍乡可由楚江直抵长沙。这里"霜风萍实老"一句，正是对昔日楚王获萍实过去故事的感慨。

谢谔《楚台》：

> 曾向荆州问五台，初无踪迹但蒿莱。
> 谁知此地登高处，日见烟云万里开。

诗题中的"楚台"即是指后人为纪念楚王，而在萍乡县衙内凤凰池边建立的楚王台。"谁知此地登高处，日见烟云万里开"，表达了对楚王这样一个明君给予世人的昭示启迪意义，一个人一定要像昭王一样站得高，看得远，不能被眼前暂时困难蒙蔽和打倒。

阮阅《过萍乡》：

> 悠悠休问渡江萍，山下毛人丹已成。
> 路入潇湘向西去，暮云寒日下孤城。

这里"悠悠休问渡江萍"句引用了楚昭王渡萍水得萍实之典故，也是一种感时伤怀之念，切合借楚王这一人物形象和故事来表达诗人当时心态，刻画所见景物。

夏寅《书分司壁绝句》：

> 一萍千古得名乡，国号虽存芊姓亡。
> 好鬼逐欧皆旧俗，却无祠屋奉昭王。

夏寅任过宋代提学副使，诗歌以"一萍千古得名乡"一句用典，引出全诗，慨叹时移事迁，世风日下；"好鬼逐欧皆旧俗，却无祠屋奉昭王"，对贤良忠臣不被起用表达出无奈伤感。

至明朝，分别有徐琏、陆世勷、龚逊常等一干士子墨客，写过吟诵怀念楚昭王之诗。

徐琏《楚台夜月》：

> 萍陵龙斾驻昭王，世往名存事可伤。
> 夜静东来吴月近，云开四望楚山长。
> 幽藏野鸟鸣高树，影落荒岩送夕阳。
> 遥忆登临惆怅处，筑台空负重贤良。

诗中开头一句"萍陵龙斾驻昭王"点明楚王曾经来过萍乡，在此驻扎过历史。第四句"云开四望楚山长"写到了后人为纪念楚王而命名的"楚山"之山，整首诗充满忧愁哀伤怀念。

陆世勷《楚台夜月》：

> 楚国荒台孤月明，细腰歌舞寂无声。
> 银蟾不管兴亡事，照我琴堂是处清。

陆世勷，邳州（今属江苏省徐州市管）人，明万历年间萍乡知县。

这里写到的楚王非楚昭王，而是指楚国第二十九代国君楚灵王（楚昭王为第三十二代），在位于公元前541—公元前529年，是一位有怪僻的荒唐之君，"楚王好细腰，宫中多饿死"，刻画的就是他这位大名鼎鼎的楚王。大家不要搞错了，他所好的细腰，并非是女人之腰，而是"士人"之腰，是大男人们的腰。

这个故事最早记载出自《墨子·兼爱中》："昔者楚灵王好士细腰，故灵王之臣皆以一饭为节，胁息然后带，扶墙然后起。比期年，朝有黎黑之色。"

为此，朝中的一班大臣为讨好楚灵王，惟恐自己腰肥体胖，失去宠信，因而不敢多吃，每天都是吃一顿饭用来节制自己的腰身。（每天起床后，整装时）先屏住呼吸，然后把腰带束紧，扶着墙壁站起来。等到第二年，满朝文武官员脸色都是黑黄黑黄的了。

楚灵王不止变态，还穷奢极欲，在他当国君六年后，还建造华丽宫殿，称为细腰宫。

这里举出楚灵王这个奇葩国君，令人感慨兴亡，更加怀念，或者说让人更加期盼一个国家要多出楚昭王这样的贤君才好。

龚逊常《过萍乡》：

> 秋风瘦马路难行，翘首三湘一日程。
> 禾黍登场农事毕，年光如箭客怀惊。
> 昭王古庙闲花落，萍实长桥野水清。
> 夜宿城西永昌院，喜闻更鼓自分明。

诗中写到了昭王古庙，还写到了以"萍实"命名的长桥，看到当下的"花落""水清"，是不是更会使人不油然想起昔日的楚昭王呢？

自清后，又有罗淳祚、黄浚、王云凤、欧阳涵、罗学选、欧阳钱、罗凌云、吴式璋、陈启和等，作有不少诗文对楚王进行怀念。

罗淳祚《萍实桥忆古》：

> 客到桥南别有情，吴时萍实晋时名。
> 群山树色平依槛，一道江流曲抱城。
> 浅渚静余春草碧，水鸥闲逐暮云轻。
> 共谁细数千年事，隔岸商船笑语声。

罗淳祚，萍乡人，在世于清康熙年间。

据说吴国进攻楚国，楚昭王流亡萍乡，得到萍实。但用萍实赋予桥名却是晋朝时候的事。诗题为"萍实桥忆古"，但诗歌主要意思却未沉浸于"怀古"中，诗歌用楚昭王得萍实的传说一事，表达的是人们不要担心自己不会被人知道，你只要做了好事，当时没有记住你，是因为条件限制，到后来人们还会忘不了你的，就像楚王一样，过去这么久，到得晋代，人们还把他的故事作为给桥取名字的依据。

黄浚《楚台月下》：

> 一片荷花漾晚晴，松坛蟾魄渐分明。
> 残星曾照屯军夜，故垒空伤去国情。
> 几许英雄能释怨，而今官吏不言兵。
> 太平只合同拼饮，衙鼓沉沉未五更。

黄浚，浙江太平（今浙江温岭县）人，道光三年（1822年）进士，任过萍乡知县。诗歌直接以诗题"楚台月下"点明写的是楚台下所见情景，怀念的是楚王故事，抒发的都是感时伤怀之情，其中"故垒""国情""英雄"等都紧扣历史故事和历史人物。

王云凤《春日即景（二首）》：

萍实桥横水自流，万条杨柳指桥头。
东风吹遍青青色，都系行人离别愁。

梅花落尽菜花开，驹隙年光去不回。
遥望芊绵芳草色，野烟深蝶楚王台。

王云凤，1732 年出生，1773 年去世，萍乡人，乾隆三十五年（1770 年）举人。诗歌第一首写萍实桥所见情景及感慨，第二首写楚王台看到的"菜花""草色"，充满感时伤怀。

欧阳涵《楚台夜读》：

咿唔何处最低徊，金石渊渊下楚台。
一夜星河环榻近，半窗灯火出林来。
秋声客忆庐陵赋，骚雅人怀宋玉才。
竹栅山城风月淡，寺钟遥和白云隈。

欧阳涵，1790—1844 年，字郢南，号养斋，萍乡芦溪人。清道光二年（1822 年）举人。诗中以"金石渊渊下楚台"表达对楚王故事的怀念。

罗学选《楚昭王怀古》：

伯主谁复知天道，江汉睢漳不越裤。
腹心疾敢寘股肱，楚昭犹能达苍昊。
安抚荆南国无失，渡江香水获萍实。
王业已随大江流，土人犹自怀先德。
至今庙貌肃唐昌，年年岁岁备蒸尝。
有求辄应生灵福，门外藻苹春水香。

诗人直接以诗题"楚昭王怀古"引领全诗,充满兴叹之情,如"王业已随大江流,土人犹自怀先德。"也写到楚昭王巧遇萍实之奇事:"安抚荆南国无失,渡江香水获萍实。"诗歌对楚昭王非常称赞:"腹心疾敢真股肱,楚昭犹能达苍昊。"

欧阳钱《楚王台》:

> 霸业空流水,行宫有楚台。
> 君王回辇后,夜夜月明来。

关于对楚王这个人物的怀念,他这里"霸业空流水",与前面罗学选"王业已随大江流"表达的看法基本一致,都是一种带着伤感的缅怀。

罗凌云《萍城春望》:

> 阳生黍谷气先回,城市烟花三月开。
> 日暖东风春草碧,杜鹃啼上楚王台。

诗中叙述百花盛开的三月,诗人来到县城的萍水河畔欣赏美景,跃入眼帘的楚王台引发的感慨从心头漫开,让诗人陷入沉思,只顾了对昔年昔日楚王等人事历史的缅怀,因此心情是带着伤感的。

吴式璋《三月望日晤萧觉因於萍城偕游宝积寺临别留赠》:

> 去年秋叶飞,遇君香溪上;
> 今年杨花飞,思君倍惆怅。
> 落叶花复开,何期之子来;
> 相对如芝兰,相聚如岑苔。
> 春树满城绿,君住城西曲;

同访罗汉松，涪翁有遗躅。
尘世翻劫飞，多君隐蒿莱；
幽栖长相忆，云树楚王台。

诗中最后结尾收句："云树楚王台。"对伤时感事发出无穷慨叹，让人情动不已。

诗人《萍城早秋》写到楚王台：

山城斗大女墙回，叠叠旌旗鼓角哀。
兵气难消湘水曲，秋声先到楚王台。
凉生枕簟闻宵柝，座拥赀粮识吏才。
五夜雷声惊未息，度关知有铁轮催。

一句"秋声先到楚王台"，将对世事易逝的无限感慨端到读者眼前心上。

诗人另有《怀王庙》：

楚国君臣恨事多，怀王有庙意如何？
行人此处拈香后，还向湘江吊汨罗。

两句："楚国君臣恨事多，怀王有庙意如何？"烘托出诗人自己时下感慨之情意。这里明确指出庙为纪念怀王建的，有楚一代，怀王有两个，一个为第四十代国君，名熊槐，在位时间30年，为公元前328—公元前299年，公元前299年被秦扣押，3年后死于秦国；另一个为第四十九代，也即楚国最后一个在位之君，名熊心，又称楚义帝，在位时间4年；为公元前208—公元前205年，最后被西楚霸王项羽所弑。楚国这两代国君共同点是，都坎坷多舛，下场悲惨，一个被扣作人质，客死他乡；一个做了末代之君，被人所杀，在位短暂。因此，哪怕贵为君王，命运也非常无奈，空余"遗恨"写历史。

还有《楚王台》：

> 胜迹留荆楚，昭王旧有台。
> 江山余霸气，争战想雄才。
> 茅屋今墟矣，孤亭亦壮哉。
> 近来贤令尹，立石傍蒿莱。

让人看到留在荆楚大地，立在长满茂盛蒿莱的萍水河畔的楚王台及纪念石刻，又是怎样一番零落凋敝。

陈启和《楚王台怀古》：

> 谁从千载吊兴亡，数尺台犹说楚王。
> 霸业久随流水去，江城长似画图张。
> 荷花池畔惟芳草，萍实桥西易夕阳。
> 欲访残碑无处觅，暮山云树郁苍苍。

诗人面对千古楚王台，煌煌霸业随水去，更多了一份苍凉，多了一份感叹。此诗是写诗人来到楚王台前，由眼前情景引发感触，抒发出一种"无觅处""郁苍苍"的怅惘与失落。所以，一河长水只是洗涤"霸业"的无情之流。

后记：一重新天地

　　2019 年，曾给自己做过一个要完成四件事情的计划，而最终只完成两件半。除基本完成的两件，另半件指什么呢，就是指要创作一部长篇作品（非作品集），其结果是原拟创作计划失去要做的基础，却拉开对另一部作品的创作，完成将近一半工程，所以算上半件。

　　而这半件，就是今天这部《萍词水语》当时初稿的部分文字。如果单从文字篇幅数量讲，至去年底，这部作品还未完成一半，其实三分之一不到。但当时已基本确定，要创作这样一部专门写河流自然生态文化的文字，为整个书的创作奠定下蓝图架构，这相当重要，所以综合这一点，算完成一半也很实在。

　　创作长篇，对我是个挑战。写了这么多年，原来出过的书，都是缺有机结构的零碎作品结集，因此内心有个愿望——得调整创作形式，什么时候拿出个专题长篇作品就好（前面与人协商创作一个长篇就出于这种初衷），所以当初跟随着萍水河考察团队一边考察，一边设想着该怎样出成果，谈到计划创作一两部山水文化考察专著时，我欣然领下任务——尽管当时心里根本没底，也没想好该怎样着笔，但觉得这是件有价值的事情，正好补填原创作计划搁浅的空缺，更是好好挑战一下自己的机会。

　　然而长篇专集不是这么好写的，一是题材专一，指向设定，

后记：一重新天地

239

可不知道自己能够深入进去，并出得来否；另是既然领了任务，铺开纸笔，就不能弄成半拉子工程，而且时间也有限，必须按计划要求完成，这压力又不一般。再想，即便能够如期完成文字创作与数量篇幅要求，却只做成半生不熟的夹生饭，自己看了难受，别人更无法下咽，又怎么好呢？

就是这样情形下，带着种种思虑，我尝试着拉开《萍词水语》长篇的创作。从 2019 年 9 月开始萍水河考察，10 月 1 日国庆节这天动手写下第一个字，后忙于他事，基本停下，至年底，完成的文字量才三万七八千字。

春节后，生活重心又发生转移。直到 2020 年 4 月前后，这部书出版前期事项已协定好，并与出版社签下合同时，才有一种急迫之感，知道再拖延不得，必须尽快完成，否则难以交差。也正好经过这段时间休整与思考，让我对书的创作打开又一种思路，即不单局限眼下的、自己亲身经历的萍水河，找到现有掌握的诗文资料等，通过古人眼光，拾掇对昔日萍水河的记载描述，这重新天地。

思路别开，柳暗花明。接下来，因头上悬着一把急迫之剑，我攒着劲头，几乎以急行军情态，跑步推进对萍水河考察文字的撰写，既体会着雷打不动直坐电脑前，一天十四五个小时下来，完成八九千、甚至上万字篇幅的突破与兴奋；也体会着呆坐半天，没有丁点思路状态，只能不停翻阅资料借以慰藉煎熬的躁动与无奈。还好，眨眼又三个多月上百天过去，终于将书稿创作并修改完，划上一个句号——瞧着捧手上的书稿，心头多少感觉到欣慰，所谓的辛劳与煎熬，此时已不值一提，尤其觉得自愿选择的尝试与挑战竟然可以成功后。

这样一本记录描绘自然地理河流与地方风物生态的散文集，文字简陋，构建粗糙，可能远远或者根本达不到当初计划的目的与要体现的厚重，但对作者却敝帚自珍。此书得以问世，感谢萍乡市水利局的重视与组织，感谢萍乡市政协主席吴运波、副主席何义萍等领导及人口资源环境委员会为此做出的诸多协调与支持。

在此再次致以诚挚谢意！

2020 年 7 月